# 망가지기 쉬운 영혼들

# 망가지기 쉬운 영혼들

### 우리가 무너진 삶을 회복하는 방식에 관하여

**초판 1쇄 펴낸날** 2024년 1월 31일

**지은이** 에리카 산체스
**옮긴이** 장상미
**펴낸이** 이건복
**펴낸곳** 도서출판 동녘

**책임편집** 김혜윤
**편집** 구형민 이지원 홍주은
**디자인** 김태호
**마케팅** 임세현
**관리** 서숙희 이주원

**등록** 제311-1980-01호 1980년 3월 25일
**주소** (10881) 경기도 파주시 회동길 77-26
**전화** 영업 031-955-3000 편집 031-955-3005 **전송** 031-955-3009
**홈페이지** www.dongnyok.com **전자우편** editor@dongnyok.com
**페이스북·인스타그램** @dongnyokpub
**인쇄** 영신사 **라미네이팅** 북웨어 **종이** 한서지업사
**ISBN** 978-89-7297-118-4 (03840)

- 잘못 만들어진 책은 바꿔드립니다.
- 책값은 뒤표지에 쓰여 있습니다.

# 망가지기 쉬운 영혼들

Crying in the
Bathroom

우리가
무너진 삶을
회복하는 방식에 관하여

에리카 산체스 지음

장상미 옮김

동녘

**일러두기**

1. 각주는 모두 옮긴이 주다.
2. 본문에서 볼드체는 저자가 강조한 부분이다.
3. 저자가 쓴 'Brown'이라는 표현은 '갈색 피부를 지닌 사람'을 뜻하지만, 표현을 간결히 하기 위해 모두 '유색인'으로 옮겼다. 미국에서 'Brown'은 흑인 이외에 피부색이 짙은 사람을 가리키는 말로 아메리카 선주민이나 라틴아메리카·남아시아 출신, 인종 간 결합으로 태어난 자녀 등 피부색뿐 아니라 사회적·문화적 정체성을 나타내는 표현으로도 두루 쓰인다.
4. 저자가 원문에서 서술해둔 스페인어 구문은 이중 언어 구사자인 저자의 의도를 살리기 위해 고딕체로 한글 발음을 표기하고 원어와 뜻을 병기했다.
5. 관용적인 문구로 쓰일 때는 '낙태'라는 표현을 사용했지만, 대부분 부정적 어감을 걷어내고자 '임신중지'로 옮겼다.

# 우리의 이야기는 중요하다

나는 내가 대수롭지 않은 존재라고 생각하며 자랐다. 아무도 내 말에 귀 기울이지 않을 거라고. 세상은 멕시코 이주노동자의 딸인 나를 거들떠보지 않고, 그저 쓰다 버릴 하찮은 존재로 여겼다. 좋아하는 미술 작품 속에서 나처럼 가난하고 음침한 유색인brown 책벌레의 모습은 찾아볼 수 없었다. 사방을 둘러보아도 내가 원하는 삶의 본보기가 되어줄 사람이 잘 보이지 않았다. 작가가 되어 세계를 누비고 싶었지만 그런 삶을 살려면 어떻게 해야 할지 전혀 알지 못했다. 이따금 단편적인 정보만 맞닥뜨릴 뿐이었다. 그런 내게 산드라 시스네로스Sandra Cisneros˙의 시는 생명줄이나 다름없었다. 작가가 되어 홀로 유럽 전역을 누비고 다니는

---

˙ 저자와 마찬가지로 시카고에서 태어난 멕시코계 미국인 작가로, 1984년 자전적 경험을 담은 첫 소설 《망고 스트리트》로 미국에서 크게 주목받은 후 세계적으로 알려졌다.

시카고 출신의 멕시코 여성이 실존하다니. 하지만 시스네로스 같은 작가의 글을 발견하는 일은 흔치 않았는데, 주변에 그런 걸 찾는 사람이 나밖에 없어서 그런 듯했다. 학교 선생님이 유색인 작가의 책으로 수업하는 일은 드물었고, 나는 조언을 구할 사람도 없는 데다 당시 초기 수준이던 인터넷에 접속할 수도 없었다.

동네 도서관은 장서가 몹시 빈약하고 어린이를 박대하는 곳이어서 나는 서점에서 책을 훔치기 시작했다. 돌이켜보면 당시에도 나의 정체성을 인식하는 데 도움이 됐을 책들이 존재했지만, 그런 책이 내 손에 들어오는 일은 무척 드물었다. 그래서 나는 루실 클리프턴Lucille Clifton이 〈나와 함께 축하해주오Won't you celebrate with me〉라는 시에 쓴 대로 어떠한 본보기도 없이 내가 바라는 삶에 도전했고 이루어 냈다.

내 삶에 관해 글을 쓰기 시작하고부터 이렇게 핀잔하는 소리가 자꾸 들려왔다. "에리카, 이딴 걸 누가 읽겠어?" 그럴 때마다 이런 이야기가 소중하다고 선언해주던 몇 안 되는 작품 속에서 나 자신을 발견하는 것이 얼마나 큰 힘이 되었는지 되새겼다. 나 역시 이러한 계보 속에 자리 잡고 싶었고, 대학에 다니는 동안 여성 작가의 글을 더 많이 읽으면서 내가 들어설 자리를 찾기 시작했다. 나는 토니 모리슨Tony Morrison•을 내 글쓰기의 수호 성인으로 삼았다. 모리

슨처럼 솔직하고 명료한 글을 써내는 것이 내 목표였다. 이 책에서 나는 버지니아 울프의 작품과 그의 비극적 삶을 거듭 인용했는데, 그 두 가지는 어쩌면 별개가 아닐 것이다. 후아나 이네스 데 라 크루스Juana Inés de la Cruz** 수녀는 저항의 본보기였다. 이 목록은 계속 이어진다. 이런 훌륭한 작가들이 없었다면 내가 쓴 어느 책도 세상에 나올 수 없었으리라. 나는 나보다 먼저 온 모든 여성에게 빚을 졌다. 스스로 길을 닦았을 뿐 아니라 그 힘을 두려워한 세상에 짓밟히고 묻히고 억눌렸던 그 여성들의 크고 작은 저항 덕분에 나는 이 특별한 삶, 온전히 내가 선택하고 얻어낸 삶에 다다를 수 있었다. 나는 나를 다른 방향으로 밀어내려는 세상, 나를 사랑하지 않고 나를 위해 구축되지도 않은 세상에서 나 자신으로 존재한다.

유색인 여성의 회복력에 대한 찬사가 주기적으로 나오지만 그 회복력이 갖가지 폭력에 대한 반작용이라는 사실은 너무 쉽게 외면당한다. 우리에게 회복력이란 고결한 특

---

- 아프리카계 미국인 여성 최초로 노벨 문학상을 수상한 작가이자 영문학자로, 남북 전쟁 이후 흑인 여성 노예의 삶을 그려낸 소설 《빌러비드》 등으로 호평받았다.
- ** 17세기 멕시코에서 저술가, 시인, 철학자, 작곡가로 활동했던 수녀. 여성에게 지식을 허락하지 않는 사회에 맞서 수많은 기록을 남겼다.

성이라기보다는 억압받으며 상요낭하는 삶의 방식이다. 적응하거나 죽거나 둘 중 하나다.

그렇다 해도 우리의 삶이 단순하게 그려져서는 안 된다. 사회적 편견에 뒤덮여 있다 해도 우리의 이야기는 중요하다. 그래서 여기 나의 사색, 불운, 성취, 좌절, 기쁨, 재탄생에 관한 이야기를 기록했다. 이 모든 이야기를 가능한 한 최선을 다해 이어붙이려 애썼지만 기억은 복잡미묘하고 살아 움직이며 시간의 흐름에 따라 계속 변화한다는 사실도 알고 있다. 우리는 저마다 같은 것을 다르게 본다. 나는 내가 써낼 수 있는 가장 진실한 책을 썼다. 내가 줄곧 세상과 내 삶을 어떻게 이해해왔는지 여기에 모두 담아놓았다. 이 지구 위에 나와 함께 존재해주어 고맙다.

# 차례

클라라 할머니와

먼저 온 모든 여성에게


상처 입은 사슴이 가장 높이 뛴다.

─ 에밀리 디킨슨

# 나의 질이 망가졌던 해

대학교 4학년이었던 그해 어느 쾌청한 가을날, 나는 공황 상태에 빠진 채 인근의 여성병원에 전화를 걸어 나의 질 상태를 엄청나게 자세히 설명했다. 아무도 내 아랫도리 상황에 대해 듣지 못하기를 바라며 수업 도중에 빠져나온 참이었다. 몇 주 전부터 가렵고 화끈거리는 느낌이 드는 것이 아무래도 성병에 걸린 게 틀림없었다. 전화를 받은 여성은 '아주 흔한garden variety' 질염인 것 같다고 차근히 나를 설득했지만 믿어지지 않았다. '정원의 변종'이라니, 내 가랑이에서 벌어지는 일이 무언가 풍요롭고 아름다운 일이라도 되는 듯한 표현이었지만 상황은 전혀 그렇지 않았다. "확실해요?" 나는 발밑으로 낙엽을 짓이기며 혼란에 잠긴 채 물었다. "혹시 성병이면 어떡하죠?"

생각만 해도 창피하고 역겨웠다. 지난 몇 달 사이에 딱 한 번 동정인 남자와 콘돔을 사용해 섹스했다는 사실은 중요하지 않았다. 나는 타락한 감염자가 되고 말았다. 스스로

12

페미니스트라고 확신했고, 2005년이었으며, 섹스가 (심지어 가벼운 수준이라도) 그 자체로 악하거나 부도덕하지 않다고 알고 있었는데도 불구하고 하느님이나 우주가, 아니 어쩌면 저세상에 계신 경건한 여성 조상님들이 감히 섹스를 한 나를 벌주는 거라고 믿었다. 나는 **코치나**cochina, **더러운 년**이었다.

대학 시절 3년 동안은 부모님 집에서 기차로 통학했다. 전혀 바라던 바가 아니었지만, 내게는 기숙사에 들어가거나 하다못해 낡아빠진 방이라도 얻을 돈이 없었다. 독립을 이뤄보겠다며 온갖 계획을 세우고 머리를 굴려봤지만 대학 학적과에서 파트타임으로 벌던 쥐꼬리만 한 임금으로는 어림없는 일이어서 부모님과 함께 사는 수밖에 없었다. 공장 노동자인 부모님이라고 떼돈을 버는 것도 아니니 부모님 집에서 나가겠다고 손을 벌릴 수도 없었다. 그런 건 백인들이나 하는 짓이었다.

하지만 4학년이 되기 전 여름방학 동안 (학자금 대출을 잔뜩 받아) 멕시코 오악사카에서 공부하고 돌아오니 대학 마지막 해를 집에서 보내는 건 말도 안 된다는 생각이 들기 시작했다. 2년 동안 만난 남자친구가 더는 나를 사랑하지 않는다며 떠나가서는 금세 못생긴 백인 여자애로 갈아타는 바람에 나는 마음의 상처를 다스리려 멕시코 전역을 홀로 돌아다녔다. 어느 날 오후 해변에서 울다가 만난 부유한 멕시코 친구들과 몇 주 동안 이울려 놀았는데, 메스칼을 너무 많이 마신 탓에 췌장염에 걸려 병원 신세를 졌다. 그리고는 다시 **살아났다.** 이제 와서 갑자기 부모님께 내 행방을 알려야 하나? 스물 한 살이나 돼서? 그럴 순 없지.

그래서 그해 초에 짐을 싸 들고 예전에 다녔던 고등학교 건너편으로 1마일쯤 떨어진 친구네 집으로 들어갔다. 부모님은 노발대발했다. 옛날 사람인 부모님은 내가 딸 역할을 거부하고 싶어서 그런다고 생각했다. 그분들 눈에 나는 배은망덕하고도 불손한 존재였다. 완전히 틀린 생각은 아니었지만 그저 내가 집을 나간 것만이 문제는 아니었다. 우리 집안에서 여자가 이 나이에 결혼하지 않은 채로 집을 나간 경우는 한 번도 없었다. 충격적이고 전례 없는 수치였다. 하지만 그런 건 내 알 바가 아니었다.

나는 친구 집의 빈방을 쓰며 한 달에 200달러를 냈는데, 평균적인 월세의 절반 수준이었다. 월세가 그렇게 말도 안 되게 쌌던 이유는 아마 그 집 주인이 친구의 아버지였기 때문일 것이다. 그리고 안타깝게도 그 방이 벽은 누렇고 부엌 바닥은 빛바랜 장판이 깔린, 쓰레기장이나 다름없는 곳이었기 때문일 것이다.

어릴 적에나 보던 바퀴벌레들이 내 앞에 다시 나타났다. **반가워, 에리카. 보고 싶었어.** 부엌은 차가운 느낌이 들면서도 지저분해 고통과 절망을 떠올리게 했다. 그 형광등 불빛

아래에서는 누구든 칙칙하고 여위어 보였다. 친구 한 명은 "헤로인이나 맞으러 갈 것 같은 공간"이라고 덧붙였다. 침실이라고 딱히 나을 것도 없었다. 왜 그랬는지 모르겠지만 나는 한쪽 벽면에 깨진 채 세워져 있던 커다란 거울을 그대로 두고 지냈다. 딱 봐도 위험해 보였는데 치울 생각은 한 번도 하지 않았다. 그저 그 거울로 아래쪽 옷차림을 비춰보기만 했을 뿐, 날카로운 모서리에 다치는 일은 없을 것처럼 행동했다.

금전적으로 쪼들리다 보니 처음 두 달은 에어 매트리스에서 잤다. 한밤중에 매트리스의 바람이 빠져 바닥에 뒹굴다 깨곤 했다. 당연히 수면의 질이 형편없었다. 고모가 오래된 침대를 물려주지 않았다면 계속 그렇게 지냈을 것이다. 가장 귀중한 소지품인 책들은 공장에서 훔쳐다 둔 것 같은 산업용 선반에 쌓아두었다. 옷장이 없었기 때문에 수납장에 안 들어가는 옷들은 사방에 흩뿌려두었다. (수납장이 있긴 했던가?) 더울 때는 에어컨 없이 밤새 침대 위에서 뒤척거렸고, 겨울에는 추위에 떨지 않으려고 옷을 몇 겹씩 껴입었다. 어느 날 나를 찾아와 방안을 둘러본 또 다른 친구는 믿기지 않는다는 듯이 이렇게 말했다. "세상에, 너 사는 게 꼭 〈찰리와 초콜릿 공장〉의 찰리 같아." 그 말에 마음이 조금 상했지만, 그래도 나는 누구의 도움도 없이 내 힘으로 생활하는 게 자랑스러웠다.

빠듯한 수입으로 끼니를 챙기는 법을 익혔다. 그해 친구와 나는 팬케이크, 달걀, 파스타를 잔뜩 먹었다. 그제야 어릴 적 먹던 음식을 이해하게 되었다. 플라우타스 데 파파, 소파 데 피데오, 멕시칸 스파게티, 튀긴 콩. 제일 저렴하게 배를 채우는 데는 탄수화물과 지방이 최고였지만(말해 뭐 해), 그것도 내가 장을 봤을 때나 가능한 일이었다. 5달러짜리 와인도 엄청나게 마셨다. 가게에서 그걸 사는 내가 되게 어른스럽게 느껴졌다. 수년간 간절히 기다려 온, 합법적으로 술을 마실 수 있는 때가 마침내 다가온 것이다. 봐, 최고로 세련된 여자가 된 나를.

나는 애정을 담아 이 시기를 "잡년slut의 해"라 불렀다. (나중에 그런 시기가 또 올 줄은 몰랐다.) 섹스를 많이 하지는 않았지만 이별의 아픔을 이겨보려고 자주 데이트를 했다. 가만히 멈춰서서 나의 필요와 욕구를 따져보기보다는 나 자신을 남자들에게 풀어놓았다. 그다지 마음에 들지 않아도 한편으로는 지루함을 달래기 위해, 한편으로는 욕망의 대상이 되고 싶은 욕구 때문에 남자와 만나곤 했다. 친구의 친구, 바에서 만난 남자, 학교 동기 등등 가리지 않고 그냥 다 만났다. 그러다 보면 당연히 거슬리는 녀석이 더러 있었다. 두 번은 만나고 싶지 않을 게 뻔해 보여도 일단 재미 삼아 첫 만남에 응하곤 했다. 혼자 생각에 잠기는 시간을 견딜 수가 없었다. 이때 잘못된 선택을 많이 했다. 잠깐 만났던 동정이었던 남자애는 어느 날 내 안에 삽입한 채로 자기 엄마 전화를 받았다. 폴란드어로 엄마와 통화하는 그 애를 나는 어이없이 빤히 쳐다보기만 했다.

대학 졸업반 애들이 다 그렇듯이 나는 초대받은 파티와 술자리를 죄다 쫓아다니고 싶어 안달했다. 집을 나서기에 늦은 시각이란 없었고 못 나가는 밤도 없었다. 시험 전날 밤 열 시라도 누군가 꼬드기면 잠옷을 벗어 던지고 집을 나섰다. 재빨리 옷을 갈아입고 아파트를 나와 친구들을 만나러 당시 유행하던 낡고 더러운 술집으로 갔다. 실망할 게 뻔했지만 그래도 일단 나갔다. **혹시라도 오늘 밤이 슬프기만 한 내 인생에서 최고의 밤이 될지도 모르잖아?**

대학에서의 마지막 해가 시작되고 몇 주가 지났을 무렵 친구 마르타가 아파트 꼭대기에 있던 자기의 작은 집에서 때 이른 핼러윈 파티를 열었다. 그 집은 '백 오브 더 야드'라 불리는 사우스사이드의 어느 마을에 있었다. 나보다 몇 살 많은 마르타와는 고등학교 때부터 알고 지낸 사이였다. 우리는 한동안 대학에 함께 다녔지만 마르타는 내가 졸업반이 되었을 때 자퇴했다. 고스풍의 옷을 입고 책에 관해 이야기하길 좋아하는 마르타를 나는 늘 우러러보았다. 마르타를 통해 새로운 작가도 발견하고 정향 담배도 배우고 뉴웨이브, 얼터너티브 록 밴드도 많이 알게 되었으니까. 마르타는 작가가 되고 싶다는 막연한 바람을 갖고 있었지만 실행력이 좋은 편은 아니었다. 엉덩이가 영 빈약했는데, 그래서 그랬나 싶기도 하다. 판단은 각자의 몫이다.

에둘러 말하는 칭찬, 거친 애정으로 가장한 비판, 외모에 대한 무자비한 평가 등 마르타에게서는 언제나 음험한 무언가가 느껴졌다. 불쾌한 분위기랄까, 기분, 기운, 마력 같은 것이 흘러넘쳤다. 마르타는 늘 내 마음을 상하게 했지만 그에게 인정받고 싶었던 나는 살면서 항상 듣던 대로 내가 너무 예민해서 그런 거라 믿고 털어버리곤 했다. 나의 예민함은 언제나 벗어버려야 할 저주로 느껴졌다.

마르타의 파티에서 아름다운 갈색 얼굴의 남자 하나가 내게 추근거리기 시작했다. 우리와 같은 고등학교 출신으로, 나보다 몇 살 더 많은 호세라는 남자였다. 고등학교 졸업반 때 같은 학교에 다니던 여자친구를 임신시켰다는 것 말고는 호세에 대해 기억나는 게 별로 없었다. 처음에 나는 호세를 연애 상대로 생각하지 않았다. 호세는 전형적인 미남이었고 나는 좀 더 절제된 미모, 개성 있는 얼굴을 선호했다. 자신의 매력을 알고 있었던 호세는 입술을 삐죽 내밀고 깊은 생각에 잠긴 것 같은 눈빛으로 끊임없이 사진 촬영에 임하는 듯한 포즈를 취했다. 나는 내가 어느 모로 보나 이상한 인간이라고 생각했기 때문에 이런 남자는 내게 관심이 없을 거라고 믿고 있었다. 그래서 호세가 사실은 다른 사람에게 말을 걸고 있는 게 아닌지, 어쩌면 내 뒤에 매력적인 여자가 있지는 않은지 계속 둘러보았다. 하지만 아니었다. 호세가 뚫어져라 바라보고 있는 건 바로 나였다. 나는 어깨를 으쓱하고는 어쩐지 자꾸 술이 차오르는 커다란 와인잔을 든 채로 파티장을 돌아다녔다. 그러다 어느 순간 몹시 취해서 침대에 누워야 했다. 몇 분 뒤 호세가 따라 들어와 문을 닫았다.

나는 그 어느 때보다도 심하게 취해 몸을 가눌 수 없을 지경이었다. 호세와 한동안 몸을 맞대고 있다가 토기가 올라와 그를 밀쳐냈다. 토사물이 침대에 잔뜩 쏟아졌다. 호세가 자리를 떴고 나는 내가 게운 토사물 위에 그대로 쓰러져 잠들었다.

다음 날 아침 일어나 보니 마르타가 남자친구와 부엌 탁자에서 커피를 마시고 있었다. 머리가 지끈대고 속이 쓰렸다. 타이밍 나쁘게, 그것도 너무 심하게 토한 탓이었다. 지금까지도 그날 아침만큼 숙취가 심했던 적은 없다. 쥐어 짜인 낡은 대걸레가 된 것 같았다. 나는 마르타와 그의 남자친구에게 침대보를 더럽혀 미안하다고, 바꿔주겠다고 말했다. 둘은 살다 보면 별일이 생기곤 한다며 괜찮다고 나를 안심시켰다.

"호세랑은 어떻게 됐어?" 마르타가 짐짓 웃으며 물었다. 특유의 검은 립스틱을 바르지 않은 마르타의 얼굴은 음산

한 캔버스처럼 공허하고 불안해 보였다.

마음속 깊은 곳에서 무언가 턱 걸리는 것이 있었지만 그때는 그걸 어떻게 표현할 수가 없었다. 어쩌면 마르타가 내게 호의를 베푼 걸지도 모른다는 생각도 들었다. 호세는 아주 매력적인 반면 나는 영 이상한 녀석이었으니까.

"섹스하려다가 내가 토해서, 그걸로 끝이었어." 내가 대답했다. 심지어 웃기까지 했던 것 같다.

"호세가 널 찾길래 내 방에 가보라고 말해줬지. 고맙단 말은 안 해도 돼." 마르타가 웃으며 말했다.

그때까지 나는 강간이란 어두운 골목이나 주차장에서 일어나는 거라고 믿고 있었다. 그리고 남자가 강제로 다리를 벌린다든지 하는 신체적 폭력이 동반되어야 한다고 생각했다. 나는 1990년대 방과후 특별 프로그램과 텔레비전 영화에서 순결한 백인 여자아이가 사이코패스의 손에 더럽혀지는 장면을 보며 자란 아이였다. 거기서는 다들 "싫다면 싫은 거야!"라고 했다. 제대로 몸을 일으키지도 못할 정도로 심하게 취해서 정신이 오락가락하는 와중에 슬그머니 방안에 들어온 남자에게 막연히 끌리는 상태에서 강간이 발생할 수 있다는 생각은 한 번도 해 본적이 없었다. 우리는 지속적이거나 열렬한 합의는커녕 합의 자체에 관해서도 이야기해본 적이 없었다. 창녀 취급하기slut shaming라든지 유해한 남성성, 여성혐오, 그리고 이 모든 것의 상호 연관성에

관해서도. 우리는 언어 없이 대상을 식별할 수 없다. 나에게
는 내게 일어난 일을 설명할 수 있는 언어가 없었다. 뭔가
잘못되었다는 생각이 들어도 왜 그렇게 느껴지는지 온전히
파악하지 못했다.

마르타의 행동은 마치 따갑지만 참고 입을 수 있게 된 셔
츠를 걸치고 있는 듯한 불편한 느낌을 주었다. 그 행동에
담긴 의미를 이해하기까지는 오랜 시간이 필요했다. 여러
해가 지나 우리 사이의 대화가 끊어질 때까지. 나는 피난처
가 필요할 때면 마르타를 찾았고 마르타는 나를 받아주었
다. 그해 우리는 파티에서 벌어진 일과 무관한 문제로 많이
싸웠다. 내 존재 자체가 마르타를 불쾌하게 만드는 것 같았
다. 한번은 그런 싸움이 있고 난 뒤에 내 친구 하나가 마르
타를 '셀레나 살인범'*이라고 부르기 시작했다. 파티에서 우
리 둘이 함께 찍힌 사진 속에서, 카메라를 향해 웃고 있는
나를 마르타가 무섭게 노려보고 있었기 때문이다. 정말 나
를 죽일 듯한 표정이었다. 마르타가 나를 극렬히 미워한다
는 사실이 명백히 드러났기 때문에 우리 사이는 결국 크게
틀어지고 말았다. 몇 년 동안 서로 미미하게 관계 회복을

---

* 1980~1990년대에 정상급 인기를 누린 멕시코계 미국인 가수 셀레나
퀸타닐라의 매니저였던 욜란다 살디바를 가리킨다. 살디바는 횡령 혐
의로 자신을 추궁하는 셀레나를 총으로 쏘아 살해했다.

시도한 적도 있었지만 내 페이스북 게시글에 마르타가 난데없이 난리를 친 후로 나는 마음을 접었다.

질 주변이 계속 가렵고 아파서 내내 신경이 쓰였다. 상태가 최악에 이르러서야 시카고 여성병원에 찾아가 처음으로 진료를 받았다. 여러 번 자원봉사를 했던 병원이라 그곳의 철학을 존경하고 있었고, 그런 만큼 신뢰도 깊었다. 간호사와 조산사가 대부분인 그 병원의 의료진은 환자가 검진 과정을 직접 보고 이해하는 것이 중요하다고 여겨 진료 중에 하반신을 가리지 않았다. (당연히 해야 할 일이지만) 검경 speculum도 데워두고 발걸이는 편물로 감싸두었다. 1970년대쯤 개업한 병원이라 실내가 오래된 나무 판재로 둘러싸여 있어 꼭 위스콘신 시골 지역에 있는 누군가의 할머니 집에 앉아 있는 듯한 기분이 들었다.

처음 진료를 받던 날 간호사가 거울로 내 자궁 경부를 보여주겠다고 했다. 긴장되기도 하고, 늘 바깥쪽만 봤지 한 번도 들여다본 적 없는 곳인데 굳이 봐서 뭐 하겠냐는 생각도 스쳤지만 그러겠다고 했다. 내 몸을 두려워해선 안 된다는 걸 알고 있었다. 어쨌거나 나는 페미니스트니까.

"보세요, 분홍빛으로 건강해 보이네요." 간호사가 미소 지으며 말했다. 감염이 되었어도 질 상태는 괜찮은 모양이었다.

"우와, 멋지네요!" 나는 과하게 반응했다. 사실은 흠칫 놀란 상태였다. 당당한 태도를 취하고 싶었지만 마치 외계인의 축축한 목구멍을 들여다보는 것 같았다.

그렇게 마음 졸이게 한 범인의 정체는 그저 흔한 질염으로 드러났다. 그게 내가 받은 첫 진단 결과였다. 병원에서 어떤 처방을 해줬는지는 기억나지 않는다. 그때는 그저 간단히 해결할 수 있는 문제로 보였다. 그게 사라지지 않고 계속될 줄은 몰랐다. 나는 난생처음으로 나의 질을 속속들이 알게 되었다. 그리고 매일 그곳을 손거울로 자세히 들여다보며 질이 정상으로 돌아오기를 바랐다. 이전에는 한 번도 본 적 없었기 때문에 어떤 모습이 정상인지도 제대로 알지 못했지만. 질은 언제나 수수께끼 같은 부위였으니 잘 살펴볼 때가 됐다고 생각했다. **주름 참 많네.**

초진 후 몇 달 동안 나는 처방전 없이 구할 수 있는 연고와 경구약, 입으로도 삼키고 질에도 넣는 프로바이오틱스 등등 가능한 모든 약과 치료법을 동원해 가려움증과 분비물을 없애려고 애썼다. 심지어 생마늘도 몇 번 넣어보았는데, 그저 마늘 냄새만 뺄 뿐이었다. 상황이 썩 좋지 않았다. 돈을 들여 여러 차례 주치의를 찾아갔지만 의사는 아무 도움도 되지 않았다. 갈 때마다 똑같은 약만 처방할 뿐이었다. 나는 친구에게 질을 새것으로 갈아끼울 수 있다면 악마에게 영혼이라도 팔 거라고 말했다. 질을 이식할 수는 없을까? 과학 기술이 아직 그 정도로는 발달하지 못한 걸까?

주치의에게 더 기대할 것이 없어지자 시카고 여성병원에 더 자주 찾아갔다. 병원에서는 항진균제를 처방해 주었는데, 처방전을 작성할 때마다 나는 처방약만이 아니라 내 모든 꿈과 희망이 그 안에 담겨 있다는 듯이 마음을 졸이곤 했다.

나는 몇 달 동안 호세와 사귀다 말다 했다. 가벼운 의미로 말이다. 성병에 걸릴까 봐 두려워서 그 기간에 호세와 한 번도 섹스하지 않았다. 질이 건강하고 욕구가 오를 때조차 마찬가지였다. 호세에게 끌렸고 진심으로 자유분방하게 살고 싶었지만 질염이 사라지지 않으니 끝없는 불안감에 시달렸다. 가랑이에 무슨 문제라도 생길지 모른다는 생각에 몸이 움츠러드는 상태, 다들 알지 않나? 호세와 키스하고 더듬다 선을 넘을 순간이 올 때마다 욕망을 억누르며 흥분한 채로 자리를 떠났다.

나는 평생토록 유혹에 굴복하면 흔해 빠진 천박한 여자가 되고 말 거라고 배웠다. 두터운 아이라이너와 진한 립스틱을 바르고 다니다 졸업도 하기 전에 임신하는 여자아이들처럼. 내 몸을 스스로 책임지며 전통이나 성별 규범 따위 개의치 않는 자유로운 여성이 되고 싶은 마음이 간절했지만 그때까지는 라틴계 여성에게, 특히 나 자신에게 성과 수치심이 얼마나 복잡하게 얽혀 있는지 이해하지 못했다. 어릴 때부터 스페인어 방송에서 아름다운 여성들이 자랑스럽게 가슴을 흔들어대는 모습을 보고 자라는 한편 열다섯 살 생일이 지나기 전에 다리털을 밀기라도 했다가는 엄마에게 욕을 먹으니 혼란스러울 수밖에 없었다.

이렇게 밀고 당기는 과정을 몇 차례 반복한 끝에 지쳐버린 호세는 밸런타인데이에 같이 하려던 걸 모두 그만두고 헤어지자고 했다. 자기 엄마네 지하실에 살면서 아이도 둘이나 딸린 자식에게 이런 식으로 차인 건 지금 생각해도 쓰라린 기억이다.

호세는 대학 졸업 후 여름에 미시간 호수에서 죽었다. 듣기로는 친구들과 수영하다가 사라져버렸다고 했다. 나는 호세가 맨정신인 모습을 본 적이 없어서 사고 당시 그가 술과 약에 취해 있었을 거라고 생각했다. 내가 호세에게 던진 마지막 말은 "엿 먹어라"였던 것 같다. 나는 홀로 장례식장에 가서 맨 뒷자리에 앉았다. 그도 그럴 게, 내가 누구인지 어떻게 설명한단 말인가? 절대로 섹스는 안 된다고 하던 여자애가 조의를 표하러 왔다고 할 수야 없으니까.

남자들과 만나고 헤어지고 하는 와중에 질염은 계속되었다. 끈질기고 완강하고 저돌적으로. 질염은 언제나 물밑에서 벼르고 있는 적이었다. 사라졌다가도 되돌아와 복수했다. 나는 몇 주에 한 번씩 시카고 여성병원을 찾아가 온갖 방법으로 치료를 받았다. 한번은 의료진이 현미경으로 질 배양액을 보여주었다. 나뭇가지를 닮은 자줏빛 형체들이 슬라이드를 가득 채우고 있었다. 초원을 그린 추상화처럼 아름다운 느낌마저 들었다. 마침내 마주한 적 앞에서 나는 나지막이 내뱉었다. **이런 망할 자식.**

또 다른 어느 날에는 내 자궁 경부가 젠티안 바이올렛 염색 시약으로 뒤덮였다. 그 후 며칠 동안 소변을 볼 때마다 용액이 흘러나와 변기 물을 아름다운 보랏빛으로 물들였다. 실망스럽게도 그 처치로 얻은 것이라고는 화장실에 들를 때마다 받는 강렬한 인상과 얼룩진 속옷뿐이었다.

몇 달에 걸친 치료와 복약이 실패로 돌아가자 나는 설탕과 탄수화물을 끊었다. 그러면 술을 마실 수가 없는데, 술 마시는 것이 사람들과 어울리는 유일한 방법이었던 그때의 내게는 괴로운 선택이었다. 나는 밤마다 친구들과 나가서 술을 마시며 마음 한구석에 항상 도사리고 있던 우울과 불안을 잠재우곤 했었다. 말 그대로 생각이라는 게 사라질 때까지, 온몸이 노곤하고 자유로워질 때까지, 깨지 않는 한 모든 것이 즐겁게 느껴질 때까지 술을 마셨다. 일시적인 무의식 상태에 빠져들기를 간절히 바랐다. 하지만 그러고 나서 눈을 뜨면 깨질 듯한 두통과 함께 실존적 절망이 몰려와서 〈섹스 앤 더 시티〉 재방송을 틀어놓은 채 몇 시간이나 거의 혼수상태로 보내곤 했다.

여름 동안 오사카로 유학을 다녀온 후 췌장염에 걸린 것도 이렇게 마셔댄 탓이었다. 물론 당시에 나는 그 둘 사이에 어떤 연관성도 없다고 극구 부인했었다. 심지어 병원에서 나를 진찰하던 의사가 음주 습관이 좋지 않다고 지적했을 때는 무척 불쾌해했다. 췌장이 아픈 것과 매일 밤 마시는 메스칼이 무슨 상관이 있다는 거야? 의학 전문가 주제에 어디서 감히!

생활 방식이 흔들리는 것 외에도, 무탄수화물 생활에는 돈이 많이 들었다. 하루아침에 파스타와 팬케이크 대신 채소와 단백질을 먹게 됐는데 나는 이걸 감당할 준비가 전혀 되어 있지 않았다. 점심시간에 샐러드바에 갈 때면 계산대에서 그릇 무게를 재는 동안 숨죽이며 기다리곤 했다.

이따금 염증이 잠시 가라앉으면 완치를 기념하는 파티라도 열 것처럼 기뻐했다. 그러다 아니나 다를까 염증이 재발하면 온통 그 생각에 사로잡히곤 했다. 인터넷을 떠도는 여느 멍청이들처럼 계속해서 지속성 질염의 원인을 검색한 끝에, 당뇨병과 HIV가 이 염증의 가장 흔한 요인이라는 정보를 찾아냈다. 내가 알기로 나는 당뇨병을 앓고 있지는 않았으니 남은 건 HIV뿐이었다. 항상 콘돔을 썼고 위험군에 속하지도 않았는데도 나는 내가 HIV에 감염된 게 분명하고 결국 에이즈로 죽어 집안의 망신거리가 될 게 틀림없다고 생각했다. 말도 안 되는, 한심할 만큼 멍청한 이야기를 정교하게 지어내고 진심으로 믿곤 하는 나로서는 이런 최악의 결과를 떠올리는 것이 정해진 수순이었다. 처음 자위를 했을 때는 하느님이 나를 지켜보셨을 테니 지옥 불구덩이에 떨어질 게 틀림없다고 믿었다.

누군가와 성적 관계를 맺기 시작했을 무렵에는 타인과 몸을 비빈 것만으로도 임신을 할까 봐 염려했다. 삽입도 없었는데 내 몸속에 태아가 자라고 있다고 믿었고, 우리 주에서는 미성년자 낙태를 금지하고 있으니 내 인생은 끝장났다고 생각했다. 이는 말할 필요도 없이 수치와 공포를 안겨주는 전략으로 가득 찬 끔찍한 성교육을 받은 결과였다.

성행위는 금지되어 있는데 학교에 학생들의 자녀를 돌보는 보육시설이 있다는 건 좀 이상한 일이었다. 피임에 대해 별달리 배운 기억은 나지 않는다. 내가 가진 지식은 대부분 일요일 밤마다 몰래 듣던 라디오 프로그램 〈러브라인〉에서 얻은 것이었다. 형편없는 성교육에 제멋대로 뻗어나가는 상상력과 편집증이 더해진 결과, 나는 섹스 때문에 죽고 말 거라고 믿게 되었다.

가을에서 겨울로 넘어갔다가 다시 봄이 왔다. 겨우내 구겨져 있던 시카고인들이 부푼 마음으로 동굴에서 기어 나오는 시기가. 나는 용기를 내어 시카고 여성병원에서 HIV 검사를 받기로 했다. 이미 질 검사를 받으러 와봤으니 이것도 할 수 있을 거라고 생각했다. 검진을 마치고 나와서는 쏟아지는 햇빛 아래 만개한 꽃과 나무에 둘러싸여 동네를 걸어다녔다. **다 괜찮을 거야,** 라고 마음을 가다듬으면서.

그렇지만 '다 괜찮은 세계'란 내가 겪어본 적이 거의 없는 머나먼 땅이었다. 지금처럼 손가락을 찔러서 하는 신속 검사법이 나오기 전이었기에 일주일을 꼬박 기다린 후 결과를 확인하러 다시 병원에 가야 했다. 양성이 아니기를 간절히 바라면서 보낸 일주일이 한없이 길게 느껴졌던 것 외에는 그 기간에 무슨 일이 있었는지 잘 기억나지 않는다. 만약 HIV에 걸렸다면 나는 용감하게 대처하지 못하리라는 것을 알고 있었다. 자신의 개인적 비극을 통해 다른 사람들에게 힘을 주는 사람이 되지는 못하리라는 것을. 자기 연민과 고통에 파묻히고 말 것을. 나는 영웅이 아니라는 것을.

검사 결과 예정일 아침에는 친구 로런스가 같이 가주었다. 몇 달 전 로런스의 검사 결과가 나오던 날에도 우리는 함께였다. 로런스의 손을 잡고 계단을 오르던 기억이 난다. 온몸이 떨리고 다리가 꺾여 주저앉을 것만 같았다.

"아아, 하느님." 나는 몇 번이고 계속 되뇌었다.

그날 병원에서 결과를 알려줄 사람은 내가 좋아하던 의사 도로시였다. 도로시는 삐딱한 유머 감각을 지녔고 담배를 오래 피운 데다 다소 거친 생활을 했던 모양인지 목소리가 걸걸했다.

"음성이네요." 기다랗고 얼룩덜룩한 치아를 내보이며 미소 띤 얼굴로 도로시가 말했다.

가슴이 터질 듯했다. 나는 도로시를 꼭 껴안으며 말했다. "정말 고마워요." 진료 중에 이런 일이 자주 있는지는 모르겠지만, 도로시는 다정하게 나를 마주 안아주었다.

그해 봄, 하루는 데이트를 마치고 집으로 가던 중에 고속도로를 잘못 타서 엉뚱한 방향으로 달렸다. 나는 자주 그렇게 머릿속에 뿌연 안개가 들어찬 것처럼 얼빠진 짓을 했다. 원래 가려던 방향과 정반대로 달리는 바람에 친구들이 술을 마시고 있던 노스사이드의 바 근처까지 가버렸다. 원래는 갈 생각이 없었지만 이왕 거기까지 왔으니 잠시 들르기로 했다. 술자리에 가보니 샘이라는 키 크고 매력적인 남자가 있었다. 그럭저럭 똑똑해 보이길래 집에 가는 길에 태워주겠다고 했다. 하지만 그날 밤 샘은 집으로 가지 않았다. 우리는 내 아파트로 가서 서로 더듬대며 시간을 보냈다.

그때는 질에 문제가 없었고 나도 굉장히 섹스를 하고 싶었지만 너무 무서웠던 나머지 그 이상 넘어가지 못했다. 샘과 한동안 데이트를 하겠지만 시간이 흐른 뒤에 결국 내가 포기하고 말 거라는 생각이 머릿속에 맴돌았다.

다음 날 아침에 내가 도시 반대편에 있는 집까지 태워주었는데도 샘은 커피값을 내주기는커녕 권하지조차 않았다.

게다가 여자를 가르치려 드는 놈mansplainer이어서 내게 이오니아식 기둥에 관해 설명하려 들었다. 닥쳐, 이 새끼야. 나도 예술사 수업 들었다고. 샘에게는 지금도 내가 참아줄 수 없는 남자의 두 가지 특성이 있었다. 인색하게 굴기와 잘난 체 하기. 그런데도 우리는 계속 만났다.

우리 둘의 얄팍한 연애는 몇 주 후 싱거운 결말을 맞이했다. 가을에서 겨울을 지나도록 떨어지지 않더니 포근한 시기가 되어서까지 불쑥불쑥 고개를 들곤 하던 질염 때문에 고생했던 나는 결국 욕구에 무릎을 꿇고 말았다. (어떻게 1년이나 참았는지 모르겠다.) 몰아치던 내면의 혼란은 나의 욕망과 잔뜩 흥분한 질에 밀려났다. 하지만 내가 얻은 것은 치솟은 기대를 왕창 깨뜨리는 형편없는 결과였다. 샘은 나를 집어삼킨 욕망의 원천도 아니었고 그것을 해소하는 데도 거의 도움이 되지 않았다. 내 격렬한 욕구에 비해 샘이 채워준 것은 티끌 정도에 불과했다. 그 섹스가 슬펐던 것은 샘의 성기가 엄청나게 작아서라기보다는 샘이 자기 손이나 입, 아니면 엄청나게 작은 성기로 뭘 어떻게 해야 할지 전혀 몰랐기 때문이었다. 세심하지도 매력적이지도 않은 데다가 클리토리스의 기능에 관해서도 무지하고 무관심한 남자였다. 샘이 뒤에서 찔러대는 동안 나는 얼굴을 찌푸린 채 눈을 굴렸다. 정말이지 아무런 느낌도 들지 않았다.

제멋대로 충동적으로 보낸 동시에 공부도 많이 한 해였다. 나는 운 좋게도 졸업생 증후군을 아주 차분하게 겪었다. 수면 부족이나 심한 숙취로 축 늘어진 파티 풍선 같은 상태로 공부하고 수업을 듣곤 했다. (말하자면 난잡한 모범생? 책임감 있는 날라리?)

나는 언제나 인생에서 불가능한 것을 원했고 완전히 말도 안 되는 꿈을 꾸었다. 미래는 불확실하지만 어떻게든 여행하고 글을 쓰며 살 거라고 생각했다. 풀브라이트의 스페인 장학 지원 사업과 문예 창작 석사 과정 세 곳에 지원서를 냈고 평화봉사단도 신청했다. 그해 봄에 나는 파이 베타 카파phi beta kappa에 선발되었고 대학생 문학상 시 부문에서 수상했다. 우수 학생 특별 교육honors college에 참여하고 있었고 우등생magna cum laude으로 졸업할 예정이었다. 뭐가 되든 다 해보고 싶었다.

대학 마지막 1년은 보험 중개 회사에서 아르바이트를 해 번 돈으로 버텼다. 쥐꼬리만 한 수입이었어도 지독히 궁색하게 지냈기 때문에 나 혼자 먹고살기에는 충분했다. 어느 날 오후 책상 앞에 앉아 있는데 풀브라이트 장학생으로 선정되었다는 이메일이 왔다. 소리를 지르고 싶었지만 숨을 쉴 수가 없었다. 믿기지 않아 화면을 뚫어져라 쳐다보았다. 나, 에리카 산체스는 **마드리드로 간다.**

온 세상이, 심지어 내 다리 사이마저도 희망으로 가득

차 보였다. 늦은 봄 무렵에 나는 지긋지긋한 염증을 떨쳐낼 마법의 치료제를 찾아냈다. 티트리 오일이었다. 인터넷에서 본 대로 오일로 질을 세척했더니 엉망진창이던 나의 질이 멀쩡해졌다. 그동안 지푸라기라도 잡고 싶은 마음에 온갖 치료법을 시도했는데, 그중에는 주치의나 병원에 알리지 않고 해본 것들도 있었다. 어둠 속 한 줄기 불빛처럼 나타난 티트리 오일이 왜인지는 모르지만 효험이 있었다. 완전히 선을 벗어난 방법이었지만 선택의 여지가 없었다. 하다못해 점성술에라도 의지할 태세였으니까. 어쩌면 별들이 내가 모르는 걸 알고 있을지도 모른다면서.

새사람이 된 기분이었다. 더 이상 내 몸이 역겹지도 두렵지도 않았다. 새로운 활력이 나를 휘감았다. 세상은 아름답고 나는 무엇이든 할 수 있어! 이따금 거리에서 두 팔을 쭉 펼친 채 바보처럼 뛰어다니고 싶은 충동을 느꼈다.

하지만 몇 주 만에 통증이 되돌아왔다. 질이 너무 따가워 앉기조차 힘들 정도였다. 내가 무슨 잘못을 했길래 이런 일을 당하는 건지 알고 싶었다. 하다못해 팔꿈치라든지, 어디든 다른 데가 아프면 안 돼? 이건 대체 무슨 업보인 거야? 하느님은 왜 이렇게 나를 미워하실까? 나는 혹시나 이 새로운 수수께끼를 풀어줄 수 있을까 싶어 다시 주치의를 찾아갔다. 염증이 사라졌다면 왜 이렇게까지 아픈 걸까? 주치의에 대한 신뢰가 바닥나 있었지만 부모님의 의료보험으로 다른 의사를 찾을 방법을 알지 못했다. 다른 의사를 찾아다니다가 내 비밀이 들통날까 봐 두렵기도 했다.

그날 담당 간호사가 그린 듯이 매력적인 백인 남자여서 그 앞에서 내 질 속 통증에 대해 이야기하기가 부끄러웠다. 간호사가 나간 후에야 마음이 편해졌다. 그런데 의사가 나를 진찰하더니 헤르페스herpes가 의심된다고 말했다. 숨이 턱 막혔다. 그건 상상조차 해본 적 없는 일이었다. 어떻게 그럴 수가 있지? 순간 의사가 미웠다. 그 금발과 또렷한 이목구비, 비난하는 듯한 눈빛. 나는 진료 테이블에서 흐느끼기 시작했다. 의사는 뭐라 할 말을 찾지 못한 채 서둘러 방을 나가서는 피를 뽑으라고 간호사를 들여보냈다.

그날 내 차의 에어컨이 고장나는 바람에 견디기 어려운 시카고의 열기 속에 땀을 뻘뻘 흘리며 울면서 차를 몰았다. 그러던 중 혼잡한 도로 한가운데서 타이어가 터지는 게 느껴졌고 그 순간 나는 정신을 놓았다. 온 얼굴이 땀과 눈물, 콧물로 뒤덮였다. 차를 세우고 찜통 같은 차 안에 앉은 채 두 손에 얼굴을 묻고 울었다. 사실상 확정된 거나 마찬가지였다. 나는 더러운 년이라고.

질을 달고 태어난 사람은 누구나 자기 몸에 쏟아지는 언어적 폭력을 견디며 자라야 한다. 스페인어로 질을 가리키는 말 중에 '라 코치나다la cochinada', '라 베르구엔자la vergüenza'라는 단어가 있다. 말 그대로 '쓰레기', '수치'라는 뜻이다. 우리는 우리 몸의 가장 내밀한 부위가 태생적으로 불결한 곳, 죄와 타락이 발생하는 곳이라고 배운다.

그리고 생리가 시작되면 우리 몸에서 역겨운 찌꺼기가 배출되는 거라고 믿어, 음경 달린 사람들의 기분이 잡치지 않게 이것을 꼭꼭 숨겨서 처리해야 한다는 생각을 갖게 된다. 처음 생리를 했을 때 나는 속옷에 묻은 얼룩을 보고 너무 당황해서 혹시 내가 바지에 똥을 싼 건가 싶었다. 생리혈이 그렇게 짙은 색일 줄은 상상도 못 했다. 그게 피라는 걸 깨닫고 나서도 창피해서 엄마에게조차 말하고 싶지 않았다. 결국 말을 꺼내니 엄마가 조그만 비행기 같은 날개 달린 생리대를 건네주었고, 나는 수치심에 휩싸여 몇 시간이나 방에 처박혀 있었다.

성병이라던 주치의의 진단은 오진으로 드러났다. 나는 다시 한 번 시카고 여성병원으로 돌아갔고, 이번에는 도로시로부터 외음부 전정염vulvar vestibulitis이라는 진단을 받았다. 외음부 질환의 일종으로, 기본적으로 원인이 뚜렷하지 않은 만성 외음부 통증을 가리키는 말이다.

"그런데 왜 아픈 거죠? 또 뭔가에 감염된 건가요?" 내가 물었다.

"아뇨. 보세요, 여기 민감한 부위들이 있어요. 타는 듯한 통증이 유발되는 곳이죠."

도로시가 해당 부위를 알려주기 위해 면봉으로 살짝 건드리자 나는 움찔했다. 내 신경에 무언가 문제가 있었다. 치료법을 물었더니 도로시는 외음부 통증에 관한 연구가 부족해 명확한 치료법이 나와 있지 않다고 했다. 나에게 도움이 못 되어 미안해하는 게 보였다. 그때부터 우리는 친밀한 관계가 되었다. 도로시는 내 질에 관해 가장 잘 아는 사람이었다. 나는 그에게 커다란 애정을 느꼈다. 항상 진심으로 대해주는 고모 같았다.

더 이상 손쓸 방법이 없다는 걸 확인하자 친절한 도로시가 내게 무료 침술원을 알려주었다. 거기서 나는 온몸을 관통하는 찌릿한 충격을 받으며 침을 맞았다. 그리고 삼키면 진저리쳐질 정도로 쓴맛이 나는 한약을 처방받았다. 하지만 그 약도 소용없었다. '히스테리hysteria'라는 단어가 '떠돌아다니는 자궁'이라는 뜻인 고대 그리스어에서 유래했다는 사실을 처음 알게 되었을 때가 기억난다. 내 자궁이 마치 유령처럼 몸속을 떠돌아다니는 모습을 상상하니 웃음이 터졌다. 내가 겪는 일도 구시대적 전통의 연장선에 있었다. 여성의 통증은 언제나 지나치게 단순화되고 무시되었다. 이해되지 않는 것은 쉽게 감정적인 문제로 치부된다.

그해에는 나를 도와줄 수 있는 이가 아무도 없었다. 나의 고통은 정체가 없었다.

6월 초 어느 날 나는 학사모와 예복 차림으로 단상을 가로질렀다. 지난 4년이 연기처럼 내 뒤로 사라져갔다. 이제 몇 주 후면 스페인으로 건너가 그곳에 오래 머물 예정이었다. 어느 날 밤, 분홍색 싸구려 탱크톱에 빛바랜 데님 스커트 차림으로 레게 클럽에 가서 흐느적대며 땀에 젖어 춤을 췄다. 바 뒤에서 드레드록 머리를 한 잘생긴 남자와 대마초를 피워 조금 취한 상태였다. 그 남자는 나의 유혹에 응하지 않았고 패배한 나는 눈을 감은 채 맥주를 마시며 춤추었다. 어느 순간 눈을 떠 보니 낯선 누군가가 내 옆에서 춤을 추고 있었다. 흐물대는 사람들로 가득 찬 흐릿한 실내를 둘러보며 동행했던 친구를 찾았지만 어디에도 보이지 않았다. 나는 옆의 남자를 무시한 채 계속 춤을 추었다. 그날 밤이 끝날 즈음 그가 내 번호를 물었다. 그제야 쳐다보니 외모가 꽤 괜찮았다. 구릿빛에 가까운 적갈색 피부에 초록색과 옅은 갈색이 도는 눈을 갖고 있었고 광대뼈가 우스꽝스러웠다. 하지만 여름이 끝나면 마드리드로 떠날 예정인 나는 연애를 시작할 마음이 없었다. 남자가 휴대전화를 꺼냈는데 당황스러울 정도로 낡고 투박했다. 마치 카세트테이프와 함께 보관해 둔 1990년대의 유물처럼 보였다. 나는 물질주의자는 아니었지만 그 모습을 좋게 받아들일 수는 없었다. 그래서 엉뚱한 번호를 알려주었는데 남자가 실수로 번호를 지워버렸다며 다시 한 번 알려달라고 했다.

그 남자, 압둘은 파키스탄에서 온 이민자로 나보다 열 살 더 많았다. 독실한 무슬림이라고 주장하는 압둘은 서로 취한 상태로 바에서 만났으면서도 내 생활 방식을 불쾌해했다. 이후로도 나는 끊임없이 이 모순을 지적했고, 그때마다 압둘은 온갖 이유를 대며 자기 행동을 정당화했다. 어쨌거니 압둘은 남자였다.

나는 압둘 같은 남자를 좋아하고 싶지 않았다. 나를 평가해대는 것도 싫고 뒤떨어진 성별 고정관념도 견딜 수 없었다. 하지만 몇 주가 지나는 사이 너무도 낯선 절박한 심정으로 압둘을 사랑하게 되었다. (아니면 집착하게 되었는지도?) 나는 탐욕스러운 감정에 사로잡혔다. 살면서 그렇게나 어리석게 누군가를 원했던 적이 없어 두려웠다. 사랑에 깊이 빠진 나머지 흙을 먹기까지 하던 《백 년의 고독》의 등장인물이 떠오를 정도였다. 그만큼 끔찍했다.

외음부 통증이 거의 가라앉았기에 우리는 여름 내내 싸우고 섹스하며 보냈다. 하지만 여름이 끝나기 전에 무언가가 잘못되었다는 걸 느꼈다. 아니, 압둘과 만난 지 몇 주가 되지 않아서 이미 그런 징조가 나타나기 시작했다. 내가 그의 집으로 가겠다고 할 때마다 압둘은 동거인이나 집 수리 같은 핑계를 대며 거절하고는 했다. 아무리 멍청해도 바로 이상함을 알아챌 만한 상황이었지만 나는 제정신이 아니었다. 압둘을 보기만 해도 숨이 가빠지곤 했다.

그의 집에 가보고 싶다고 계속 졸랐던 어느 날 밤, 압둘이 결국 고백했다. 자기는 이미 결혼했다고.

당연한 일이었다. 처음부터 명백한 사실이었는데도 나는 오르가슴에 눈이 멀어 있었다. 압둘은 영주권을 얻기 위해 알고 지내던 파키스탄계 미국인 여성과 결혼했다고 했다. 서로 합의한 계약이었지만 압둘이 실수로 상대를 임신시켰다. 아들은 세 살이고 아내는 조현병을 앓고 있어 헤어지기 어렵다고 했다. 이 이야기가 어디까지 사실인지는 끝내 알 수 없었다. 압둘의 자백으로 나는 분노와 슬픔의 구렁텅이에 빠져들었다. 압둘은, 나를 음탕한 여자라고 비난하면서도 스페인에 가지 말라고 애원해대던 이 개새끼는 유부남이었다. 그날 밤에 대해 기억나는 거라고는 마치 유산소 운동이라도 한 것처럼 지치도록 울어댔다는 것뿐이다.

다음 날 친구들에게 압둘에 대해 이야기하니 다들 경악했다. 나도 마찬가지였지만, 압둘과 헤어질 준비가 되어 있지 않았다. 새로 맞이한 현실에 적응할 수 없었거나 진실을 알면서도 곁에 남아 있을 작정이었을 것이다. 대체 누가 기꺼이 상간녀가 되려 하겠어? 얼마나 부끄러운 짓이야? 나는 대체 어떤 인간이 되어버린 걸까?

한 친구가 내게 말했다. "압둘은 너를 사랑하지 않아." 나도 그렇게 생각하고 싶었다. 어떻게 봐도 좋지 않은 상황이라는 걸 알았다. 그런데도 부인하고 싶었다. 그 친구가 뭘 일겠냐고? 나의 내면은 죽어가고 있었다. 그저 압둘이 아내와 헤어지고 나와 함께하기만을 바랐다. 나는 레이먼드 카버의 단편소설 〈사랑을 말할 때 우리가 이야기하는 것〉을 떠올렸다. 그 소설의 등장인물 중 하나는 학대를 일삼던 전 남자친구와의 관계가 사랑의 한 형태라고 주장한다. 남자친구가 자기 발목을 잡아끌고 죽이려고까지 하는데도 그 인물의 믿음은 흔들리지 않는다. 그때는 내가 압둘을 사랑한다고 확신했기 때문에 그 인물의 입장에 공감했다. 압둘이 나보다 나이가 많아서 더 우위에 있다는 점이나 내 생활방식을 좌우하려는 그의 욕구가 폭력일 수 있다는 점은 고려하지 않았다. 나는 우리 둘이 소설 속 불행한 연인이라고 생각했다. 운명적으로 만나 비극을 겪고 있는 거라고.

어느 날 늘 그렇듯 크게 싸우고 난 뒤에 압둘이 내게 처음으로 사랑한다고 말했다. 싸움의 시작은 시내 나이트클럽에서였다. 압둘이 나를 자극하려고 어떤 여성의 빈약한 엉덩이를 들먹였는데, 그게 먹혔다. 나는 폭발했다. 압둘에게 집에 가겠다고 하고, 고속도로에서 운전하는 그에게 소리를 질러댔다. 우리는 집 앞에 도착해서도 싸웠다.

한순간 너무 화가 치밀어 뒤돌아섰다. 이런 쓸데없는 입씨름을 하고 있다는 걸 믿을 수가 없었다.

"사랑해, 너도 알잖아?" 압둘이 말했다.

나는 나도 사랑한다고 답하지 않았다.

압둘은 나를 무척 사랑하는 동시에 쓰레기 취급했다. 뇌돌아보면 우리 둘 다 서로에게 중독되어 있었던 것 같다. 압둘은 다시는 나를 만나지 않겠다 했다가도 다시 돌아와 근사한 선물을 안기며 거창하게 사랑을 맹세했다. 가장 기억에 남는 선물은 밝은 주황색과 자홍색이 섞인 살와르 까미즈였다. 나는 여름이 끝날 무렵 작별의 식사 자리에서 그 옷을 입었다. 우리는 수없이 헤어졌지만 언제나 둘 중 한명이 먼저 무릎을 꿇고 재결합한 다음 세상이 무너질 듯 섹스했다. 한번은 비어 있던 압둘의 친구 집 바닥에서 섹스했는데, 그 역시 기억나지 않는 말다툼 후에 벌인 화해의 섹스였다. 기억나는 거라고는 비가 왔다는 것과 라디오에서 듀란듀란의 〈컴 언던〉이 흘러나오고 있었다는 것뿐이다.

그리 오래되지 않아 통증이 재발했다. 여름이 한창이던 때 외음부 통증이 너무 심해져서 직접 차를 몰고 쿡 카운티 공립병원 응급실로 가 시카고에서 제일 슬퍼 보이는 사람들 틈에 끼어 앉았다. 진료를 받으려 몇 시간이나 기다린 후에 부모님에게 응급실 진료비 청구서가 날아가지 않도록 무료 진료를 선택했다. 나의 질이 망가졌다고 부모님에게 설명하고 싶지 않았다. 평소에는 남성 산부인과 의사를 거부했지만 그날 밤에는 너무 아파서 진료실에 누가 들어오든 상관없었다. **그냥 제발 고쳐주세요,** 라는 생각뿐이었다. 30대의 친절한 흑인 남성 의사가 나를 진료하면서 약간의 잡담을 건넸다. 내가 막 대학을 졸업했다고 하자 앞으로의 계획을 묻길래, 풀브라이트 장학금을 받아 내년에는 마드리드에서 지낼 거라고 답했다. 그게 인상적이었는지 의사가 동료들에게 가서 내 소식을 전했다. "이 젊은 여자분이 풀브라이트를 받는대요! 대단하지 않아요?" 발걸이에 다리를 걸쳐둔 채로 학업적 성취에 대해 축하받는 희한한 순간이었다.

나는 그저 얌전히 미소를 지으며 뭐가 됐든 잘 듣는 약을 처방해주기를 바랐다.

하지만 소용없었다.

다음 날 내가 병가를 내자 압둘이 점심시간에 피자를 들고 찾아왔다. 나는 다리를 활짝 벌린 채 소파에 앉아 피자를 먹었다. 이따금 압둘은 다른 모든 걸 용서할 수 있을 만큼 다정하게 굴었다.

9월 초에 나는 스페인으로 떠났다. 떠나는 날 아침에 언제부터 있었는지 모를 오래된 맥주병을 넘어뜨리며 뒤죽박죽인 방 안을 뛰어다니는 나를 압둘이 재촉했다. 변화를 갈망했고 세상을 구경하고 글을 쓰면서 살기를 바랐지만, 두려웠다. 울컥 올라오는 감정을 삼키며 나의 첫 아파트에 이별을 고했다. 눅눅하고 칙칙한 곳이었지만 다시는 그 집에 살지 못하리라는 것을 믿을 수 없었다. 압둘과 나는 결국 헤어질 것이다. 나도 그렇게 순진하지만은 않았기에 뼛속 깊이 알고 있던 사실이었다.

하지만 그러기 전에 압둘이 나를 만나러 스페인으로 찾아올 것이고, 우리는 죽을 듯이 섹스할 것이다. 저물녘에 그라나다에서 버스를 탈 것이다. 나는 압둘의 무릎에 앉아 하늘을 바라보며 엉망진창이 될 정도로 행복에 젖을 것이다.

통증은 7년 동안 내 삶을 들락거렸고, 20대 후반이 되도록 나를 따라다녔다. 앉기조차 힘들 때도 있었고 좌절감에 울기도 많이 울었다. 나는 온갖 의사를 찾아 돌아다니다가 마침내 완전히 새로운 치료법을 마주했다. 바로 물리치료였다. 그 말을 들었을 때 나는 의사가 미쳤다고 생각했다. 질의 쓰라린 통증을 물리 치료로 고칠 수 있다고? 의사에게 물었다. "정말이에요? 말도 안 돼요." 나는 고개를 저으며 당황한 눈빛으로 의사를 바라보았다. 지난 수년 동안 온갖 희한한 방법을 다 시도해도 소용이 없었기 때문에 이게 효과가 있을 거라는 생각이 들지 않았다. 일단 물리치료를 받기로 했지만 냉소적 태도를 내려놓을 수 없었다. 나는 다시 한번 실망할 준비를 하고 있었다.

처음 물리치료를 받던 날 진료대에 누워 다리를 살짝 벌렸다. 물리치료사 휘트니가 팽팽해진 나의 질 근육을 손가락으로 부드럽게 주물렀다. 성적인 감각이 아니라 딱딱하게 굳은 등 근육을 풀어줄 때 느낄 만한 기분 좋은 통증이 느껴져서 깜짝 놀랐다.

휘트니가 말하길 내 몸이 습관적으로 스트레스를 전부 질에 쌓아두고 있었다고 했다. 나는 그걸 '겁먹은 보지 증후군 scared pussy syndrome'이라고 표현하기로 했다. 휘트니는 나의 질에서 외상을 몇 개 발견했다. 그리고 몇 주 동안 치료를 진행하면서 다리, 엉덩이, 골반을 편히 푸는 동작을 알려주었다. 일주일에 한 번씩 휘트니에게 물리치료를 받는 동안 나는 아프긴 하지만 평생 쌓인 긴장이 풀리는 느낌을 받으며 숨을 참고는 했다. 고뇌와 냉소가 마침내 풀어지기 시작했다. 아무 문제가 없는데도 나의 질은 공연히 고통을 피하려 안간힘을 쓰고 있었다. 그러지 않아도 된다고 알려주어야 했다.

# 광대 되기

백인들은 항상 내 웃음소리를 거슬려했다. 한 친구는 꼭 새소리 같다고 했다. 누구는 그 소리를 '세뇨라señora 짹짹'이라고 부르는가 하면, 멕시코인이 부르짖는 소리 같다고, 백인들이 그래서 놀라는 거라고 말하는 이도 있다. "오, 세상에, 여기 멕시코인이 있다니!"

확실히 나는 멕시코식으로 웃고, 그 소리가 날카롭다는 것도 부인할 수 없다. 몇 년 전 친구와 벨리즈의 어느 식당에 갔을 때는 두 백인 가족이 내 웃음소리를 눈에 띄게 불쾌해하길래 물개박수를 치며 더 크게 웃어댔다.

동료 중 하나가 내 웃음소리를 들으면 내가 누더기를 걸치고 찢어진 장갑을 낀 굶주린 아이들을 조롱하는 부잣집 여자처럼 보인다고 한 적이 있다. 내가 웃는 소리는 멀리서도 들려서 친구들은 직접 보지 않고도 내가 파티에 왔는지 알 수 있다. 영화나 공연을 보러 갔다가 다른 관객의 분노를 사는 바람에 주위 사람들을 질겁하게 만든 게 한두 번이 아니다. 한번은 주흥 공연을 보러 가서 모자를 뒤로 쓴 참을성 없는 남자 옆에 앉아 있었는데, 공연 내내 그 남자가 나를 어찌나 밉살스럽게 쳐다보던지 말다툼이 벌어져서 그를 한 대 칠 뻔했다. 그래, 내가 소란을 떨기는 했지만 이건 빌어먹을 코미디 쇼잖아. 〈쉰들러 리스트〉가 아니라. 뭐 어찌라고? 웃기려고 하는 쇼잖아! 정말로 웃기면 어쩔 수가 없다고. 나라고 꼭 내 목소리를 좋아하지도 않는다. 엄마를 닮아서 노래를 부르면 개구리 커밋과 우피 골드버그를 섞어놓은 것 같은 희한한 소리가 나는데(엄마, 고마워!), 그건 내가 어찌할 수 없는 일이다. 그냥 감당하며 사는 수밖에.

멕시코인들은 마치 도덕적 의무라도 되는 듯이 농담을 해댄다. 고난에 익숙해지면 이렇게 되는 것 같다. 정신을 놓지 않으려고 유머에 의지하는 것이다. 내가 보기에, 분명 제일 심하게 억압받는 사람이 언제나 제일 웃긴다. 이 주장을 증명할 실증적 증거는 없지만 정말이다. 코미디언 크리스 록은 인터뷰에서 이렇게 말한 적 있다. "가난한 사람일수록 부유한 사람보다 더 많이 웃습니다. 특히 흑인들은 발을 구르며 웃지요."

멕시코인도 몸으로 웃는다. 멕시코인에게 익숙지 않은 사람은 우리가 모였을 때 생기는 떠들썩한 분위기에 깜짝 놀랄 것이다. 우리는 영혼을 다 바쳐 논다. 우리 가족이 한 자리에 모이면 땀에 절도록 시끌벅적하게 어울린다. 나는 숨쉬기 어려울 정도로 크게 웃곤 한다. 울면서 손뼉을 쳐댄다. 믿을 수 없다며 고개를 흔들고 발길질을 한다. 내용은 기억나지 않지만 나는 여덟 살 때 삼촌의 농담을 듣고 바지에 오줌을 쌌다. 거실을 빠져나가 화장실로 도망쳤지만 너무 늦었다. 내가 저지른 일을 모두가 알고 있었다. 삼촌은 그 후로 그 일을 샌앤드레이어스 단층에 지진이 발생하는 상황에 빗대며 '큰 건the big one'이라고 불러 나를 또 웃게 만들었다.

가난이 낭만적으로 묘사될 일은 아니지만, 실제로 가난한 사람은 굳이 체면을 차릴 필요가 없다. 멕시코에서는 가난을 냉소적으로만 보지 않고 자유롭게 이야기하며, 가난을 주제로 한 예술이 흔하다. 미국에서보다 계급 격차가 더 뚜렷하고 적나라하게 드러난다. 하지만 멕시코나 미국이나 소수의 상층은 전통적으로 백인이거나 그에 가까운 이들이며 그 외 국민의 대다수는 그저 먹고 살기 급급한 유색인이다. 억압에 굴하지 않으려면 하층을 이루는 우리는 그 현실 앞에서 유머와 의미를 찾아내야 한다.

내가 좋아하는 코미디 쇼 〈체스피리토〉를 예로 들어보자. 거기서 중년 남성 배우가 연기하는 여덟 살 소년 엘 차보 델 오초El Chavo del Ocho는 말 그대로 통 속에서 살고 있고,

인생의 유일한 목표가 햄 샌드위치를 먹는 것이다. 샌드위치 말이다! 가난했던 어린 시절을 주 소재로 삼는 조지 로페즈의 스탠드업 코미디는 또 어떤가. 그의 쇼를 처음 접했을 때 본, 소시지를 포크에 찍어 가스불에 구워 먹는 이야기는 정말 웃겼다. 왜냐면 나도 그렇게 해 먹었으니까! 그리고 역대 가장 사랑받은 멕시코 코미디 속 인물이라 할 수 있는 칸틴플라스를 빼놓을 수 없다. 그저 살아남으려고 안간힘 쓰는 말 많은 노동계급 남성인 칸틴플라스는 부자들이 얼마나 어이없고 현실과 동떨어져 있을 때가 많은지 유쾌하고도 솜씨 좋게 드러낸다. 내가 참 좋아하는 어린 시절 기억 중 하나는 칸틴플라스가 해변에서 백인 여성의 등에 케첩을 바르는 장면을 보았던 것이다. 그 여성은 당연히 선탠 로션이라고 생각해 아무 의심 없이 등을 맡기고 있었다. **케 펜데하**Que pendeja(멍청하기는).

인생에 닥치는 불행에 일일이 슬퍼하고 있느니 차라리 삶의 부조리함에 웃음을 터뜨리는 편이 낫다. 웃음은 영혼의 여유를 드러내는 근사한 회복력의 한 형태다. 하지만 때로 궁금해지곤 한다. 절망 속에서 기쁨을 찾아내는 것은 용기일까? 아니면 그저 인간이 가진 본성인 걸까? 그게 중요하기나 한 걸까?

살면서 나는 가장 적게 가진 사람이 가장 많이 베푼다는 걸 알게 되었다. 어디든 개발도상국에 가보면 잘 알 수 있는 사실이다. 이런 지역에 사는 사람들이 보여주는 환대는 정말 놀라울 정도다. 이렇게 말하면 내가 못 가진 사람을 낭만적으로 그리는 온정주의적이고 눈치 없는 인간으로 보이겠지만, 내 경험에 의하면 그랬다. 오해하지 말길 바란다. 가난해도 되는 사람은 없다. 가난을 방치하는 것은 인류의 수치다. 하지만 필요에서 창조성과 관대함이 길러진다는 것이 사실이다. 그것은 생존 방식이다. 우리는 부족하기에 관계를 형성한다.

한번은 (나중에 나의 남편이 되었다가 다시 전남편이 되는) 남자 친구 톰과 니카라과의 산지를 여행하다가 가난한 농부들에게 후하게 대접받은 적이 있다. 쌀과 콩으로 차리는 전통적인 아침상에 앙상한 닭다리 두 개가 곁들여진 것을 본 우리는 그 집 사람들이 우리에게 주려고 큰맘 먹고 귀한 닭을 잡았다는 걸 알아차렸다.

멕시코에 사는 가족들을 만나러 갔을 때도 이런 아량을 경험했기 때문에 나는 이 가설이 사실이라고 확신하게 되었다. 우리 집안 사람들은 변변찮은 메누도menudo* 장사를 하며 미국에 사는 가족의 도움으로 먹고살아도 배고픈 사람이 있으면 누구든 대접할 것이다. 우리 할머니는 자기 자

----

* 매운 국물에 육류 내장을 넣어 끓이는 멕시코 전통 국물 요리.

식도 먹어 살리기 힘들던 때에 친척의 아이를 맡아 키우신 적도 있었다.

내가 멕시코인으로 태어난 것에 감사할 정도로, 우리 멕시코인의 유머에는 잔인할 정도로 솔직한 면이 있다. 어린 시절 거의 전원이 공장 노동자던 우리 가족은 항상 노동을 '라 칭가la chinga'라고 불렀다. 말 그대로 '엿같은 일'이라는 뜻이다. 이보다 더 솔직한 표현이 어디 있을까?

멕시코식 유머 중에는 개인의 신체적 외양을 잔인할 정도로 관찰한 내용이 많다. 외부인에게는 무례해 보일 수 있지만, 나는 이런 농담이 눈앞에 뻔히 보이는 것을 안 보이는 척하지 않는 우리의 솔직함을 드러낸다고 생각한다. 우리에게는 내숭을 떨 만한 인내심이 없다. 적어도 내가 지켜본 바에 따르면 백인은 불편한 상대가 떠나기를 기다리는 경우가 많다. 반면 멕시코인이라면 면전에다 욕을 해댈 것이다. 개인적으로 나는 누군가 내 뒤에서 흉을 보는 것보다 내게 직접 표현하기를 더 바란다. (내 앞에서 말하라고, 수전.) 만약 머리가 완전히 벗겨진 사람이 있다면 멕시코인은 하나같이 그 사람을 대머리, '뻴론pelón'이라고 부를 것이다. 오랫동안 나는 그게 삼촌의 이름인 줄 알았다. 머리가 벗겨졌다는 것은 모두가 다 아는 사실이고 그 말이 애칭으로 쓰이는 경우도 많다. 나는 멕시코에 자주 갔었는데, 한번은 별명이 '말 헤초mal hecho'인 남자애가 있었다. 말 그대로 '모자란

너석'이라는 뜻이다. 당사자는 그 별명에 전혀 개의치 않는 것 같았다. 바가지머리에 몸집이 작고 통통한 그 아이는 모든 것을 당연하게 받아들였다. 언젠가는 마을 사람 중에 **고두라스**gorduras('뚱보'의 복수형이다!)라고 불리는 남자를 알게 되었는데, 나는 그 역시 좋은 심성을 가진 사람이 틀림없다고 생각했다. 분명 그들은 어린 시절부터 그 별명을 얻었고 마을에서 가장 사랑받는 인물이었을 것이다.

몇 년 전 멕시코에 갔을 때 고모가 내게 '**라 쿨파**la culpa'• 라 불리는 여성에 대해 이야기해 주었다. "왜 그분을 라 쿨파라고 부른대요, 고모?" 내가 물으니 고모가 이렇게 설명했다. "왜냐면 아무도 그 여자를 가지려 하지 않거든!" 나는 하마터면 마시던 걸 뿜을 뻔했다. 대단한 언어유희였다. 냉소적이라고 생각하겠지만 그렇지 않다. 이것이 멕시코인의 감각이다. (멕시코의 부자들도 이런 감각을 가졌는지는 모르겠다. 왜냐면 멕시코의 상류층 문화는 내게 타지키스탄 문화만큼이나 낯설기 때문이다.)

백인 페미니스트들은 이런 식의 조롱이 젊은 여성의 신체상을 훼손하고 섭식장애 같은 문제를 유발한다며 분개할 것이다. 사람마다 경험이 다르고 농담이 비열한 행위가 될

---

• 여성형으로 실수, 죄를 뜻한다.

수도 있다는 섯을 알지만, 나는 마음 한편으로 내가 이런 식으로 자란 것에 감사한다. 모순적으로 들릴지도 모르지만 외모에 관한 이런 가차없는 농담은 사실 건강한 방식으로 외모의 중요성을 덜어내주었다. 나는 나와 다른 사람의 외모에 무덤덤해지는 방법을 익혔다. 정말로 중요한 것이 아니기 때문이다. 더불어 그런 모욕을 바로 받아치면서 신랄한 재치도 함께 익혔다. 그리고 무엇보다도 자기혐오가 아니라, 인간이기에 겪는 고통에 대처하는 방법으로서 자신을 웃음거리로 삼는 기술을 익혔다. 나를 진짜 열받게 만드는 것은 내 입이 크다는 놀림이 아니라 텔레비전에서 미의 표본으로 선전하는 비쩍 마른 백인 여성의 모습과 내가 열한 살에 미스터 서브머린 샌드위치와 거기 있는 남자애를 좋아했다고 나를 뚱보라고 부른 할머니였다. 그리고 그 샌드위치 때문에 엄마가 나에게 다이어트를 시킨 일도.

나는 유머에 관해 공부하면서 전공생마냥 관련 서적을 좀 읽었는데, 그중 내가 늘 봐왔던 것이 사실임을 보여주는 책이 있었다. 《나는 세계일주로 유머를 배웠다》에서 저자 피터 맥그로와 조엘 워너는 인류의 유머에 관한 공식을 탐구한다. 오래전부터 나는 재미를 느끼게 하는 것이 무엇인지 궁금했다. 예를 들어, 왜 우리가 사는 세상에는 캐럿 톱의 유머를 재밌어하는 사람들이 자유롭게 활보하는 걸까?

여러 문화권에서 통용되는 유머의 공통 분모가 존재할까?
성기에 관한 농담은 보편적인 걸까?

　이 책에서는 코미디언이 인류학자처럼 자기 범위 너머
에 있는 사람들을 보고 자신과 타인에게 공감하는 능력을
갖추고 있으며, 바로 이것이 저자들의 표현으로 "미국에서
인종적·문화적으로 소외된 사람들"이 코미디 영역에서 성
공한 원인이라고 한다. 또한 저자들은 흑인 운동가 듀 보이
스가 제시한 '이중의식double-consciousness' 또는 '이중성two-ness'
이라는 개념을 언급한다. 인종적·문화적으로 소외된 이들
은 타자이기에 다른 관점, 즉 어떻게 해야 복잡한 미국적
맥락 속에 끼어들어갈 수 있을지 파악하는 능력이 있다. 주
변부에 서 있기에 더 큰 그림을 이해하는 시야가 생긴 것이
다. 문화와 인간 본성을 깊이 인식할 때 유머가 나오고, 이
중잣대와 모순을 마주하며 겪는 소외감에서 독특한 관점이
형성된다. 두 가지 문화 속에서 자란 나는 이 말을 완벽히
이해한다. 나의 글쓰기, 세계관, 유머 감각의 상당 부분은
균열 속에서 느끼는 불편함에서 비롯된 것이다. 나는 여러
가지 맥락, 그중에서도 특히 백인의 맥락 속에서 내 정체성
을 고민해야 하는 때가 많았다. 스페인어로 "니 데 아키, 니
데 알라Ni de aquí, ni de allá"라는 말이 있다. '이쪽도 저쪽도 아
니다'라는 뜻이다. 두 문화 중 어느 쪽에도 속하지 않는 느
낌이 들 때 우리가 많이 쓰는 말이다. 하필이면 이 말이 멕

시코인에게 수지를 안겨주는 전형적이고 희화화된 극중 인물인 라 인디아 마리아La India María를 통해 유명해졌다니 정말 안타까운 일이다.

나는 어딜 가든 항상 여기가 내 자리가 아니라는 느낌을 받았다. 아주 일찍부터 내가 아웃사이더라는 걸 이해했고, 내가 겪은 일들에 관해 글을 쓰거나 웃음을 터뜨리는 식으로 그걸 극복하려 했다. 자라는 동안 나는 늘 버림받은 사람이거나 부적응자, 전통적인 멕시코인 가족과 공동체에 실망을 안기는 존재라고 느꼈다. 검은 옷을 입는 입이 거친 페미니스트 선동가로서, 부당하다는 생각이 들 때면 나는 언제나 언쟁에 돌입했다. (한번은 같은 학교에 다니던 여호와의 증인 신도 한 명을 시카고에 있는 게이 거주 지역 보이스타운에 데려가기도 했다. 어디 헛소리 해보라며 눈을 똑바로 뜨고 맞섰다.) 그러다 나이가 들고 보니 내가 내 직업 영역에서 드문 유색인이자 유일한 멕시코인일 때가 많아졌다. 나의 유머는 수많은 코미디언이 그러하듯 소외감에서 비롯된 것이 많다. 그들이 그렇게나 대책 없는 인간들인 이유가 바로 여기에 있다.

내가 인종 관련 농담을 즐겨 한다는 사실을 인정한다. 심지어 인종에 관해 아무 문제 없는 언급만 해도 움찔대는 백인 앞에서 그런 농담 하길 좋아한다는 것도. 불편해하는 그들의 표정을 보는 게 그렇게 만족스러울 수가 없다. 솔직히 말해 나는 그게 내가 받을 수 있는 일종의 보상이라고 생각한다. 몇 년 전에 나와 함께 일하던 어느 백인 남성이 별 뜻 없이 흑인 동료에 관한 이야기를 꺼냈는데, 내가 그의 얼굴을 마주 보면서 "아, 그러니까 그 흑인black 남자분 말인가요?"라고 방어적인 태도로 묻자 사색이 되어서는 이 구체적인 표현을 굳이 언급하지 않으려 한 자기의 노력이 들통난 데 대해 몹시 당황스러워했다. 내가 웃음을 터뜨리기 전까지는 인사부에 보고할 거라고 생각한 모양이었다. 어쩌면 내가 영 몹쓸 인간일지도 모르겠다.

프로이트는 유머가 억압을 극복하고 심리적 압박을 해소하며 억눌린 공포와 욕구를 표출하는 방법이라고 믿었다. 내가 백인들을 불편하게 만들려고 애쓰는 게 이 때문일까? 그들이 괴로워하는 모습을 보는 게 좋은 걸까? 이게 내가 이토록 인종차별적인 사회에서 유색인으로 사는 게 어떤 느낌인지 표현하는 방법인 걸까? 저질스러운 나의 농담에 대해 프로이트는 어떻게 이야기할까? 내가 저질스러운 것을 은근히 좋아하는 걸까? 두려워하는 걸까? #생각중.

나는 내가 가진 수많은 문제에 관해 말하고 쓰고 농담을 던진다. 나는 무지하게 변덕스럽고 비열하며, 과하게 예민하고 귀가 얇고, 주의가 산만하고 너저분하고, 원한을 품고 성질이 사납고, 〈먼스터〉의 에디 먼스터와 겨룰 만큼 선명한 브이자 이마를 갖고 있다. 그리고 〈사인필드〉의 조지 코스탄자와 맞먹을 정도로 하잘것없이 굴곤 한다. (엿 먹어라,

호퍼 교수!) 나는 게으르기도 하다. 게으름을 이겨 보려 애쓰는 사람이라면 누구나 알고 있듯이, 게으름 때문에 괜찮은 사람이 되기 어려워질 때가 많다. 이 불행한 진실이 모습을 드러낸 것은 열다섯 살 때 여름 글쓰기 워크숍에 참석했다가 실수로 같은 방 친구의 칫솔을 변기에 빠트렸을 때였다. 나의 해법은 그 칫솔을 건져 헹군 다음 다시 제자리에 놓아두는 것이었다. 내가 왜 그랬을까? 새 칫솔을 사러 시내에 나가기가 싫었다. 너무 멀었으니까. 그 애를 좋아하지 않아서가 아니라 불편을 감수하고 싶지 않았을 뿐이었다.

나는 어릴 때부터 우울증 속에서 살아왔다. 아마도 엄마의 자궁 속에서부터 이미 실존적 위기를 겪고 있었던 게 아닌가 싶다. 나의 정신질환을 가지고 나를 조롱해봤자 별 효과가 없다. 나는 내가 겪는 우울 삽화나 불안 발작을 '미친 놈들'이라고 부르고, 다시 멀쩡한 인간이 되려면 약 좀 먹고 정신을 차려야 한다고 사랑하는 이들에게 말하곤 한다. 정신질환은 멕시코인들이 편하게 입에 올리는 주제가 아니지만 주도권을 갖고 이야기를 장악해 나가면 자유로워진다. (그러다 보니 웃기게도 가족들이 자신의 정신질환에 관해 털어놓는 유일한 대상이 내가 되었다.) 나를 절망에 빠뜨리는 일에서 유머를 찾아내면 그저 고통으로만 가득해 보이는 상황에 미묘하고 복잡한 느낌이 더해진다. 예를 들어 나는 30대 초반에 말 그대로 나를 자살 직전으로 몰고 갔던 일에 관한 농

56

담을 즐겨 한다. 2014년에는 홍보 업무를 맡고 있어서 뉴욕 출장을 자주 다녀야 했다. 상사가 통제벽이 심해 업무에서 받는 압박 때문에 정신 건강이 무너졌다. 너무 우울한 나머지 물 한 잔 마시려 일어나는 것조차 무가치하게 느껴졌다. 물 따위 꺼지라고! 나는 몇 달 동안 긴장증에 빠져 하루에 몇 시간씩 〈길모어걸스〉를 보며 보냈다. 수키 세인트 제임스가 신나게 프리타타를 만드는 동안 자살 방법을 고민하고 있었던 그때를 떠올리면 웃음을 참을 수가 없다.

사람들이 나의 솔직함과 유머 감각을 불편해할 때가 종종 있다. 내가 살면서 가장 두려워하는 일은 강간을 당하는 것이다. 나는 무수한 방식으로 폭행당했고 분명히 나를 강간하려 드는 남자들이 있었지만 실제로 그렇게 된 적은 한 번도 없었다. 생각해보면 기적적인 일이지만 축하하기에는 너무 슬픈 일이다. 그래서 나는 이 두려움을 농담거리로 삼는다. 아주 많이. 물론 강간에 관한 농담을 모두가 좋아하지는 않는다. 하지만 불쾌하거나 불편하게 보일 수 있더라도 나는 질을 가진 인간으로서, 언제나 특정한 사람과 상황을 어느 정도로 두려워하는지 계산해야 하는 존재로서 겪는 위험에 대처하기 위해 이렇게 한다. 술에 취했던 어느 날 밤에 나는 친구와 함께 강간 척도rapey scale라는 걸 고안했다.

예를 들어 어느 날 밤 술을 마시다가 만난 금융업계 종사자는 자신이 '완벽한 신사'라고 주장하면서 나를 술에 취하게 만들어 근처에 있는 자기 집으로 데려가려고 했다. 이 경우는 7점이다. 내가 도망쳐 택시를 잡아타기 전까지 그 남자는 아주 열의를 다했다. 또 열다섯 살 때 만났던 남자친구의 친구가 있다. 낮 동안 열린 고등학교 파티에서 내가 엄청나게 취했을 때 누워서 쉬자며 나를 침실로 유인하려 했던 녀석이다. 이 경우는 8점 정도 되는 것 같다. 열일곱 살에 몰래 숨어들어간 클럽에서 술에 취해 돌아다니던 나를 폭력적으로 더듬어대던 남자 두 명은 9점이다. 아무도 나를 도와주지 않아서 나는 혼자 그들과 싸워야 했다. 30대 때 만났던 남자친구는 내가 숨을 쉬기 어려울 정도로 고통스러워서 폭행당하는 기분이라고 분명히 말했던 자세로 섹스하려고 여러 차례 나를 압박했다. 이것도 9점? 그리고 밤중에 내가 집으로 뛰어들어갈 때까지 입으로 빨아대는 소리를 내며 내 뒤를 따라오던 남자가 있었다. 여기도 9점을 줘야 할 것 같다. 여섯 살 때 학교 복도를 지나가던 내 가랑이를 거칠게 움켜쥐었던 남자애는 어떨까? 이건 좀 어렵다. 틀림없이 성폭력에 해당하는데, 나와 똑같이 여섯 살이었던 걔는 어디서 그런 걸 배웠던 걸까? 7점 정도 줘야 하려나? 나는 너무 무서웠지만 아무에게도 그 일을 말하지 않았다······ 그리고 기타 등등. 이게 다 무슨 소린지 알 것이다.

정말로 지긋지긋한 게 뭔지 아는가? 여자도 웃길 수 있느냐는 논쟁이다. 아직도 그 이야기를 해야 하나? 여자들은 정말 웃긴데. 남자들이 우리의 유머를 재밌어하느냐는 별개의 이야기다. 이 끔찍한 여성혐오의 세계에 사는 우리가 어떻게 웃기지 않을 수 있겠는가? 그렇다고 우리가 뭐든 다 대수롭지 않게 여기는 것은 아니다.

사람들이 나의 솔직함과 유머에 불편함을 느끼는 것은 여성인 내가 불손하거나 웃기는 인간이어도 괜찮은지에 관한 인식과 관련 있다고 생각한다. 코미디는 공격적이고 남성적이며 위협적이라고 여겨지기 때문에 여성이 웃기는 역할을 맡는 것을 당연시하는 경우는 흔치 않다. 똑똑하게 구는 것, '부적절한' 일을 들먹이는 것은 여성스럽지 못하다고들 한다. 개인적으로 나는 섹스나 신체의 기능에 관해 떠들기를 주저하지 않지만 이런 성향이 매력적이지 않다고 생각하는 남자들이 있다는 걸 알고, 모든 여성이 이런 걸 즐기지 않는다는 것도 이해한다. 그리고 세상에는 게으르기 짝이 없는 유머 감각을 지닌 남성도 넘쳐난다. 성별은 유머 능력과 아무 상관이 없다.

진화심리학을 바탕으로 남성이 섹스에 더 적극적이며 유머가 그런 노력 중 하나라고 보는 가설이 있다. 이에 따르면 유머는 남성의 지능을 보여줘 여성이 그 남성을 더 매력적인 상대로 인지하게 만든다. 모성이 장난 아니게 강한 여성은 아기의 생존 가능성을 높이기 위해 믿을 만한 배우자를 고르려 한다. 그러므로 잘 웃기는 남성일수록 섹스할 가능성이 높다. 일리 있는 말이기는 한데 나는 좀 지겹다. 생물학적으로 여성이 웃기다는 증거는 없나? 2006년 〈진화와 인간 행동〉에 게재된 맥매스터 대학교의 연구에 의하면 여성의 유머 감각이 남성에게는 중요치 않다고 한다. 〈사이언스〉의 기사에 따르면 이 연구에서 심리학자 에릭 브레슬러와 시걸 발샤인은 대학생 210명에게 똑같이 매력적인 이성 두 명의 사진을 보여주었다. 사진 아래에는 그 사진의 주인공들이 각각 쓴 것으로 볼 수 있는 재미난 글과 그렇지 않은 글을 달아두었다. 연구 결과 여성 참여자는 재미있는 남성을 원한 반면 남성은 여성이 재미있는 사람인지 아닌지에는 눈곱만큼도 관심이 없었다. 같은 해에 수행한 다른 연구에서 브레슬러와 발샤인은 또 한 번, 남성이 자신을 재밌어하는 상대를 선호한다는 사실을 확인했다. 이들의 연구결과가 믿기지 않아 이혼 전에 전남편에게 정말 그러느냐고 물어봤더니, 자기도 그렇게 생각한다고 했다. 나는 우리가 처한 상황에도 불구하고, 아니 어쩌면 그런 상황이었기 때문에 그의 의견에 믿음이 갔다. 그는 배우자가 재미있는 사람인지에는 관심이 없었다. 그저 자기 말을 잘 들어줄 사람을 원했다. 그 사실을 알게 되어서 다행이었다.

그러나 자주 인용되는, 유머가 여성을 덜 위협적이고 사회적으로 더 매력적인 존재로 보이게 한다는 의견은 어떻게 된 걸까? 남자들은 왜 웃기는 여자를 무시하거나 두려워할까?

세계적인 투덜이이자 지성인으로 유명한 작가 크리스토퍼 히친스는 여성이 웃기지 않는 것은 남성이 웃긴 여성을 두려워하기 때문이라고 주장해 원성을 산 바 있다. 우리의 지성을 마주하면 남자들은 오줌을 지리기라도 하는 모양인지. 히친스는 일부 괜찮은 여성 코미디언도 있다고 인정하면서도 대부분은 "거구이거나 사내 같거나 유대인이거나, 이 세 가지 면모를 두루" 지니고 있다고 말했다. 명복을 빈다만, 정말 개소리가 아닐 수 없다. 어찌나 지루하고 멍청한지 분노에 잠겨 기절할 때까지 비스킷이나 집어 먹고 싶을 정도다. 코미디계에서 여성이 과소평가를 받는 이유는 내가 '혐오와 성차별로 보낸 수천 년'이라 부르는 것에 있다고 보는 편이 그럴듯하다. 하지만 내가 뭘 알겠나? 나는 한낱 멕시코인 여자일 뿐인데.

내게 세상에서 가장 웃긴 사람은 고모 두 분이다. 그러다 보니 여성이 재미있지 않다고 생각한 적이 없다. 나는 어릴 때부터 두 분이 재빠르게 주고받는 입담과 말도 안 되는 동네 소문을 들으며 매료당했다. 그러면서 자극적인 이야기틀 넌져 사람들을 웃기는 법을 배웠다. 티아 데레tía Tere(데레 고모)는 아주 재치 있고 우스꽝스러운 이야기를 들려주길 좋아한다. '라 쿨파' 이야기도 테레 고모에게 들었다. 고모는 언제나 정확하고 예리하게 응수한다. 가족 중 누군가가 무례하게 굴자 고모가 그에게 큐클럭스클랜ku klux klan처럼 굴지 말라고 한 적도 있다. 몇 년 전 파티 중에 고모가 파노차panocha*에 관한 농담을 했을 때는 엄마가 어찌나 크게 웃는지 내가 다 민망할 정도였다. (인간이라면 누구나 그렇듯이 나는 어떤 식으로든 엄마와 섹스를 연결짓고 싶지 않다. 이렇게 쓰기만 해도 헛구역질이 나고 몸서리가 쳐진다.) 한편 블랑카 고모는 그 누구도 무엇도 봐주지 않을 사람이다. 가능한 한 최고로 웃기고 창의적인 방식으로 상대를 깎아내리는 고모 앞에서는 누구도 자아를 지킬 수 없다. 누가 자기에게 이래라저래라 하는 게 싫어서 결혼하지 않았다고 하는, 거친 입담을 지닌 무법자이다. 블랑카 고모의 일화 중에서 내가 가장 좋아하는 것은 고모가 밖에서 칼을 갈던 중에 어떤 남자가 지나가면서 여자들 귀에 들리도록 성희롱을 해대는 꼴을 보았을 때의 이야기다. 화가 머리끝까지 난 블랑카 고모는 그 남자에게 칼을 던졌다. 그가 다치지는 않았지만 고모의 뜻은 확

* 만두를 뜻하는 여성명사로, 여성의 질을 가리키기도 한다.

62

실히 전달되었다. 말할 필요도 없이 나는 고모가 살면서 선택한 것들을 존경한다.

블랑카 고모는 1990년대 초에 우리와 같이 살았는데 그 시절은 내 기억에 강렬한 인상으로 남아 있다. 나는 여섯 살, 오빠는 열한 살 정도 되던 때였다. 이따금 우리는 〈더 프라이스 이즈 라이트〉를 함께 보았다. 방송에 출연한 참가자가 조언에 따르지 않을 때마다 고모는 반사적으로 "운 핀체 펜데호 이호 데 수 푸타 마드레Un pinche pendejo hijo de su puta madre(저 지랄맞은 개자식 놈)!"이라며 텔레비전을 향해 소리쳤다. 고모 말이 맞았다. 딱 그런 놈들이었다.

나의 남자 형제 둘은 전에 없던 대단한 말썽꾸러기로, 우리 셋이 모이면 항상 최대한 기발하게 서로를 당황스럽게 만들 방법을 찾는 데 열중한다. 세상만사에서 유머를 찾아내려는 나의 태도는 이런 배경에서 온 것이다. 유머는 방어기제이자 무기이며 기쁨의 원천이 된다. 어떤 일을 두고 웃을 수 있으면 덜 고통스러워진다.

어린 시절 남동생이 빈약한 콧수염을 길러보려고 했던 일은 최고의 놀림거리였다. 우리는 아직도 그 이야기를 한다. 나는 늘 입이 너무 크다고 놀림당했다. 진짜로 나는 입술이 엄청나게 크고 치아도 그에 못지않다. 한번은 오빠에게 숟가락 좀 달라고 했더니 무표정한 얼굴로 국자를 건네주었다. 나쁜 새끼가 한 방 제대로 먹였다. 남동생은 엉낭신창인 나의 연애를 비꼰 적이 있다. 그 애는 내 애인을 아주 싫어했고 잘못된 선택을 한 나를 실망스러워했다. 그런 동생에게 나는 이렇게 항변했다. "그래도 잘생겼잖아!" 그러자 동생이 말했다. "그거 알아? 테드 번디˙도 잘생겼어."

동생이 이겼다. 리스펙.

우리가 힘을 합하면 누구든 무엇이든 갖고 놀 수 있었다. 오빠 덕에 우리가 즐겨 하게 된 농담 중 하나는 그레이하운드가 인종차별주의자처럼 생겼다는 말이다. 다음에 마주칠 일이 있으면 꼭 한번 살펴보길 바란다. 희한하게도 진짜로 이민세관집행국에 전화해서 야외 파티를 망칠 것 같은 상이다. 우리의 단체 대화방은 백인들을 놀리는 말, 특유의 간이 안 된 음식과 공공장소에서 맨발 걷기를 즐기는 행태에 관한 험담으로 가득하다. 우리 셋이 바보처럼 웃고 있으면 가족들, 특히 조카들이 우리를 미친 사람 보듯 바라보곤 한다.

사나워지지 않고서야 이 백인우월주의 사회에서 어떻게 살 수 있겠나? 유머는 이 모든 것을 좀 더 견딜 만하게 해준다. 인종차별을 당할 때마다 눈물을 터뜨리고 좌절했다면

---

˙   20세기 후반 미국에서 무수한 살인과 강간 등을 저질렀던 범죄자.

나는 분명 여기까지 오지 못했을 것이다. 백인우월주의는 멍청하고 말도 안 되기 때문에 웃기다. 아니, 그러니까 스티븐 밀러Stephen Miller[**]가 태생적으로 나보다 우월하다고? 그 새끼 꼭 분비샘처럼 생겼더구만.

나는 우울한 아이였지만 어릴 적부터 코미디를 좋아했다. 코미디를 보는 것은 내 인생에서 몇 안 되는 즐거운 순간이었고 그 덕에 나는 버틸 수 있었다. 잠깐이나마 나를 우울증에서 벗어나게 해주는 고마운 시간이었다. 나는 일주일 내내 〈새터데이 나이트 라이브〉를 고대했다. 크리스 팔리가 빙글빙글 돌다가 테이블에 부딪히는 모습을 보면 웃겨 죽을 것 같았다. 윌 페럴의 우스꽝스러운 얼굴을 보기만 해도 경기를 일으켰다. 몰리 섀넌도 좋아했는데, 특히 겨드랑이 냄새를 맡고 나무를 더듬어대는 연기를 할 때가 압권이었다. 나는 내가 풍자의 대가로 생각하는 캐나다의 희극 배우 노엄 맥도널드의 이름을 한 글자씩 따서 시를 지은 적도 있다.

초등학생 때 클라우디아라는 단짝 친구가 있었다. 그 애

---

[**] 트럼프 대통령의 측근이었던 미국의 정치보좌관이자 전 백악관 선임 고문.

가 나와 똑같은 수다쟁이어서 관심이 갔다. 우리 둘 다 집에서 이런저런 일을 겪고 있었지만 그런 이야기를 한 적은 거의 없었다. 가족들이 숨 막힐 정도로 고생하고 있었기 때문에 우리는 서로를 안식처로 여겼다. 물론 그 당시에는 그런 줄 몰랐다. 그저 우리가 책을 읽고 쓰레기로 뭔가 만들고 사람을 놀리기 좋아하는 이상한 여자애 둘이라고만 생각했다. 함께 있을 때면 우리는 최고로 못된 인간이 되었다. 우스꽝스러운 표정, 인상, 가차없는 평가 등 온갖 수단을 동원해 서로를 괴롭히며 하루를 보냈다. 금지된 것은 아무것도 없었다. 인정하건대 나는 적어도 한 번 이상 바지에 오줌을 쌌다. (이 글을 쓰다 보니 내게 의학적인 문제가 있었을지도 모른다는 생각이 든다.) 5학년 때는 클라우디아가 나를 너무 웃기는 바람에 교실 밖으로 나가 진정될 때까지 화장실에 있었던 적도 있다. 거울에 비친 내 얼굴이 빨갛게 달아 있었던 게 생각난다. 그 모습은 너무도 바보 같아 보였지만, 가슴에서 입으로 웃음이 계속 솟구쳐 나왔다.

8학년 때 클라우디아와 다시 같은 반이 되었다. 우리 둘다 가슴이 볼록해진 것 말고는 여전히 철들지 않은 상태였다. 우리가 온갖 일로 웃어대니 교실이 완전 엉망진창이 되었다. 담임인 셀너Sellner 선생님은 막 교사 자격을 취득한 40대 백인 여성이었는데, 지금 생각하면 가난한 멕시코계 아이들이 들어찬 학급을 담당하는 일이 선생님에게는 문화적 충격이었을 것이다. 우리는 선생님의 미숙함을 눈치채고 그에 걸맞게 행동했다. 우리 삶에 발을 들여놓은 순간 선생님의 별명은 '셀-너드Sellnerd'가 되었다. 정말 기발하다고? 나도 알고 있다.

급격한 호르몬 변화 때문이었는지 그해 우리는 꽤 거칠게 굴었고 항상 시끄럽고 정신 나간 상태로 지냈다. 내가 만나본 중 가장 게이 같은 녀석이었던 페드로라는 남자애는 선생님이 교실을 나갈 때마다 책상 위에 올라가 마돈나처럼 춤을 추었다. 클라우디아는 아무 이유 없이 창밖으로 책을 던졌다. 아이들은 서로 쓰레기를 집어던지고 주먹다짐을 했다.

자메이카에서 겨울방학을 보낸 셀너드가 가늘고 부스스한 머리를 여러 가닥으로 땋은 채로 돌아왔을 때 클라우디아와 나는 서로 마주보며 정신을 놓고 말았다.

내가 말했던가? 우리가 막돼먹은 애들이었다고?


중학교 때 나는 '부적응자 무리'라고 부르면 딱 좋을 친구들과 어울렸다. 쉬는 시간마다 〈심슨 가족〉의 대사를 읊고 우리뿐만 아니라 그 누구라도 놀려대던 괴상한 여자아이들이었다. 제니는 과체중이었는데 스스로 그 점을 무척 의식했다. 나는 제니가 집에서 어떻게 지내는지는 몰랐지만 그 애 아빠가 마약 중독자라는 사실은 알고 있었다. 몇 년 동안 친구로 지내면서도 제니의 집에는 한 번도 간 적이 없다. 제니는 허구한 날 〈알프〉에 나오는 외계인 알프가 고양이를 얼마나 먹고 싶어 하는지에 대해 이야기했다. 나디아는 눈이 크고 거대한 잇몸에 불쑥 튀어나온 치아를 지닌 깡마른 아이였는데(치아는 나중에 교정했다) 내가 도무지 이해할 수 없을 정도로 엄마를 끔찍이 미워했다. 메릴린 맨슨에 푹 빠져있었던 그 애는 누군가 우리 쪽을 쳐다보기만 해도 죽일 듯이 냉랭하게 쏘아댔다. 버네사라는 아이는 우리 중에서 가장 평범하고 안정된 아이였다. 가족끼리 사이가 좋고 인생관도 긍정적이었다. 딱 하나 이상한 점이라면 키가 작다는 거였는데 그게 참, 작아도 정말 작았다. 그리고 나는 심하게 음울하고 똑똑한 아이였다. 손톱을 검게 칠했고 지금도 알 수 없는 이유로 디스코풍의 옷을 즐겨 입었다. 그 옷들은 대부분 소재가 폴리에스테르였는데, 땀샘이 통제되지 않는 사춘기에는 좋지 않은 선택이었다.

정신적 외상과 소외감으로 뭉친 우리는 그런 대신, 어쩌면 그 때문이라 해야 할지 모르겠지만…… 하여간 웃어댔다. 개구리 커밋 혹은 아르마딜로를 닮은 반 친구를 보고 정신 없이 웃었던 순간은 어두운 나의 십 대 시절 순전한 행복을 느꼈던 최고의 순간 중 하나다.

다섯 살부터 열일곱 살까지 나는 주중에 매일, 때로는 하루에도 몇 번씩이나 〈심슨 가족〉을 보았다. 부루퉁하고 우울하던 내가 그 방송만 보면 내내 웃고 있으니 부모님도 좋아했다. 〈심슨 가족〉은 정말 대단했다. 나는 그 작품에 깔려 있는 세상을 향한 불손한 태도를 좋아했다. 심슨 가족은 내게 부조리한 상황을 가지고 노는 방법을 알려줬고, 다른 무엇으로도 얻을 수 없는 위로를 해줬다. 리사 심슨은 내가 처음 만난 페미니스트 우상이었다. 나는 리사를 닮고 싶었다. 나보다 살짝 덜 짜증스러운 점만 제외하고. 나는 심슨 가족 티셔츠, 포스터, 장난감, 액션 피규어를 모았다. 심슨 가족은 내가 마음속에 가장 오래 간직하고 의지했던 대상이다. 나는 〈심슨 가족〉을 기준으로 사람들의 지능과 전반적인 호감도를 가늠했다. 누군가가 그 작품이 멍청하고 유치하다고 생각하면 일단 사람 취급을 하지 않았다.

아주 어린 시절부터 나는 거칠고 입담 센 사람이 되기로 결심했다.

열세 살 무렵에 저닌 거로펄로의 스탠드업 공연을 보았다. 우리 집에서는 몇 년 동안 불법 핫박스hot box*(진짜로 그렇게 불렀다)를 써서 케이블 방송을 공짜로 볼 수 있었다. 안타

---

* 1990년대 미국에서 불법 개조해 쓰는 경우가 많았던 케이블 방송 기기의 명칭. 밀폐된 공간에서 대마초를 피워 연기로 가득 찬 공간을 가리키는 은어이기도 하다.

껍게도 얼마 지나지 않아 회사에서 알아차리는 바람에 디이상 쓸 수 없게 되었지만. 짧았던 산체스 가족의 핫박스 시절에 내가 좋아하던 채널 중 하나가 〈코미디 센트럴〉이었다. 친구도 별로 없고 딱히 할 일도 없던 나는 스탠드업 스페셜 재방송을 보고 또 보았다.

여성 배우이자 코미디언인 저닌 거로펄로는 곧바로 나의 우상이 되었다. 빨간 반바지에 까만 스타킹, 두툼한 까만 구두로 치장한 그의 1990년대 스타일에서 나오는 예민하고 쿨한 느낌이 좋았다. 자기비하가 좀 있기는 했지만, 거로펄로에게서는 내가 원하던 자신감이 뿜어져 나왔다. 그는 자기가 누군지 정확히 알았고 미안하다는 말도 하지 않았다. 나는 속으로 거로펄로처럼 되고 싶다고 생각했다. **재밌고 강한 사람이 되고 싶어.**

앞서 언급했던 인터뷰에서 크리스 록은 코미디언이 거의 모든 것을 예민하게 인지하는 사람이라고 말했다. 그는 이렇게 설명했다. "코미디언이 하는 일의 팔 할은 쓸데없는 것들을 인지하는 것인데, 이것은 조현병 환자의 특성이기도 합니다. 다른 이들이 눈치채지 못하는 것들을 알아차리는 것이죠." 2014년 옥스퍼드 대학교에서 발표한 연구에서는 뇌에서 유머에 필요한 창조성을 유도하는 부위와 조현병이나 조울증 같은 정신질환을 유발하는 부위가 놀랄 만큼 비슷하다는 사실이 밝혀졌다. 2014년 BBC에 게재된 기사에서 고든 클래리지 교수는 조증이 새로운 아이디어를 내고 흥미롭고 재미있는 관계를 형성하는 데 도움이 될 수 있을 거라고 가정한다.

똑같은 논리를 작가에게도 적용할 수 있을 것이다. 우리는 다른 사람이 보지 못하는 많은 것을 본다. 무엇이든 새롭거나 흥미로운 이야기를 하고 싶다면 끊임없이 세상사에 주의를 기울여야 한다. 어쩐 일인지 내가 아는 시인 중에는 정신질환을 겪은 사람이 많다. (거의 다인가?) 우리는 망가지기 쉬운 인간들이다. 코미디 작가라면 두 배로 망가질 수 있다. 나는 코미디와 글쓰기 모두에 큰 관심이 있고 세상 쓸데없는 것들을 알아차린다. 내가 안됐다고 생각하지는 않지만 이런 시각이나 예민함, 뭐라 부르든 간에 하여간 그런 나의 특성이 질병처럼 느껴질 때도 많다. 나는 죽은 새 한 마리 때문에 하루를 날린다. 길가에 버려진 딜도가 몇 시간이나 머릿속에서 떠나지 않는다. 술집에 떨어져 있는 여자 신발을 보면 웃음이 터진다. 지저분한 벨벳 마차를 끄는 말을 보면 눈물이 난다. 그 아름다운 생명체에 드리워놓은 거짓된 위엄이 내 마음을 아프게 한다.

나는 왜 평범한 미국인들처럼 얼굴에 경화유지를 가득 얹고 〈더 리얼 하우스와이브즈〉를 보면서 잠드는 하루를 보내지 못하는 걸까?

사람들은 자주 내 거친 말투에 놀란다. 조용히 아이를 돌보거나 집을 청소해야 할 것처럼 생긴 조그만 유색인 여성이 이런 성격을 갖고 있다는 데 충격을 받는 듯하다. 나는 대체로 친절한 편이지만 입은 아주 더럽다. 말끝마다 "망할"이 붙는다. 꼭지가 돌면 사나운 욕지거리가 쏟아져 나온다. 나는 늘 '성숙한 인간the bigger person'이 되는 게 어려웠다. (아니, 왜 그래야 해? 으엑.)

내 말투는 일찍부터 문제가 되었다. 1학년 때 내가 "지랄맞네"라고 했다고 선생님이 내 입을 비누로 씻기겠다고 윽박지른 적이 있다. 그게 왜 나쁜 말인지 이해가 안 됐던 (지금도 그렇다) 나는 선생님이 화를 내서 깜짝 놀랐다. 어린 시절 내내 엄마는 내 입에서 나오는 말이 마음에 안 든다며 입을 때려버리겠다고 했다. 고등학교 때는 보수적이거나 멍청한(둘 다인 경우도 많았다), 그래서 도저히 존경할 수 없는 선생들에게 욕을 했다는 이유로 허구한 날 교장실에 불려다녔다. 나는 좋든 나쁘든 생각나는 대로 말하지 못한 적이 없다.

외상 후 스트레스 장애를 앓는 베트남 참전 군인이었고 버트 레이놀즈와 똑같이 생겼던 10학년 시절 영어 교사 안투스 선생님은 우리더러 냉소적인 사람은 친구가 많지 않다고 말하곤 했다. 그때는 웃기는 소리라고 생각했는데 얼마 안 되어 그 말이 맞다는 걸 깨닫게 되었다.

(내가 '파키스탄 남자'라 불렀던) 압둘과 사귀고 있던 스물두살 때였다. 어느 날 밤 무슬림에 대한 사람들의 고정관념에 대해 이야기하는 압둘에게 내가 이런 식으로 비꼬듯이 말했다. "뭐, 그 사람들이 실제로 그렇기는 하잖아." 압둘이 그 말을 진지하게 받아들일 줄은 꿈에도 몰랐다. 나는 당연히 외국인 혐오자나 인종차별주의자가 아니었다. 더구나 압둘을 사랑했거나, 사랑한다고 믿고 있었다. 그런데 압둘이 크게 화를 냈다. 젠장. 압둘이 나의 냉소적인 성격에 익숙해졌을 거라고 생각했는데, 내가 선을 넘은 것이다. 쩔쩔매면서 '그 사람들'에 대해 진심으로 한 말이 아니라고 설명하며 사과했지만 압둘은 귓등으로도 듣지 않았다. 나는 몇 시간이고 울면서 용서를 구했다.

경제가 곤두박질쳤던 2010년 봄에 나는 대학원을 졸업했다. 그것도 시 전공으로. 펜데하Pendeja(멍청하게)! 시를 공부해서 먹고살기가 쉽지 않으리라 각오는 했지만 일자리하나 구하기가 그렇게까지 어려울 줄은 정말 상상도 못 했다. 결국 나는 시어스 타워에 있는 홍보 회사에 들어가 2년동안 비참한 시간을 보냈다. 거기서 나의 직책은 '인쇄 견적 담당'이었고, 들리는 그대로 지루한 일이었다. 내 인생에시 끔찍하고도 끔찍한 시절이었다. 너무 우울했던 어느 날 아침에는 출근길에 실제로 소리 내서 개그를 쳤다. 칸막이 주변을 둘러보며 **나 정말 이렇게 사는 거야?** 하고 자문하곤 했다. 혹시 내가 전생에 무자비한 살인마라도 되었던 걸까?

어떻게든 하루를 버텨보려고 업무 중에 친구 마이클과 온라인 채팅을 자주 했다. 대화 내용은 늘 말도 안 되고 부적절한 것들이었다. 업무용 컴퓨터로 그렇게 쓸데없는 이야기를 많이 나누었다니 지금 생각하면 너무 뻔뻔해서 놀랄 지경이다. 한동안 우리는 〈오 헬스 나Oh Hells Nah(말도 안 돼)!〉라는 제목의 팟캐스트를 진행했는데 내용은 서로 헐뜯거나 괴상한 이야기를 늘어놓는 게 대부분이었다. 우리는 방송 중에 어떻게든 '벗 투 벗butt-to-butt(엉덩이 대 엉덩이)'이라는 말을 써먹으려고 애썼다. 내가 니카라과의 한 호텔 방에서 수위 낮은 시네맥스 영화를 보다가 발견한 특이한 성행위를 묘사하려고 만든 말이었다. 등장인물 두 사람이 말 그대로 서로 엉덩이를 맞대고 부드럽게 문지르는 장면이었다. 마이클은 이 영화를 직접 보지 못했는데도 그 행위를 아주 마음에 들어해서 한동안 '벗 투 벗'이 우리가 가장 좋아하는 말이 되었다. 사람들은 듣자마자 불쾌해했지만 우리는 선구자이므로 계속 밀고 나갔다.

그러던 어느 날, 여느 날처럼 채팅을 하던 중에 마이클과 나는 말도 안 되게 많은 아이를 낳아 리얼리티 방송에 출연했던 복음주의자 더거 가족에 관해 이야기하기 시작했다. 당연하게도 그 집 엄마의 질 이야기가 나왔다. 우리는 아이를 열아홉이나 낳으면 그게 어떤 상태가 될까 상상했다. 마이클은 '바람 터널', '굶주린 채 입 벌린 구멍' 등 여러 가지 이름을 댔다. 나는 그냥 '온통 너덜너덜 엉망진창'일 거라 했다. 회사에서 포스터 비용을 계산하느라 바빴을 텐데 왜 그랬는지는 모르겠지만 더거네 엄마의 질을 떠올리자 웃음이 터져 멈출 수가 없었다.

그 여파가 옆 칸에 있던 동료이자 그 황량한 공간에서 유일한 내 친구였던 프랭크에게 미쳤다. 스물여섯인 나와 오십 몇 살쯤 된 이탈리아 출신 남성 프랭크는 함께 점심을 먹으러 다니는 괴이한 짝꿍이었다. 프랭크가 칸막이 위로 고개를 내밀고는 도대체 무슨 일이냐고 물었다. 늘 함께 웃어대는 사이니 자기도 끼고 싶었던 것이다. 배가 당기고 얼굴이 화끈거렸다. 더거네 엄마의 너덜너덜한 질에 관해 설명하려 해봤지만 그럴 때마다 다시 웃음이 터졌고, 그렇게 말을 꺼냈다가 실패하는 상황이 몇 분이나 이어졌다. 프랭크는 어리둥절해했다. 아마도 나를 정신병원에 집어넣거나 진정제라도 놓아야 한다고 생각했을 것이다. 그래도 나는 계속 이러고 있다가는 매니저가 찾아와 맛이 간 내 상태를 확인할지도 모른다고 걱정할 정도의 정신은 있었다. 이 유색인 여지애가 열심히 일하지 않고 딴짓을 하는 장면을 매니저가 목격하면 해고를 통보하거나 징계를 내릴지도 모른다는 생각이 들어, 화장실로 피신해 어릴 적 그랬던 것처럼 웃음을 다 토해내려고 애썼다. 그리고 시간이 조금 흐른 후에 프랭크에게 더거네 엄마 이야기를 들려주었다. 너덜거리는 모습을 손으로 흉내내면서.

이 이야기를 꺼내면 나는 아마 거절당하고, 제명되고, 기피되고, 배척을 당하겠지만, 내 생각에 일부 페미니스트들은 유머 감각이 없고 그래서 피곤하다. 나는 페미니즘의 대의에 동의하고 나 자신이 강경하고 예리한 성질 더러운 페미니스트라고 생각하지만, 우리 자매들 중에는 지루한 데다 무슨 일이든 재미없게 만드는 데 열중하는 이들이 좀 있다. 만약 내가 더거네 엄마의 공화주의자다운 헐렁한 질에 관한 농담을 할 수 없다면 나는 그 운동의 일원이 되고 싶지 않다.

역사상 가장 훌륭한 코미디언으로 꼽히는 조지 칼린은 임신중지를 반대하는 여성에 관한 최고의 스탠드업 공연을 선보였다. 그 공연을 볼 때마다 나는 탄성을 내지른다. 지금 이 공연을 했다가는 인터넷에서 사람들의 분노를 살 것이다. 칼린은 밑도 끝도 없이 이런 질문을 던진다. "임신중지에 반대하는 여성들은 어째서 애초에 같이 자고 싶지도 않은 이들일까요?" 나는 본보기로 삼을 만한 완벽한 페미니스트가 되는 데 전혀 관심이 없다. 그것이 불가능해서만이 아니라 더럽게 지루하기 때문이다. 그리고 어쨌거나 나는 이미 '완벽한 페미니스트' 기준에 미달하는 사람으로 인식되고 있는 듯하다. 내가 너무 여성스럽다거나, 여성을 대상화하는 행위를 지지한다거나(나는 맡은 업무 때문에 포르노 박람회에 간 적이 있다), 남자가 저녁값을 부담하기를 기대한다거나(혹시 임금 격차라는 걸 들어는 보았는지?) 하는 여러 당혹스러운 이유로 제대로 된 페미니스트가 아니라는 비난을 받고는 했다. 참고로 나는 출세를 위해 외모를 활용하는 데 전혀 거리낌이 없다. (내가 예뻐서 잘해주고 싶다고? 내가 신경이나 쓸 것 같아?)

나는 비판을 재미있어 하고, 갈등 속에 지적 탐구의 기회가 가득하다는 것을 깨달을 때가 많다. 나더러 왜 행복에 관한 글을 쓰지 않느냐고 물으면 상대방에게 멍하니 공허한 눈빛을 보내는 이유다. 내 경우에 가장 창의적인 표현은 긴장에서 나온다.

페미니스트들이 냉소적인 코미디언 에이미 슈머의 자기비하적 유머를 비판한다는 이야기를 들었다. 슈머가 남성들의 구미에 맞춰주면서 자기비하적인 태도를 보인다고 말이다. 내 생각에 그런 비판은 요점을 벗어나 있다. 슈머는 분명 (종종 민망할 정도로) 인종 문제에 무지하지만 성별에 있어서는 서툭한 영역으로 늘어서기를 두려워하지 않는다. 나는 그 점을 높이 평가한다. 〈인사이드 에이미 슈머〉라는 방송에는 〈12인의 성난 사람들〉을 패러디해 배심원 열두명이 슈머가 텔레비전에 출연할 만큼 섹시한지를 놓고 토론을 벌이는 에피소드가 있다. 만약 아니라는 결론이 나오면 슈머는 방송에서 하차해야 하고, 어쩌면 사형 판결을 받을 수도 있다. 배심원 중 누군가는 슈머를 '감자상'이라 하고, 또 어떤 이는 슈머가 다람쥐처럼 생겼다고 말한다. 방송이 나간 후 트위터에서 슈머가 자기 외모를 조롱거리로 만들어 남성들의 비위를 맞춘다고 비판하는 페미니스트가 많았다. 하지만 내게는 그런 주장이 너무 지겹고 납작하게 들렸다.

슈머는 스스로가 못생겼다고 생각하는 게 아니라, 외모를 가지고 여성을 헐뜯는 남성들을 조롱한 것이다. 특히나 재밌는 부분은 이 촌극에 참여하는 배심원 대부분이 전혀 성적 매력이 없는 인간들이라는 점이다. 이런 걸 **전복**이라고 하는 거예요. 젠장, 농담은 설명하는 순간 재미가 날아가버리는데. 고맙네요, 페미니스트 여러분! 내가 무슨 짓을 하게 만드셨는지 보세요.

나 자신을 소재로 웃기지 못하게 되면 끝장이다. 나는 내 커다란 입을 좋아하지만 기꺼이 그걸 농담거리로 삼을 것이다. 골상학을 믿지 않지만 내킬 때는 언제라도 내 두상에서 드러나는 나의 호색적인 성향에 관해 이야기할 것이다. 인간이 인간이기에 드러나는 우스꽝스러운 면을 비웃을 수 없다면 나는 그런 운동은 억압적이라고 생각한다. 차라리 길가에 쌓인 더러운 매트리스 더미에 누워 죽는 편이 나을 것이다.

풀브라이트 장학금을 받아 스페인에서 지냈던 스물두 살 때, 친구의 생일 파티에서 재미있는 튀니지 남자를 만나 연애를 시작했다. 그 남자는 마드리드에 산 지 몇 년밖에 안 되었는데도 스페인어를 완벽히 구사했다. 입에서 나오는 말이 거의 다 농담이었다. 처음부터 그 점이 마음에 들었다. 농담이 여성의 마음을 끈다던 과학자들의 말이 맞았던 모양이다.

나는 이중 언어 구사자로 자랐는데도 스페인에서는 내가 별로 웃기지 않다는 걸 알게 되었다. 평생토록 스페인어를 했지만 교육은 대부분 영어로 받았기에 내 어휘는 영어가 훨씬 더 풍부했다. 게다가 나의 유머는 상당 부분이 주변인들과 공유하는 문화적 경험에 기반하고 있었다. 스페인에 가니 그곳의 문화가 낯설기도 했고 가식적인 유럽 중심주의자가 되고 싶지 않았을뿐더러 가문을 배신하는 기분이 드는 것도 싫었기 때문에 나는 계속 멕시코식 스페인어를 썼다. 그러다 보니 스페인에서는 나의 재치가 그다지 잘

봉하지 않았다. 스페인 사람들은 내가 언급하는 멕시코의 문화와 멕시코인의 감성을 낯설어했다. 내가 1990년대 시카고에서 자랐다는 게 어떤 의미인지도 이해하지 못했다. 튀니지인 남자친구도 마찬가지였다. 그래서 나는 농담을 혼자 간직하거나, 시도했다가 장렬히 실패하거나 했다. 내 정체성의 일부를 빼앗긴 기분이었다. 나는 주위 사람들에게 농담꾼으로 취급받는 데 익숙했기 때문에 그런 상황이 혼란스러웠다. 거칠게 남자친구의 멱살을 쥐고 흔들며 소리치고 싶었다. "난 웃긴다고! 하느님께 맹세코 난 웃긴 사람이라고! 너만 웃긴 거 아니라고!"

나는 내가 한 농담에 다른 누구보다 더 크게 웃곤 한다. 부끄러워해야 할 일 같겠지만 그렇지 않다. 스스로 웃기다고 생각하지 않았다면 그런 말을 꺼내지 않았을 것이다. 나는 혼자 있으면 줄곧 웃어댄다. 나를 잘 모르는 이들은 혼란스러워하거나 괴로워하기도 하지만 나는 아무렇지도 않다. 자기가 한 농담에 웃을 수 있는 능력이 내가 가진 재능이다. 내가 속으로 하는 독백은 상당히 재미있다.

우리가 자기 자신과 맺는 관계는 우리에게 가장 중요한 관계인데도 아무도 그에 관해 이야기하지 않는다. 우리는 고독을, 혼자 생각에 잠기는 것을 두려워하게 되었다. 곁에 아무도 없어도 고요함을 견딜 필요가 없도록 화면과 소음으로 일상을 가득 채운다. 특히 여성들이 그렇다. 진정한 사랑을 만나 엄마가 되기도 전에 이혼한, 볼 장 다 본 30대 여성인 내가 보냈던 시간이 그 증거다. 어디를 가든 모두 내 남편이 어디 있는지 궁금해했다.

톰과 이혼한 이유 중 하나는 (이 밖에도 아주 많지만) 그가 마치 내가 그 자리에 없는 듯이 나를 무시하기 시작했기 때문이다. 우리는 2007년에 대학원에서 만났다. 처음에는 가볍게 데이트하다가 같이 살게 되었고 둘 다 서른이 되었을 때 결혼했다. 결혼 생활은 1년 반 만에 끝났다. 우리는 결코 운명의 상대가 아니었고 그 사실을 둘 다 마음 깊이 알고 있었던 것 같다. 발에 맞지 않는 신발을 신고 절뚝거리며 8년을 보낸 것과 다름없었다. 우리는 인생관이 너무나도 달랐다. 그는 나의 남편이 되는 법을 몰랐고 나는 그의 아내가 되는 법을 몰랐다.

악당이 따로 있었던 게 아니라 그저 서로 잘 맞지 않았을 뿐이고, 어떤 면에서는 서로 사랑했기 때문에 잘해보려고 고집을 부리다 너무 멀리 가버렸던 거라고 믿고 싶다. 결국 내가 먼저 손을 놓았다. 톰은 다르게 생각할 수도 있다. 모르겠다. 나는 여전히 그에게, 그리고 우리가 함께 보냈던 시간에 애정을 느낀다. 톰과 헤어지는 일은 내가 해본 것 중에서 가장 어려운 일이었지만 그래야 한다는 걸 나는 본능적으로 알았다.

끝이 가까워졌을 때 가장 마음 아팠던 것은 톰이 내게 보인 무관심이었다. 그는 더 이상 내 농담에 웃지 않았다. 내 유머 감각에 익숙해져서 그렇다고 했다. 더는 그를 놀라게 할 수 없다니, 내 매력이 사라지고 만 것이다. 나는 늘 유머가 나를 특별하게 만들어준다고 생각했기 때문에 자존감에 큰 타격을 받았다. 내가 자주 하는 섹스나 똥에 관한 농담을 들을 때면 톰은 내가 너무 저질스럽다고 생각하곤 했다. 그나마 반응을 해줄 때도 그저 내 말을 듣고 있다는 표시로 "어, 어"하고 영혼 없는 대답을 할 뿐이었다. 스탠드업 코미디언 리처드 프라이어의 말을 그대로 되풀이할 생각은 없지만, 나는 웃음으로 사람들에게 상처를 주었다. 뭔가 잘못되었다.

연구에 따르면 심지어 쥐들도 웃는다고 하는데, 마음 깊이 쥐를 두려워하는 나를 혼란스럽게 만드는 이야기다. 1997년에 한 심리학자와 학생들이 쥐를 간지럽히면 평소와 다른 소리를 내는지 알아보는 실험을 했다. 쥐들은 또렷하게 찍찍거리는 소리를 냈을 뿐 아니라 더 간지럽혀주기를 바라며 실험자의 손가락에 자기 몸을 밀어붙였다. 쥐가 그렇게 징그럽지만 않았다면 귀엽기까지 했을 일이었다. 쥐가 웃는다면 다른 동물도 분명 웃을 것이다. 새끼 해달이 웃는 모습을 상상하면 탁자를 발로 차고 싶어질 정도로 터무니없는 희망과 행복감이 휘몰아친다.

톰과 함께 지내던 집을 나와 내 집으로 들어가던 날, 마침 그 즈음 별거를 시작한 친구와 장을 보러 갔다. 나 혼자 쓸 물건을 산다는 게 이상하게 느껴졌다. 계속 톰이 좋아할 만한 물품을 찾다가 문득 이제 그가 없다는 걸 깨닫고 손을 거뒀다. 그러고는 톰이 반대할 게 분명한 물건을 마음껏 골랐다. 가향 탄산수? 안 될 게 뭐야? 장을 보는 내내 다시는 우리가 함께 장을 볼 일이 없으리라는 것이, 이제는 그가 먹을 피클을 챙길 필요가 없다는 것이 못 견디게 슬펐다.

식료품을 고른 다음 가재도구를 좀 사려고 달러 스토어로 향했다. 1달러라는 저렴한 가격에 양초나 가위 같은 것을 살 수 있다니, 친구와 나는 새삼 기뻐했다. 살아 있길 잘했네! 장바구니를 가득 채우며 돌아다니는 동안 우리는 이런 평범한 일상이 너무 좋다며 농담을 주고받았다.

나는 전리품들을 차에 싣다가 친구를 돌아보며 이렇게 말했다. "그러니까 30대 싱글 여성 둘이 달러 스토어에서 불타는 일요일 밤을 보냈다는 거지." 그렇게 웃기는 말도 아니었는데 우리 둘 다 저렴하고 자질구레한 물건을 사면서 그렇게나 즐거워했다는 게 어처구니가 없어서 웃음을 터뜨렸다.

평소에는 일요일 밤이 되면 조용히 우울감에 젖어들곤
했지만 그날 밤은 내가 처한 현실에 웃음이 났다. 안도감이
들었다. 2월이었고, 눈이 잠시 녹은 상태였다. 꼭 봄이 온 듯
한 냄새가 났다.

# 모국으로 돌아가다

　　나는 대대로 농부였던 집안에서 태어났다. 우리는 기운 넘치는 사막인, 후줄근한 개자식들이다. 멕시코 북부로 가서 시에라 마드레의 풍경을 둘러볼 때마다 이런 생각이 떠오른다. 땅은 양보도 용서도 없다. 스페인 식민지였던 시대의 기록에 따르면 이 지역의 기후가 어찌나 극단적인지 겨울에 방한 대비를 충분히 하지 않으면 말이 얼어죽을 수도 있을 정도였다고 한다. 반면 여름에는 스페인 사람들이 아프리카 못지않다고 주장할 정도로 엄청난 더위가 몰려왔다.

　　우리 윗대 선주민 문명에 관해 여러 차례 물어보았지만 부모님은 또렷한 답을 주지 못했다. 시골에 사는 가난한 멕시코인이었던 우리 가족은 단순한 분류 안에 마구 뭉뚱그려져 있었다. 할아버지의 할아버지의 할아버지 중에 누군가가 스페인인이었다고는 하는데, 그게 내가 알아낸 전부였다.

최선을 다해 추정해 보건대 우리 조상 중 일부는 테페우안 인디언이었던 것 같다. 테페우안인은 사나웠다고 하니 그렇게 믿고 싶다. 1616년 과로와 학대에 지친 그들은 스페인에 반란을 일으켰는데, 식민지 개척자들이 전혀 예상하지 못한 일이었다. 당대 인물이자 예수회 소속 역사가인 안드레스 페레스 데 리바스는 그 사건을 "정복 이후 뉴스페인에서 발생한 가장 거대한 난동이자 격동, 파괴 행위"라고 했다. 테페우안인은 **4년 동안 격렬하게** 스페인인과 싸웠다.

우리 집안 사람들은 양가 모두 창백한 흰색에서 짙은 갈색에 이르기까지 다양한 피부색을 갖고 있다. 눈은 푸른색, 초록색, 갈색이고 머리는 붉은색, 금색, 검은색, 갈색이다. 누군가에게 '멕시코인처럼' 생기지 않았다고 말하는 사람이 있다면 나는 그에게 우리 가족 사진을 보여주고 역사책을 읽어보라고 권하고 싶다. 때로는 그런 말이 칭찬이라도 된다는 듯이 나에게 이야기하는 사람이 있다. 나를 이탈리아인이나 그리스인으로 봐도 문제없을 거라고 장담하는 식이다. 아니거든, 멍청아. 무슨 뜻으로 하는 소리든 간에 나는 그런 말을 듣고 싶지 않다. 한번은 술집에서 나를 유혹하려던 어떤 남자가 "코가 되게 신기하게 생겼네요"라며 내가 어디 출신인지 궁금해했다. 멕시코인이라고 했더니 자기가 품었던 이국적인 환상이 깨졌는지 실망한 표정을 지었다. 그 남자의 성적 환상에 비해 내 출신이 너무 평범했던 모양이다. 사람들은 내게 어디서 왔냐고 물었다가 시카고 출신이라고 답하면 당황스러워한다. 그렇게 안 보인다고 말한 남자도 있었다. 평생 시카고에 한 번도 안 와봐서 그런가 본데, 야, 여기서는 내가 아무 데나 **창끌라**chancla(슬리퍼)를 던져도 내 안부를 염려하는 다정한 **세뇨라**señora(아주머니)가 맞을 거라고.

'멕시코인mexican'이라는 말이 경멸적인 표현이라고 생각해 그 단어를 쓰기를 주저하는 이도 있다. 그런 사람은 그 대신에 '스페인계spanish'나 '라틴계latin'라고 말한다. '멕시코인'이라고 하면 모욕이라도 되는 줄 알고 자그맣게 속삭이는데, 그럴 때면 나는 욱해서 이렇게 소리치고 싶어진다. "이 새끼야, 쟤는 완전 멕시코인이야! 멕시코에서 왔다고! 지 입으로 그렇게 말했다니까!"

나는 평생토록 낯선 땅에서 해가 떠오를 때까지 열정적으로 글을 쓰는 삶을 꿈꾸었다. 내 상상 속 작가의 삶이란 모험, 술, 담배, 섹스, 낡아빠진 검은 옷으로 가득 차 있었다. 이 낭만적인 방랑객의 이미지는 내가 본 영화와 읽은 책을 바탕으로 구축되었고, 어떤 면에서는 내가 그 환상을 현실로 만들었다고 할 수 있다.

나는 엄마 쪽 가족 중에서 처음으로 대학에 들어간 여성이다. 부모님은 내가 일찍 집을 나가는 것에 대해서는 불쾌해하는 정도로 그쳤지만 다른 나라로 떠나는 건 말도 꺼내지 못하게 했다. 도대체 나는 왜 독립하고 싶었던 걸까? 게다가 이제는 대서양을 건너가겠다고? 뭣 때문에? 내가 뭐 대단하다고?

하지만 그분들이 평범하다고 말하는 틀에 박힌 사회적 관습과 의무로 가득 찬 삶이 내게는 고통 속에 서서히 죽어가는 과정처럼 보였다. 나는 대학 졸업 후에 안정적인 직장 생활을 하고 싶지 않았다. 결혼하고 아이를 낳고 싶지도 않았다. 슬랙스를 입고 직장에 나가며 401(k)*에 신경 쓰는 책임감 있는 어른이 되고 싶지 않았다. (401(k)가 뭔지 최근에야 알았으니 어른 되기는 글러 먹었다.) 그 대신 전적으로 내가 직접 설계한 희한하고 불가능한 삶을 동경했다. 세상 그 누구도 가능하다고 일러주지 않았는데도 나는 오래전부터 내가 이런 삶을 살 운명이라고 정해두었다.

원래는 풀브라이트에 지원할 때 우루과이처럼 특이한 나라를 쓰고 싶었다. (우루과이에 관해서 아무것도 모르면서.) 스페인은 인기가 높아 경쟁이 치열할 테니 그곳에 지원하면 장학금을 받기 어려울 것 같았다. 하지만 친구가 한번 해보라고 설득했다. 자존심 좀 다치는 것 말고 잃을 게 뭐 있어?

---

• 미 국세법 401조 k항에 규정된 직장인 퇴직연금을 가리킨다.

내가 이듬해에 스페인에 간다고 하니 멕시코인 몇 명이 나더러 '모국'으로 돌아가는 거라고 했다. 나는 나의 태생에 관해 조금이나마 알게 되어 기뻤지만 스페인을 모국이라고 부르는 것은 갈색 피부를 지닌 나의 엄마에 대한 모독이었다. 스페인이 나랑 무슨 상관이라고?

'우리 가족 중 처음'이라는 목록에 대서양 횡단을 추가하며, 스물두 살의 나는 몹시 들뜬 상태로 마드리드에 도착했다. 마드리드는 압도적이었다. 내가 그토록 찾아 헤매던 바로 그런 도시였다. 나는 쉬지 않고 자극을 찾아다녔다. 시끄러운 음악과 디스코 볼 그리고 어딜 가든 나를 따라다니는 밝은 불빛을 원했다. 나는 온 힘을 다해 밤 생활에 뛰어들었다. 마드리드에는 내가 한 번도 경험한 적 없는 활기가 그득했다. 길모퉁이에서는 벵골 출신 남자가 장미와 번쩍거리는 장신구를 팔았다. 술집에서 쏟아져 나오는 고주망태들에게 맥주와 샌드위치를 팔러 다니는 중국인 여자도 있었다. 나는 무수한 인파에 들떴고 어느 시간대에나 와인을 너무 많이 마셔 비틀대며 돌아다니는 노인들이 보여 즐거웠다. **이 사람들 정말 사는 법을 아네.** 미국인들은 완전히 잘못 살고 있었다.

도시 한가운데에 있던 몬테라 거리는 굉장했다. 길가에 허름한 모텔이 있는 동네에서 자란 나는 성매매 여성들이 영업하는 모습을 흔히 보았지만 몬테라 거리는 완전히 차원이 달랐다. 젊고 예쁜 여성, 늙어 쇠약해진 여성, 시스 여성, 트랜스 여성 등 온 세상을 대표하듯 다양한 여성이 다양하게 헐벗은 채로 그 거리에 모여 있었다. 그들은 언제든 업무에 돌입할 수 있는 자극적인 차림으로 길가에 서서 호객 행위를 했다. 내가 살면서 본 중 가장 다채로운 공간이었다. 경찰들은 그들의 매매 행위에 개의치 않고 이해한다는 듯 근처에 가만히 서 있었다. 멍하니 바라보지 않으려 애쓰긴 했지만 그 광경에 매료된 나는 늘 그쪽으로 지나갈 핑계를 찾았다. 악착같이 일하는 성노동자들에게는 존경을, 그들을 꾀어내는 남자에게는 비난의 눈길을 보냈다. 여성을 한 번 쓰고 버릴 수 있는 존재인 양 대하고 인간이 할 수 있는 모든 일에 가격을 매길 수 있다는 듯이 구는 막돼먹은 그놈들이 싫었다.

나는 스물두 살에 나의 가장 큰 관심사가 섹스라는 것을 깨달았고, 스페인에 도착하자마자 내게 어떤 성적 자본이 있는지 알게 되었다. 내 술값을 내줄 것도 아니니 아무래도 상관없었지만 스페인 남자들은 나에게 거의 관심이 없었다. 대신에 거리를 걷다 보면 까무잡잡한 이민자들이 나를 찬양하다가 희롱하다가 하며 큰 관심을 보였다. 너무 공격적이지만 않으면 나는 기분에 따라 그런 시선을 즐기기도 했다. 나는 어렸고 솟아나는 성적 욕구에 흥분한 상태였다.

욕망의 대상이 된다는 것과 거기서 나오는 듯한 권력을 행사하는 것이 즐겁고 짜릿했다. 그들을 돌아볼 때면 조롱하듯 건방진 태도를 취했다. 추파를 던졌으면 제대로 해보라고 그들을 도발했다. 역시나 다들 말로만 끝났다. 대부분 당황해서 아무런 행동도 하지 못했다.

군이 따지자면 나는 솔로가 아니었다. 여전히 시카고에 있는 유부남을 사랑하고 있었다. 아무리 우스꽝스럽게 들리더라도 나는 압둘을 내 남자친구라고 불렀다. 그렇지 않으면 뭐라고 불러? 애인? 그런 말을 아무렇지 않게 쓸 수는 없었다. 나랑 바람 피우는 섹시한 외국 남자? 대서양 건너편에서 나를 정서적으로 학대했던 남자?

더욱 터무니없는 것은 내가 압둘에게 충실하겠다고 약속했다는 것이다. 절대 내 것이 되지 않을 거라는 걸 알면서도 나는 이 남자에게 어리석게, 저돌적으로, 비이성적으로 빠져 있었다. 게다가 명백히 죄를 지었으면서도 여전히 자기가 독실한 무슬림이라고 생각하는 압둘을 위해 돼지고기를 먹지 않겠다는 약속까지 했다. 하지만 어딜 가나 돼지고기가 나를 유혹했다. 술집과 식당 천장에 고리로 매달려 있던 윤기 흐르는 돼지 다리들 말이다. 몇 주도 안 지나 나는 약속을 어겼다. 돼지고기는 너무나 짭조름하고 맛있었다. 아내가 있는 주제에 지가 뭔데 나더러 더러운 동물의 고기를 먹지 말라고 해?

그해에는 식욕이 그칠 줄을 몰랐다. 나는 뭐든지 다 먹어 보고 싶었다. 그 몇 년 사이에 스페인식 토르티야를 얼마나 많이 먹었는지 속이 거북해 지금도 못 먹을 정도다. 달걀을 올린 바게트와 크림 커피는 믿을 수 없을 정도로 만족스러워서 아무리 먹어도 질리지 않았다. 그야말로 **데스코시다** descosida 같은 꼴이었다. '실밥이 터진 상태'라는 뜻으로, 엄마가 폭식하는 나를 가리켜 하는 말이었다. 나는 온갖 음식에 얼굴을 들이밀었고 와인을 물처럼 마셔댔다. 거기서는 와인 한 병에 2유로밖에 하지 않아 얼마든지 마셔도 괜찮았다. 평생 욕망에 휩싸여 살아왔는데 마침내 그 욕망을 채울 수 있게 되었다.

어렸을 때 우리 가족은 2층 주택을 네 세대로 불법 개조한 건물의 뒤쪽, 골목과 맞닿는 칸에 살았다. 옆집과는 합판을 박은 벽으로 나뉘어 있었다. 엄마는 밤에 일했고, 일을 마치고 돌아온 아빠는 지쳐서 늘 소파에서 텔레비전을 보았다. 오빠는 나보다 다섯 살 더 많아서 같이 논 적은 별로 없었다. 나는 성가신 여동생 그 자체였다. 딱 리사 심슨, 근데 엄청 우울한.

어린 시절 나는 책 읽고 그림 그리고 창밖을 구경하며 대부분 혼자 지냈다. 함께 놀 사람이 너무나도 간절해서 녹음된 이야기를 들려주는 무료 전화번호로 전화를 건 적도 있다. 자동화된 목소리에 의지해 하루를 보내던 나를 떠올리면 가엾고도 우스꽝스럽다.

북쪽으로 난 거실 창 너머로 멀리 서 있던 나무 한 그루가 언제나 나를 매료시켰다. 내 눈에 너무나도 아름다운 그곳으로, 아니면 다른 어디로든 가고 싶었다. 너무 멀어서 닿을 수 없을 것처럼 보였는데 지금 생각해보니 겨우 몇 블록 떨어진 거리였다. 딱히 특별하다고 할 것도 없었지만 나는 그 나무를 탈출의 상징, 가능성의 상징으로 삼았다.

열한 살에 우리 집이 생겼다. 원래 살던 시서로보다는 좀더 나은 동네였다. 그때는 근처에 백인도 좀 살았는데 어느 날 밤에 그중 누군가가 우리 집 타이어를 찢어놓았다. 별 볼 일 없는 그들의 삶에 우리가 침투한 것이다. 내가 고등학교에 다니던 즈음에는 동네에 백인이 점점 줄어들었고, 남은 이들은 대체로 가난했다. 거의 멕시코인이라 해도 될 정도로 우리와 동화된 이들도 있었다.

저녁에는 단짝인 클라우디아와 함께 가라데를 배우러 루즈벨트가로 걸어가곤 했다. 행정구역상 시카고에 속했지만 사실 몇 블록 떨어진 곳이었다. 이따금 우리는 멀리 돌아서 인근 공단 지역을 탐험했다. 클라우디아는 항상 한계를 시험하고 싶어 했는데, 나도 그렇기는 했지만 겁이 나서 배가 아프다는 핑계를 대며 투덜대곤 했다. 한번은 버려진 공장에 몰래 들어가본 적이 있다. 컴컴한 구석에 숨은 노숙자나 마약 중독자들이 우리를 죽이러 들까 봐 무서웠지만 두려움보다 호기심이 더 컸기 때문에 일단 저지르고 봤다. 불이 나서 손상된 건물이라 2층이 금방이라도 무너질 듯 허물어지고 있었지만 그래도 걸어 들어갔다.

1층 내부에 나무가 자라고 있었다. 지붕에 난 구멍으로 스며든 햇빛이 기적처럼 나무를 비춰주었다. 나는 그 광경이 근사하다고 생각하면서도 여전히 찌르는 듯한 두려움에 휩싸여 있었다.

나의 행동거지, 늘 어떤 소동에 얽히거나 허용된 선을 넘고 싶어 하는 욕구는 전통적인 멕시코 문화에서는 여성스럽지 못한 것이었다. 엄마의 엄마인 루이사 할머니는 나를 '마리마차marimacha'라고 부르곤 했는데, '남자 같은 년' 또는 레즈비언을 상스럽게 부르는 말이다. 엄마는 그보다는 덜 거칠게 '안다리에가andariega'라고 불렀다. '방랑자'나 '떠돌이'라는 뜻으로 '거리의 여자'를 가리키는 말이다.

자고로 여자애들은 집 밖으로 나돌면 안 되는 법이다.

스페인에서 처음 얻은 방은 학교에서 꽤 멀리 떨어진 마드리드의 번화가에 있었다. 내가 보조 교사로 일하던 동네였다. 그 도시에 관해 아무것도 몰랐던 나는 깨끗해 보이고 밤에 나가서 놀기 좋은 곳에 있는 아파트를 골랐다. 거기가 얼마나 따분하고 가식적인 동네인지 알았다면 다른 지역을 선택했을 것이다. 내가 정말로 원한 건 집처럼 편안한 기분을 느낄 수 있는 시끄럽고 디러운 동네였으니까. 그 아파트는 유학생 두 명을 포함해 여자애들 여럿이 함께 지내는 집이었는데, 그중에 오후 늦게까지 잠을 자는 불평 많은 스페인 여자애가 한 명 있었다. 그 애의 표정이 어쩐지 마음에 들지 않았다.

나는 침실 발코니에서 거리를 내다보는 낭만을 즐겼다. 커다란 유리창 앞에 서서 어둡기 짝이 없는 모습으로 (그때는 '셀카'라는 말을 쓰기 전이지만) 셀카를 찍어댔다. 내가 그런 삶을 살고 있다는 사실이 믿기지 않아 일상을 모조리 기록해두고 싶었다. 하지만 고양이 사체라도 담겨 있는 듯이 딱딱하고 울퉁불퉁한 매트리스 외에 그 아파트에 대해 딱히 기억나는 것이 없다.

짐을 풀고 얼마 지나지 않아 뭔가 잘못되었다는 느낌이 왔다. 우선 나는 영어를 쓰는 사람들과 함께 지내고 싶지 않았다. 게다가 뚱한 표정을 한 집주인이 매일 청소를 한답시고 우리가 자는 방을 뒤져댔다. 이게 합법적인 일인가? 이 여자는 처음부터 마음에 들지 않았다. 이러다 결국 가라데로 이년의 목을 내리치고 외국에서 체포될지도 모르겠다 싶어 집을 옮기기로 결심했다. 어린아이처럼 망설일 필요가 없었다. 나는 이미 엄마의 굳건한 손아귀에서 벗어났고 거침없이 재미난 실수를 저지를 만한 여성이었다.

새로 살 집을 찾아 다시 한 번 도시를 돌아다녔다. 스마트폰이 없던 시절이어서 종이 지도를 보며 다니다 보니 내가 어디에 있는 건지 전혀 알 수 없는 때도 많았다. 나는 땀범벅이 되어 당황한 상태로 약속 장소에 도착하곤 했다. 20대 남자 세 명이 사는 아파트가 있었는데, 그중 한 명이 저질스럽게 굴며 나에게 방을 꼭 빌려주고 싶어 했다. 거기 들어갔다가는 1년 내내 끈질기게 추근대는 그 남자를 밀어내며 보낼 게 뻔해 그냥 됐다고 했다. 게이들이 많이 사는 동네인 추에카에 있는 집도 하나 보았다. 그곳은 어둡고 창문이 없었다. 세 놓은 공간은 다락방이었고, 집주인이 그 외에는 모두 자기 공간이라고 못 박았다. 침울해 보이던 그는 내게 성적인 관심이 있는 것 같지는 않았지만 뭔가 오싹한 느낌이 들었다. 마땅한 집이 없다 보니 슬슬 걱정이 되기 시작했다. 낯선 나라에서 내가 대체 뭘 하고 있나 싶었다. 결국 싸구려 여인숙에나 들어가게 될까 봐 겁이 났다.

그러다가 도심 남쪽에 있는 이민자 동네인 라바피에스 Lavapiés에서 살 집을 찾았다. 발 씻는 행위를 뜻하는 그 겸손한 이름이 좋았다. 첫 번째 집에 함께 살던 스페인인 룸메이트가 위험한 동네라고 경고했지만 나는 지하철에서 내리는 순간 그 동네에 반했다. 과일 가게, 정육점, 사리를 입은 여성들, 내가 알아들을 수 없는 말로 소리를 질러대는 사람들. 활기차고 시끄럽고 공기 중에 고기와 향신료 냄새가 떠돌았다. 내가 있어야 할 곳은 바로 여기였다.

짧고 곱슬한 빨간 머리에 친절한 성격인 30대 스페인 여성에게서 방을 빌렸다. 식물, 외국 풍경 사진, 선명하고 이국적인 포스터 등으로 멋들어진 보헤미안 스타일을 연출해 작지만 밝고 행복한 느낌을 주는 방이었다. 그 방은 건물 안쪽에 있었는데, 이전에는 한 번도 본 적 없는 구조였다. 창문은 전부 안뜰 아니면 건물 안쪽을 향하고 있어 햇빛은 거의 들지 않았다. 침실에 있는 창으로 빛이 약간 비치기는 했지만 맞은편은 흰 벽이었다. 딸린 부엌이 너무 작아서 거실 탁자에 몸을 웅크려 밥을 먹어야 했다. 밀실 공포증이 생겨날 때도 있었지만 그래도 거기 사는 게 좋았다. 이따금 안뜰 건너편에서 아랍어나 내가 알아들을 수 없는 언어로 다투는 소리가 들려왔다. 다문화적이고 범세계적이었다.

건조기가 없어 다들 창밖 빨랫줄에 빨래를 널었는데, 결국에는 나도 모두가 보는 앞에서 바람을 맞으며 마구 휘날리는 내 팬티를 부끄러워하지 않게 되었다.

동네에 사는 이민자는 대부분 젊은 남자였다. 내게는 전혀 놀랍지 않은 사실이었다. 나도 이민자 집안 출신이라 남자가 먼저 떠나고 여자가 나중에 따라가는 경우가 많다는 걸 알고 있었다. 내 주위에는 얼마 되지도 않는 급여의 대부분을 고국으로 보내면서 조그만 아파트에 비좁게 모여 사는 멕시코 남자가 흔했다.

라바삐에스는 늘 개똥으로 뒤덮여 있었다. 어디에나 널려 있어서 마치 장식의 일부처럼 느껴졌다. 위협적이라고 느낀 적은 없지만 사실 거친 동네긴 했다. 노숙자들 그리고 쥐 파먹은 듯 덥수룩한 머리에 당시 유행하던 하렘 바지를 입은 스페인 힙스터들이 많이 살았다. (내 친구 주디는 그 바지를 키갈론cagalones, 그러니까 '똥 싼 바지'라 불렀다.) 다리가 세 개인 개와 자주 마주쳤는데 항상 배고파 보였다. 떠돌아다니는 개인지 누가 방치해두는 반려견인지 알 수 없었다. 그 개가 불쌍하다고 생각했지만 거리를 돌아다니는 모습을 보면 낙관적인 기분이 들었다. 곱슬머리에 인조 모피 코트를 입은 여자도 한 명 있었다. 한번은 벤치에 앉아 있는 그 여자의 이마에서 조금씩 피가 흐르는 걸 보았는데, 20년 가까이 지난 지금에 와서도 그때 그 여자에게 괜찮냐고 묻지 않았던 게 죄책감이 들어 마음이 무겁다. 어떻게 그 모습을 그냥 지나칠 수 있었을까?

전통 복장인 긴 치마를 입고 식료품 가게 앞에서 작은 몸집으로 활기차게 복권을 팔던 집시 여자도 있었고, 광장에는 아프리카계 청년들이 가득했다. 드물게나마 갤러리도 있었는데, 그중 한 곳의 유리창에는 이빨 돋은 질 그림이 전시되어 있었다. 술집에는 개나 아이들도 자유로이 드나들었다. 어지러울 정도로 볼거리가 많아 내 눈은 늘 탐욕스럽게 빛났다.

빛바랜 거울과 낡은 소파가 있던 카페 바비에리는 그 동네, 그 도시에서 내가 가장 좋아하는 공간 중 하나였다. 거기에 앉아 쓴 커피를 마시며 일기를 썼는데, 그러면 꼭 어니스트 헤밍웨이가 된 기분이 들었다. 물론 나는 그처럼 막돼먹은 여성혐오자는 아니었지만.

마드리드의 이런 카페들은 내 마음을 설레게 했다. 나는 늘 오래된 장소와 물건을 사랑했다. 반면 반짝이는 새 공간에 가면 조금 긴장했다. 그 공간이 지향하는 조건에 내가 맞지 않는 인간일까 봐 두려웠다. 하지만 사람들이 사랑하고 울고 웃고 무한한 기쁨과 좌절을 겪은 역사가 쌓인 공간에 가면, 이미 많은 일이 일어났던 공간을 내 몸이 점유함으로써 또 하나의 역사를 보태는 것 같은 느낌이 들었다. 끝없이 이어지는 이야기의 일부가 되는 데서 오는 안도감이 있다.

매력이 흘러넘치는 라바피에스가 나의 글쓰기에 쉼 없이 영감을 불어넣었다. 나는 경외감에 가득 차 이상하고 아름다운 것들을 찾아다녔다. 보조 교사 일은 그리 바쁘지 않았기 때문에 저녁과 주말, 금요일은 자유로웠다. 매일 돌아오는 시에스타*와 셀 수 없이 많은 종교적 기념일은 말할

---

* 라틴 문화권에 존재하는 낮잠 시간.

것도 없었다. 너무 많은 시간을 빈둥대며 지내다 보니 이따금 죄책감이 밀려왔다. 지금도 엄마 아빠는 공장에서 일하고 있는데 나는 이 벤치에 앉아서 사람 구경이나 하고 있다니!

프라도 미술관과 레이나 소피아 미술관이 내가 사는 집에서 걸어서 갈 수 있는 거리에 있었기 때문에 자주 거기서 예술품을 감상하고 글을 끄적이며 오후를 보냈다. 히에로니무스 보스의 〈세속적인 쾌락의 동산〉을 처음 보았던 순간이 기억난다. 대학생 때 배웠던 그림이 눈앞에 펼쳐져 있었다. 아찔했다. 사람들이 붙어먹고 있어! 희한한 신화 속 생물들이야! 벌거벗은 인간들이 잘 익은 과일을 마구 먹어대! 새들이 뭘 쪼아먹어! 그런데 이건 탐욕을 그린 걸까? 아니면 제목처럼 쾌락 그 자체였을까? 비판적인 뜻이었을까? 인생을 찬미하는 것이었을까? 뭐가 되었든 간에 그 그림은 아름다웠고 내게 대단한 경이로움을 선사했다.

친구들과 약속이 없을 때는 시내를 돌아다니며 사람들을 구경하고, 가게를 둘러보고, 창 너머로 들여다보고, 커피를 마시고, 일기를 쓰고, 책을 읽고, 타파스를 먹고, 가만히 공상에 잠기기도 했다. 목적 없는 나날을 보내는 사이에 내 상상력은 사방으로 뻗어나갔다. 이것이 여성에게 얼마나 귀한 선물인지는 몇 년이 지나서야 알게 되었다. 책임질 것이 거의 없는 상태로 고독에 잠길 수 있었던 건 귀한 경험이었다. 내 삶은 나의 것, 온전히 나만의 것이었다.

그곳에서 제일 처음 사귄 친구는 나와 마찬가지로 풀브라이트 장학생이었던 펜실베이니아 출신의 유대인 여성 주디였다. 주디가 맥가이버에 관한 농담을 하면 나는 곧장 웃음을 터트렸다. 우리는 함께 돌아다니며 어이없는 상황에 부닥치곤 했다. 항상 뒤늦게 마구 달려가 버스를 타서 기사들을 화나게 했다. 온갖 이상한 인간들과 어울려 춤을 추러 다녔다. 한번은 마약상인가 하고 의심하던 사람에게 사기를 당하기도 했다. 인종적 편견에 따라 사람을 판단했으니 당해도 쌌다. 그해를 떠올리면 주디 생각이 많이 난다. 우리는 함께 나가서 꼭두새벽까지 놀다가 주디의 아파트로 돌아와 침대 위에서 햄 샌드위치 토스트를 먹은 다음 파티복 차림 그대로 잠들곤 했다. 아침이면 머릿속이 패인 듯한 기분으로 구겨진 청재킷을 걸친 흐트러진 내 모습을 보며 지하철을 타고 내가 살던 동네로 돌아갔다.

도시 곳곳에서는 무료거나 저렴한 비용으로 즐길 수 있는 문화 행사가 많이 열렸다. 목요일마다 나는 마드리드의 관광 안내 책자를 사서 가보고 싶은 행사에 전부 동그라미를 쳐두었다. 언젠가 주디와 함께 에드워드 올비의 연극을 보았는데, 한 남자가 염소와 사랑에 빠지는 끔찍하고도 재미난 작품이었다. 막이 내릴 때 우리는 서로 안아주었다. 《변신The metamorphosis》을 각색한 연극을 보고 나서는 며칠 동인 잔상에 시달렸다. 나는 극장에서 혼자 예술 영화를 보았다. 무대 위에 물을 채우고 그 안에서 무용수들이 우아하게 물결치듯 움직이는 현대 무용 공연도 보았다.

다른 도시의 예술 작품을 보러 여행도 다녔다. 바르셀로나에서 안토니 가우디의 건축물을 보았을 때는 말이 나오지 않았다. 빌바오의 구겐하임 미술관에 가니 에이즈 문제를 다룬 제니 홀저의 메시지가 전광판 위에서 번쩍이고 있었다. "너의 이름을 불러본다I say your name", "너의 옷을 간직한다I keep your clothes". 파리 루브르 박물관에 갔을 때는 하마터면 정신을 놓을 뻔했다. 상상을 초월하는 규모와 화려함이었다. 세계적으로 잘 알려진 최고의 작품이 한 공간에 가득 들어차 있다니. 오르세 미술관에서 예전에 미술책에서 보고 반했던 마네의 〈올랭피아〉를 보았을 때는 내 인생이 믿기지 않았다. 암스테르담에서는 버섯을 먹고 환각 상태로 반 고흐의 〈꽃 피는 아몬드 나무〉 앞에 섰는데, 그림이 너무 아름다워서 가슴이 아팠다. 봄방학 때는 룸메이트와 함께 사방이 온통 푸른색으로 칠해진 모로코의 한 마을을 여행했다. 밤에는 강 근처 카페에 가서 큰 소리로 노래하며 노는 젊은이들과 함께 어울렸다.

나는 어안이 벙벙했다. 그리고 어디서든 울었다. 아주 많이. 꼭 슬퍼서만은 아니었다. 때로는 정체를 알 수 없는 감정이 내 눈을 통해 솟구쳐 나왔다.

내가 스페인에 커다란 매력을 느낀 이유 중 하나는 페데리코 가르시아 로르카의 시였다. 목을 조이는 듯한 그의 시를 읽으며 나는 무언가를 직감했다. 그것은 두엔데$^{duende}$•였다. 그 의미를 구체적으로 알게 된 것은 몇 넌 후 로르카의 강연록을 읽고 나서였지만.

나는 플라멩코 춤을 보면서 두엔데를 경험했다. 말로 설명하기 어렵지만 두엔데가 보이고 온몸으로 느껴졌다. 고뇌에 찬 무용수의 표정과 우아하게 바닥을 치는 소리가 좋았다. 음악이 꼭 무용수를 죽일 것만 같았고, 그렇게 죽음을 목전에 둔 상태에서 그들은 더없는 생동감을 뿜어냈다.

전통적으로 매력 있다고 여기는 외모와 거리가 멀수록 무용수의 재능이 더 뛰어났는데, 나는 이것이 우연이 아니라고 생각했다. 예쁘다는 건 특권이어서 세상이 기대하는 매력을 소유하지 않은 사람은 외모에 의지하는 사치를 부릴 수 없다. 그런 이들은 불안한 영혼을 스스로 정화하는 듯이, 악귀를 모조리 쫓아내려는 듯이 춤을 추었다. 예쁘지 않지만 아름다운 여성들이었다.

로르카는 두엔데에 관한 강의에서 이렇게 말했다. "두엔

---

• 감각이 고조된 상태를 가리키는 스페인어로, 안달루시아 출신 시인 로르카는 두엔데를 뛰어난 예술을 접할 때 경험하는 도취에 가까운 신체적·감정적 반응을 가리키는 용어로 이론화했다.

대는 예리한 날과 상처를 사랑하며, 눈에 보이는 표현 너머에 있는 갈망에 불을 붙이는 공간에 깊이 파고든다고 했습니다." 절대 아물지 않는 상처. 내 눈에는 그 여성들이 보이지 않는 칼날 위에서 춤을 추고 있는 것처럼 보였다. 오랜 시간이 지난 지금 생각해보니 어릴 적 읽었던 어느 전설이 떠오른다. 더 이상 서 있을 수 없을 때까지, 발에서 피가 날 때까지 춤을 추었던 소녀에 관한 이야기 말이다. 어쩌면 그 소녀도 절대 아물지 않을 상처를 치유하려 애쓰고 있었는지도 모르겠다. 어쩌면 우리 모두 그러고 있는지도. 어쩌면 살아 있다는 게 바로 그런 것일지도.

나는 지역의 문학 단체에서 시 수업을 들었다. 내 인생에서 가장 잘한 선택 중 하나였다. 매주 목요일 밤이면 수업을 들으러 지하철을 타고 시내에 있는 조그만 회의실로 갔다. 선생님은 몸집이 커다랗고 뚱뚱한 남자로, 늘 우스꽝스러운 모자를 쓰고 수업 시간에 필터 없는 담배를 피웠다. 유쾌하고 똑똑했던 그 선생님은 우리의 잠재의식을 깨우겠다며 무척이나 기괴한 글쓰기 과제를 내줬다. 한번은 잘 때 종이에 '램프'라는 단어를 써서 옆에 놓아두라고 했다. 잠에서 깨면 이성적인 자아를 배제하고 떠오르는 대로 글을 써야 했다. 이 방법으로 나는 그해 내 머릿속을 지배했던 한 남자에 관한 시를 썼다. 그중 일부분은 어느 날 밤 혼자 건던 중에 떠올랐다. 나는 길 한가운데 멈춰서서 하얀 시트 위로 투명한 정액이 흘러내리는 장면을 써내려갔다.

그 시절에는 이런 일이 정말 자주 일어났다. 그때마다 나는 영감을 얻었고 감당할 수 없을 정도로 강렬했던 순간도 많았다.

함께 수업을 듣는 이들 사이에 내가 늘 꿈꾸었던 동지애가 형성되었다. 수업이 끝나면 우루루 근처 술집에 몰려가 맥주를 마시고 타파스를 먹으며 시에 관해 토론했다. 이런 시간이 나는 정말 좋았다. 고스족 여자애, 십 대, 불안에 시달리는 20대 상류층 여성, 40대 사업가 등 각양각색의 사람들이 모인 집단이었다. 그중에 '어려운 이름을 지닌' 마리아가 있었는데, 내가 제일 좋아했던 그는 몇 년 후 스페인에서 가장 영향력 있는 페미니스트 작가가 되었다.

나는 미국 여자라는 뜻의 '라 그링가la gringa'라는 애칭으로 불렸다. 자기 새끼를 잡아먹는 스라소니에 관한 시를 쓴 장본인이기도 했다.

언제나 외톨이였던 내가 결국 내 사람들을 만났다.

어릴 적 나는 말썽꾸러기였다. 생각도 행동도 잠시도 멈출 줄 몰랐기 때문에 '절제력' 항목에 낮은 점수를 받곤 했다. 그런 나에게 당연히 계획성이라고는 없었다. 여행할 때면 목표만 몇 개 정할 뿐 구체적인 계획은 세우지 않는다.

모국으로 돌아가다

내가 원하는 건 그저 먹고, 길을 잃고, 사람들을 구경하는 것뿐이다. 일정이 꽉 짜여 있으면 우울해진다. 규칙적인 직장 생활을 하면서 불행에 빠지지 않고 버텨본 적이 없는 이유다. 나는 뜻밖의 경험을 하고, 별다른 기대 없이 어떤 장소에 찾아가고, 그날의 상황에 맞춰 흘러가는 편을 더 좋아한다. 일상적인 일을 하던 중에 아이디어가 떠오르면 하던 일을 멈추고 글을 써야 한다. 쉽게 주의가 산만해지고 기분을 예측할 수가 없다. 세상은 이런 기질을 가진 사람에게 호락호락하지 않다. 나는 평생에 걸쳐 정상적으로 보이는 상태를 유지하려고 애를 써왔고 그 덕에 그럭저럭 삶을 유지하고는 있지만, 내면은 망상의 소용돌이에 휩싸여 있는 때가 많다.

리베카 솔닛은 《길 잃기 안내서》에서 미지의 것을 받아들이는 즐거움에 관해 이야기했다. 버지니아 울프에 대해 솔닛은 이렇게 썼다. "울프에게 길 잃기는 자리의 문제라기보다는 정체성의 문제, 열렬한 욕망의 문제, 심지어 다급한 필요의 문제였다. 아무도 되지 않는 동시에 아무나 될 수 있어야 한다는 필요성, 내가 생각하는 나와 남들이 생각하는 나를 상기시키는 일상의 족쇄를 떨치고 싶다는 필요성의 문제였다." 자신을, 더 정확히는 자아라고 할 이것을 버리기를 원하는 욕망은 내가 시를 포함한 여러 예술을 사랑하는 이유기도 하다. 나는 내가 이해할 수 없는 것에 푹 빠지고 싶다.

나는 열네 살 때 처음 시작한 영어 수업에서 《댈러웨이 부인》을 읽으면서부터 버지니아 울프에게 친밀감을 느꼈다. 주인공이 드러내는 불안정한 상태가 너무나 친숙하게 느껴졌다. 책을 다 읽은 뒤에는 마이클 커닝엄의 소설을 바탕으로 제작한 영화 〈디 아워스〉를 보았다. 아주 멋진 영화였고, 울프가 죽은 새를 들여다보려고 바닥에 눕는 장면이 특히 좋았다. (나는 살면서 죽은 새에 정신이 팔렸던 적이 얼마나 많았던지 셀 수 없을 정도다.) 《자기만의 방》에서 울프는 "세계의 아름다움에는 심장을 조각조각 잘라내는 두 개의 날, 즉 웃음의 날과 번민의 날이 있다"고 썼다. 강으로 걸어들어가 세상을 떠난 울프 역시 두엔데를 아는 사람이었다.

스페인에서 나는 지하철을 두 번 갈아타고도 한참을 걸어서 출퇴근해야 하는 시 외곽 부근의 중학교에서 보조 교사 일을 했다. 얼마 지나지 않아 내가 가르치는 일을 좋아하지 않는다는 걸 깨달았다. 아이들은 통제불능이었고 나를, 내 억양을 좋아하지 않았다. 그걸 어떻게 알았냐고? 나한테 직접 말했으니까.

학생들은 영국식 영어에 익숙해서 미국식 영어는 수준이 낮다고 생각했다. 어떤 학생은 내가 입 안에 뭘 넣은 채로 말하는 것 같다고 했다. 그게 뭔지 그 학생이 구체적으로 밝히지는 않았지만 똑똑한 나는 연역적 추론 능력을 발휘해 알아차렸다. 일이니까 하기는 했지만 즐겁지 않았다. 학생들은 나를 존중하지 않는 게 분명했고, 호기심의 대상이 된 듯한 느낌도 자주 받았다.

마드리드에 머무는 동안 나는 카스티야식 스페인어를 거의 쓰지 않으려 했다. 때로 소통을 분명히 하기 위해서 발음을 정정하기도 했지만 나는 멕시코인으로서의 정체성에 충실하기로 마음먹었다. 이를테면 2인칭 복수인 '보소트로스vosotros' 형식을 절대 쓰지 않았다. 다들 잘 알아들으리라 생각해 '투tu(너)', '우스테드usted(선생님)'이라는 표현을 고집했다. 대부분은 잘 통했지만 '선생님'이라 불리는 걸 불쾌해하는 사람도 더러 있었다. 나는 낯선 사람이나 권위 있는 사람, 나보다 연상인 사람을 존중하는 차원에서 그 말을 썼지만 어떤 이들은 내가 거리를 두거나 친근하지 않은 태도를 취한다고 생각했다.

내가 아는 미국인 중에는 스페인식 억양을 쓰거나 혀짧은 소리를 내는 이들이 있었다. 나는 그러지 않으려고 애 썼지만 언젠가는 그런 말투가 내게도 스며들 것이 틀림없었다. 한번은 엄마와 통화하다가 "그라씨아스gracias"가 아니라 "그라띠아스grathias"라고 말해 당황한 적이 있다. 재수 없는 인간이 된 것 같아서 엄마가 못 들었기를 바랐다. 겸손한 성품을 지닌 엄마에게 잘난 척하는 모습을 보이고 싶지 않았다.

스페인에서 지내는 동안 인종차별을 당하지 않았냐고 묻는 사람이 종종 있는데 간단히 대답하기 어렵다. 나는 인종적 특성이 모호해 대체로는 잘 섞여 지낼 수 있었다. 계절에 따라 피부색이 밝아졌다 짙어졌다 하다 보니 스페인 사람들은 대부분 나를 어디 사람으로 봐야 할지 잘 몰랐다. 낯선 사람이 아랍어로 말을 걸 때면 나는 아랍어를 모른다고 친절하게 알려줘야 했다. 현지인이 내 스페인어를 듣고 시골뜨기 취급하며 웃음을 터뜨리는 경우도 있었다. 내가 멕시코계 미국인이라고 설명하면 스페인 사람들은 당황하곤 했다. 어떻게 멕시코계에다 미국인일 수 있지? 게다가 억양은 또 왜 그런 거지? 나는 그들이 이 사실을 이해하지 못하는 상황 자체를 받아들이기 힘들었다. 그럴 때는 이렇게 말하고 싶었다. "당신네 사람들이 야만적으로 '신대륙'을 식민지로 만드는 바람에 메스티소mestizo*들이 태어났고, 그 사람들 사는 땅이 나중에 멕시코가 되었잖아. 그리고 수백 년이 지난 뒤에는 신자유주의와 부패 덕분에 멕시코인들이 일자리를 얻으려고 자신을 동물 취급하고 노동력을 착취하는 미국으로 이주했고. 나는 그런 이주자의 딸이라고. 그래서 억양도 완전한 멕시코인 같지 않은 거고. 엄청 힘들게

---

•     아메리카 선주민과 유럽인 사이에서 태어난 후세대를 가리킨다.

내학에 나니나가 근사한 상학금을 받아서 마침내 여기로
온 거라고."

나는 어느 쪽에도 속하지 않는 동시에 어느 쪽에나 속했
다. 지금도 이 모순 속에서 살고 있다. 우리는 모두가 다양
한 자아를 지닌 다양한 존재로 구성되어 있다는 사실을 잘
잊는 것 같다. 나는 완전한 멕시코인이었던 적도 완진한 미
국인이었던 적도 없다. 스페인에서는 그보다 훨씬 더 낯선
존재였다. 그래서 어떤 면에서 나의 고향은 그냥 나 자신이
었다. 버지니아 울프는 이렇게 말한 적 있다. "여성인 내게
는 나라가 없다. 여성인 나는 어떤 나라도 원치 않는다. 여
성인 내게는 내가 속한 나라가 세계의 전부다."

소속이 없는 사람은 미지의 땅에 둥지 트는 방법을 익혀
야 한다.

가끔은 신대륙 정복이 일어나지 않았다면 어떻게 되었
을지 궁금하다. 나는 이 세상에 존재하지 않거나 다른 형태
로 존재했을 것이다. 우리 문화는 어떤 모습이었을까? 그
런 세상에서 여성들은 어떻게 살았을까? 끝이 없어 보이는
여성혐오에 견딜 수 없이 화가 나고 그 탓을 특정한 누군가
에게 돌리고 싶어질 때도 있지만, 사실 우리를 여기까지 이
끈 것은 대단히 복잡하게 얽힌 증오다. 어떤 배경을 지녔든
간에 선주민 문명을 낭만적으로 그리지 않으려고 하는 이

유가 바로 여기에 있다. 콜럼버스가 아메리카에 도착하기 전에는 태평성대였던 것처럼 말하는 이들이 있다. '신대륙'에 살았던 토착 여성은 전부 무슨 페미니스트 천국에 살기라도 했다는 듯이 마초주의가 스페인에서 들어온 거라고 주장하는 멕시코 남자와 아무 소용이 없는 설전을 벌인 적이 있다. 나는 '구대륙'식 가부장제가 식민지로 흘러들어왔다는 것을 부정하지 않지만 옛날에는 누구든, 특히 여성이 더 잘 살았을 거라며 스스로를 속여야 한다고는 생각지 않는다. 내가 이 땅에 존재하기까지 얼마나 많은 여성이 강간당했을까 하는 지독한 궁금증에 빠질 때가 종종 있다. 어느 인류학자는 "전형적인 아즈텍 남성은 자기 여자가 '메테이트metate(맷돌)', '코말comal(불판)', '토르티야tortilla(빵)'에 묶여 있기를 바랐다"고 했다. 여성의 '처녀성'을 중시하면서도 남성 자신은 아내 여러 명에 첩까지 두는 경우가 흔했다. 여성혐오가 유럽인(이 문제에 있어서는 어떤 집단이든)의 전유물이라는 생각은 망상이다.

스스로 페미니스트라고 굳게 믿으면서도 누군가의 부속물로 머물러 있었던 나를 생각하면 우습다. 나는 압둘이 그만의 괴상한 방식으로 나를 사랑한다고 믿었고 매일 그의 전화를 받았지만 압둘은 결혼 상태를 유지했고 정서적으로 나를 학대했다. 내가 그 모든 것을 극복하기까지는 엄청나게 긴 시간이 필요했다. 더 정확히 표현히지면 무수히 충돌하는 감정을 억눌렀다고 하는 게 맞을 듯하다. 그가 나를 봐주기를, 사랑해주기를, 인정해주기를 간절히 바랐기 때문에 나는 피상적이나마 우리 관계에서 얻는 것을 지키기 위해서 무슨 짓이든 할 태세였다. 나는 수많은 여성이 앓고 있는 일종의 질병을 앓고 있었다. 너무나도 혼란스러워 정신을 차릴 수 없을 때까지 압둘이 나를 휘두르도록 내버려두었다. 그는 하루는 나를 운명의 상대로 대했다가 다음 날은 아무 의미 없는 존재인 양 대하려 했다. 그로 인해 끝없이 반복되는 극도의 감정 기복에서 빠져나올 수 없을 것만 같았다.

그 모든 일의 원인을 압둘에게 돌릴 수도 있지만, 그것은 정당하지도 정확하지도 않다. 맞다. 압둘은 나보다 연상이고 남성이니 권력도 더 많았다. 하지만 압둘을 떠날 기회가 무수히 많았는데도 (내가 지구 반대편에 가 있기도 했으니 말이다) 나는 떠나지 않기를 택했다. 나는 선택할 능력이 있었고 스스로 억압을 선택했다. 하지만 내가 살아온 인생을 생각해볼 때 그게 그렇게 대단한 선택이었을까? 나는 어렸다. 그때의 내게 자신을 사랑하는 법을 가르쳐준 사람이 있기나 했을까? 나는 이렇게 뒤엉킨 진실 속에 살고 있다.

나는 몇 달 동안이나 압둘이 찾아오기만을 고대했다. 9월 이후로 만나지 못했던 압둘이 나를 만나러 오기로 한 건

1월쯤이었다. 당시 반무슬림 정서가 심했기 때문에 (지금도 마찬가지다!) 날짜가 다가올수록 우리 둘 다 압둘이 여행 비자를 못 받을지도 모른다는 걱정에 휩싸였다. 이라크 전쟁이 한창이었던 데다 9·11 테러의 기억이 여전히 생생하던 2007년이었다. 여행 허가가 나왔을 때 우리는 뛸 듯이 기뻐했다. 새해가 밝자 압둘은 아내에게 영국에 있는 가족을 보러 간다고 거짓말을 하고 나를 만나러 마드리드로 왔다.

그 주에 나는 도무지 실감이 나지 않아 혼이 빠져나갈 것만 같았다. 몇 달 동안 품어온 그 모든 그리움이 마침내 충족될 참이었다. 우리가 같은 시간, 같은 공간에 함께 머문다는 것이 환각처럼 느껴졌다.

압둘이 도착한 다음 날 우리는 알함브라 궁전을 보러 버스를 타고 그라나다로 갔다. 마감 시간이 다 돼서 도착하는 바람에 말끔히 정돈된 잔디밭과 마법 같은 안마당을 질주해야만 했다. 해가 질 무렵이라 더할 나위 없이 완벽한 풍경이었다. 우리는 촌스럽게 키스하는 사진을 찍었다. 손을 마주 잡고 서로의 눈을 들여다보며.

다음 날 아침에는 코르도바로 떠났다. 버스에서 멀미를 하는 바람에 목적지에 내리고 나니 토할 것 같았다. 작고 여린 공주를 대하듯 나를 소중히 돌봐줄 줄 알았건만 압둘은 담뱃불을 붙여 메스꺼움만 더했다. 담배를 꺼달라고 말했더니 내 말을 못 들은 척했다.

나는 사방에 널린 오렌지나무에서 오렌지를 하나 훔쳤다. 호텔 방에서 그걸 깎아먹었는데 먹을 수 없을 정도로 시어서 실망했다. 나중에 알고 보니 그 오렌지는 관상용이지 식용이 아니었다. 대체 왜 그걸 먹을 생각을 한 걸까. 그 여행 중에는 모든 일이 너무나 빨리 일어나서 기억이 뒤죽박죽이다. 하지만 압둘이 낭만적인 분위기를 내려고 마드리드로 돌아가는 버스를 탈 정류장까지 우리를 실어줄 마차를 빌렸던 것은 기억난다.

압둘은 시카고에서 은색 자수가 놓인 새빨간 사리를 가져왔다. 나중에 은빛이 바래기는 했어도 내가 가져 본 어떤 옷보다 아름다웠던 그 사리를 여러 차례 이사하다 잃어버린 게 지금도 안타깝다. 압둘이 마드리드를 떠나기 전에 잘 차려입고 근사한 저녁을 먹으러 가기로 했지만 우리 둘 다 사리를 두르는 방법을 몰랐다. 인터넷으로 찾아봐도 알 수가 없어 압둘이 밖으로 나가 근처에 인도인 여성이 있는지 찾아보자고 제안했다. 더 좋은 방법이 떠오르지 않았기 때문에 우리에게 옷 입는 법을 알려줄 수 있을 듯한 여성과 마주치기를 바라며 거리를 돌아다녔다.

한동안 라바피에스를 돌아다니다가 어느 과일 가게에 들어갔다. 압둘이 주인에게 우르두어로 말을 걸자 몇 분 뒤에 그의 아내가 나를 비좁고 더러운 뒷방으로 데려가 사리를 묶어주었다. 이 모든 게 너무 바보 같아 둘이서 웃음을 터뜨렸다.

떠나기 직전에 우리는 함께 몬테라 거리를 걸었다. 압둘은 아들의 안부를 확인하러 공중전화 부스를 찾았다. 발신자 번호에 내 번호가 노출될까 봐 집에서는 전화를 걸 수 없었다. 나는 사생활을 존중한다는 표시로 뒤로 물러섰지만 한마디도 놓치지 않으려고 귀를 쫑긋 세웠다. 그가 우르두어로 통화했기 때문에 말투를 통해 내용을 짐작해야 했다. 기다리는 동안 나를 성노동자라고 생각한 어떤 남자가 내 주변을 맴돌았다.

통화를 끝내며 압둘이 웃음을 터뜨렸다. 그 이유가 무엇인지는 영영 알 수 없을 것이다. 내가 묻지 않았으니까.

압둘이 떠나고 몇 주 후에 친구들과 살라망카로 여행을 갔다가 돌아오자 압둘에게서 문자메시지가 왔다. 나를 다시는 만나고 싶지 않다고 했다. 그가 여기까지 다녀간 후에 이런 통보를 한다는 걸 받아들이기 어려웠다. 마침내 내 안의 무언가가 무너져내렸다. 알고 보니 그 메시지는 압둘의 아내가 보낸 것이었는데, 그게 더 큰 문제였다. 압둘은 아내가 휴대전화를 가져갔다며 사과하고 또 사과했지만 이번에는 그를 용서할 수 없었다. 나는 제정신이 아니었다.

때때로 나는 자유를 찾기 위해서가 아니라 자아에서 벗어나기 위해 스스로를 망가뜨리고 싶었다. 산다는 게 너무나 고통스러워 있기 때문에 누군가 다른 사람에게 빠져들고 쾌락에 빠져들어 사라져버리고 싶었다. 내 몸을 벗어나 다른 사람의 안으로 들어가고 싶었다. 찰나에 불과하더라도 내가 사라져버릴 정도로 다른 사람의 존재에 깊이 스며들고 싶었다.

그다음에 만난 열다섯 살 연상의 멕시코 남자는 내게 돈을 빌려달라고 했다. 나는 그 정도로 나 자신을 미워하지는 않았기 때문에 재빨리 그 남자를 떼어냈다. 그런 다음 두 명의 모하메드가 찾아왔다. 첫 번째 모하메드는 내가 자주 가는 정육점에서 일하던 20대 모로코 남자였다. 나는 모하메드가 고기를 건네줄 때마다 농담처럼 추파를 던졌지만 사실 농담이 아니라 진심이었다. 그의 손과 팔에는 늘 상처가 있었는데, 지금 생각해보면 고기 바르는 솜씨가 그리 좋지 않았던 모양이다. 모하메드가 말도 안 되는 스페인어로 말을 건네면 내가 낄낄거리는 식으로 몇 주 동안 장난스러운 농담을 주고받았다. 그러던 어느 날 오후 길에서 마주친 그가 저녁에 만나자고 데이트를 신청했다.

그날 저녁 우리는 댄스 클럽에서 놀다가 나의 집으로 갔다. 그와 섹스하다 내 한심한 인생에서 처음으로 콘돔이 찢어졌다. 솔직히 그런 일이 정말로 일어날 거라고는 생각도 못 했다. 거의 발작 직전에 이르도록 경악한 나는 그를 나의 집에서 쫓아냈다. 이틀 동안 그 일로 괴로워하다가 임신이 되기 전에 사후피임약을 먹어야 한다는 생각이 들었다. 어느 정도 알아본 뒤에 시내에 있는 병원에 찾아가 친절한 여자분에게 처방전을 받았다. 알고 보니 20대 이하의 어린 여성들을 대상으로 하는 곳이어서 나는 거기 있기에는 나이가 너무 많은 편이었다. 처방받은 약을 먹었더니 구역질이 났다. 그날 저녁 거리를 배회하면서 하는 선택마다 엉망진창인 내 인생을 돌아보며 뜨거운 눈물을 흘렸다.

모하메드와는 몇 주 더 만났다. 그는 스페인어를 너무 못하고 나는 아랍어를 하나도 몰라서 소통이 잘 안 됐다. 우리 사이에 공통점이 있기나 한지 의심스러웠다. 만나면 대부분 섹스를 했고 대화가 잘 통하지 않는다며 웃어댔다.

두 번째 모하메드와는 친구 마리아의 생일 파티에서 만났다. 그가 내게 건넨 첫마디는 "멕시코 여자예요?"였다. 그는 튀니지 출신인데도 스페인어 실력이 얼마나 뛰어난지 사람들을 웃길 수 있을 정도의 언어적 역량을 갖고 있었다. 심지어 스페인 문학 박사 학위 소지자였다. 그때까지 나는 원하는 만큼 사람들을 웃길 수 있을 정도로 스페인어를 잘하지 못해서 떠오른 농담을 머릿속에서 번역하며 허둥댈 때가 많았기 때문에 그런 그가 부러웠다.

그날 밤 우리는 시내 중심부까지 함께 버스를 타고 갔다. 다음 날 내가 파리로 갈 예정이었어서 그 후로는 일주일 동안 만나지 못했다. 여행에서 돌아온 다음 날 밤 모하메드와 시내의 플라멩코 바에 갔다. 촛불과 목제 가구로 가득 찬 아름답고 북적대는 지하 공간이었다. 음악이 환상적이었고 우리 둘 사이에는 확연한 성적 긴장감이 흘렀다. 공연 도중 문득 눈이 마주친 우리 둘은 키스를 나누기 시작했다. 멈출 수가 없었다. 음악, 분위기, 기대감에 완전히 취해버린 상태였다. 서로에게서 손을 뗄 수 없을 지경이 되어 곧바로 공연장을 빠져나갔다. 나를 헤픈 여자라고 생각하게 만들기는 싫어서 그날 밤에는 섹스하지 않았다. 재미있고 은근하게 잘생긴 그가 마음에 들었다. 그 후에 정육점 남자를 차버리기는 했지만 겹치는 기간이 살짝 있었던 것은 사실이다.

3주 정도 지나고 나서 모하메드에게 나와의 섹스를 선물했다. 하지만 그는 아주 잠시 관계를 맺은 후 다시 발기하지 못했다. 물리적으로 삽입 섹스를 딱 한 번 하고 더 이상 할 수 없었다는 뜻이다. 모하메드는 내가 이해해보려 시도조차 할 수 없을 정도로 깊은 불안과 걱정을 안고 있었다. 섹스를 시도하려고 할 때마다 그는 점점 더 크게 화를 냈다.

내가 시카고로 돌아갈 때까지 몇 주 동안 그런 상태가 이어졌다. 그때는 봄이었고 나는 7월 1일에 떠날 예정이었다. 이따금 나는 왜 나의 기본적인 필요를 채워줄 수 없는 사람을 계속 만났을까 싶다. 어떤 면에서는 이 사람을 대체하려 저 사람을 만나는 식이었던 것 같다. 모하메드의 애정을 너무나 갈구했던 나는 미국으로 돌아가기 전에 함께 세비야로 낭만적인 여행을 떠날 계획을 세웠다. 순진하게도 그러면 상황이 더 나아지리라 믿었다. 다른 장소에 가면 모하메드의 마음이 풀려 우리가 온전한 관계를 맺을 수 있을 거라고 기대했던 것이다. 섹스가 없는 관계라는 건 도저히 이해할 수 없었으니까.

당연히 그렇게는 되지 않았다. 끔찍했던 그 여행은 결국 호텔에서 인사불성으로 취한 채 끝이 났다. 그를 유혹하려고 애썼지만 이번에도 소용없었다. 나는 레이스가 달린 검은 속옷 차림에 얼굴은 눈물과 화장으로 얼룩진 채 침대 끄트머리에 서서 내 몸을 가리키며 소리 질렀다. "이거면 충분하잖아!" 그때 그의 발기부전이 나와는 전혀 상관없다는 사실을 내가 이해할 수 있었다면 좋았을 텐데. 나로서는 썩 자랑할 만한 일은 아니었고, 내가 폭발하는 바람에 더 그르치고 만 관계였다.

내 안에는 언제나 공허하고 텅 빈 구석이 있었다. 생기 넘치는 내면의 삶이 있고 책과 예술, 글쓰기, 인간관계에서 많은 의미를 발견하기도 하지만 마음속 깊은 곳에는 도무지 채울 수 없을 것 같은 무언가가 있다. 그건 어떤 상황에서도 충족되지 않는다. 어쩌면 나의 우울증을 이렇게 설명할 수 있을지도 모르겠다. 만족을 얻으려고 내 앞에 있는 모든 것이 망가지도록 가망 없는 노력을 쏟아부으려 드는 끝없는 욕망.

나를 가장 온전히 느끼게 해 주는 것은 여러 가지 형태의 아름다움이다. 내 존재를 잊게 만드는 시 한 편, 숨이 턱 막히게 하는 그림 한 점, 설명할 수 없는 경이로 나를 채우는 노래 한 곡 같은 것들. 하지만 일단 그 순간이 지나고 나면 또다시 결핍과 공허, 욕구, 커다랗게 입을 벌린 허무의 구멍이 되돌아온다. 그 자리를 메우겠다고 섹스, 남자, 담배, 술, 여행, 음식 그리고 전반적으로 대책 없이 살면서 몸에 해로운 일 저지르기 등 할 수 있는 모든 짓을 다 해보았지만 그렇게 얻는 치유 효과는 일시적이었다. 이런 건 전혀 치유법이라 할 수 없었다.

스페인을 떠나기 전날 밤, 나는 학교 동기들과 룸메이트 그리고 마드리드에서 보낸 1년 동안 만났던 모든 친구들과 거하게 저녁 식사를 했다. 시 수업을 함께 들은 이들은 다정하고 바보 같은 메시지를 담은 포스터를 만들어주었다. 내가 사랑받고 있었다는 게 느껴졌다.

저녁 식사를 마친 뒤 우리는 거리로 쏟아져나갔다. 프라이드 축제가 열리는 주말이어서 거리에 사람이 넘쳐났다. 깜짝깜짝 놀라는 순간도 더러 있었지만 사방에 가득 찬 에너지에 흥이 올랐다. 내가 그 도시에 도착했을 때 찾고자 했던 바로 그것, 눈부신 빛과 활기, 우정, 시로 가득 찬 광경이 펼쳐졌다. 우리는 비틀대며 도시를 돌아다니면서 춤을 추었다. 그 시간이 끝나지 않았으면 했다.

떠나는 날 아침 온몸에 독이 들어찬 듯한 심한 숙취를 느끼며 비행기를 기다리던 나는 벌써 그 도시가 그리워져 흐느껴 울었다. 내 옆에 앉아있던 여자가 괜찮냐고, 무슨 일이 있냐고 물었다. 내가 그럴싸한 답을 내놓지 못하자 기분이 상한 그는 "누가 죽기라도 한 줄 알았네!" 하고 나를 꾸짖으며 돌아섰다. 하지만 그 상황을 어떻게 설명할 수 있었겠는가? 나에게 너무나도 많은 것을 선사한 곳을 떠나고 싶지 않다고. 나 자신으로부터, 나의 고난과 고통에서 벗어나려고 여기까지 왔지만 그것들은 매번 되살아날 뿐이었다고.

# 라 말라 비다 LA MALA VIDA

나는 태어날 때 탯줄에 목이 졸릴 뻔했다. 어두운 시기를 지날 때면 나는 태아 시절부터 자살 충동을 느꼈다는 농담을 한다. 내가 살아온 37년 중에서 얼마나 많은 시간을 우울하게 보냈는지 생각해보면 전혀 과장이 아니다. 나는 늘 극적인 상황을 만들어내는 재주가 있었다.

사실 나는 태어나기 전부터 좀 이상했다. 엄마는 임신 7개월차에 내가 배 속에서 우는 소리를 들었다고 했다. 그때 엄마는 낡은 거실에 앉아 있었고, 당시 다섯 살이던 오빠가 못생긴 갈색 카펫 위에서 장난감을 가지고 노는 중이었다. 내가 배 속에서 몸을 비틀자 엄마는 나를 달래려 배를 쓰다듬었다. 잠깐이었지만 틀림없이 내가 울었다고 한다. 엄마는 다 괜찮다고, 곧 너를 만날 생각을 하니 설렌다고, 사랑한다고 말하며 나를 안심시켰다.

그러자 내가 울음을 그쳤다.

그 일이 있었던 직후에 엄마는 직장 동료에게 그 이야기를 했다. 이분 말로는 배 속에서 우는 아기는 천재거나 어떤 특별한 재능이 있다고 한다. 나는 나 자신을 천재로 여기진 않는다. 다만 내가 다른 사람들과는 좀 다르고 감수성이 너무 예민하다고 생각했다. 맨살로 세상을 헤치고 다니는 것 같은 느낌이었다.

엄마는 나의 우울감에 압도당했었다고 한다. 나를 임신했을 때만큼 감정적이었던 적이 없었다고. 매사에 눈물을 흘려서 사람들이 눈물을 흘리지 않는 엄마의 모습을 보기 어려울 정도였다. 엄마에게 나는 태어나기도 전에 상처를 안겨주었다.

"코모 테 구스타 라 말라 비다Como te gusta la mala vida(너는 꼭 험한 길만 찾아가더라)." 살면서 엄마에게 종종 듣던 말이다. 유색인 여자애들은 가족에게 이런 훈계를 듣는 경우가 많을 것이다. 엄마는 내가 늘 번듯한 길이 앞에 있는데도 제일 어둡고 거친 길을 고른다고 믿었다. 하지만 알다시피 "여자애는 장미에 질리게 마련"*이지 않는가. 그때는 반발했지만 엄마가 옳았다. 내가 나의 인생을 지나치게 꼬아놓

---

* 20세기 후반 미국의 흑인 여성 시인 그웬돌린 브룩스의 시 〈앞마당의 노래A song in the front yard〉의 한 구절이다.

은 것은 사실이다. 나는 의식적으로든 무의식적으로든 극
적인 것을 바라며 장애물을 찾아다녔다. 평범함과 안정이
지루했다. 이것이 아마도 내가 작가, 특히 시인이 된 이유
중 하나일 것이다. 어느 모로 보나 가난하고 이름 없고 불
필요한 다툼에 휘말리는 삶이 되리라는 징후가 뚜렷하다
고? 흠, 그렇다면 한번 도전해볼까. 나는 언제까지고 커다
란 위험, 어처구니없이 크게 실패할 가능성에 이끌리며 살
사람이다.

엄마는 나의 무모함을 짐작케 하는 두 살 때의 일을 끄집
어내길 좋아한다. 우리 가족이 멕시코에 있는 할아버지 댁
에 갔을 때 내가 집 밖에 겨우 몇 분 방치된 적이 있었다. 그
러다 가족들이 내 쪽을 돌아보았을 때는 이미 집 벽에 기대
어 놓은 사다리를 타고 지붕을 향해 반 이상 올라간 상태였
다. 내가 떨어져 죽을까 봐 모두 깜짝 놀랐다. "이 정신 빠진
녀석!" 할아버지가 소리치셨다. 돌이켜보면 정확한 표현이
었다. 나는 늘 내 영혼이, 또는 뭐가 되었든 하여간 그것이
내 몸에 맞지 않는다고 느꼈기 때문이다. 너무도 절실히 느
꼈다. 나는 제대로 작동하지 못했다.
결국 나는 무사히 구조되었다. 엄마가 떨리는 다리로 사
다리를 타고 올라와 나를 데리고 내려갔다.
그 여행 중 또 다른 날 밤에는 내가 자는 사이에 엄마가

갑자기 불길한 기분을 느꼈다. 어쩐지 걱정되는 마음에 내가 베고 있던 베개를 들어 올렸더니 거기에 지네가 있었다고 한다. 나는 늘 그게 전갈이었다고 기억한다. 사람이란 자기가 더 좋아하는 방향으로 기억하는 경우가 종종 있기 마련이니까. 나는 세 아이 중에서 엄마를 가장 힘들게 하는 아이였고, 앞으로 골칫거리가 되리라는 조짐이 그때 그 여행에서부터 나타났던 것이다.

《백년의 고독》에서 가브리엘 가르시아 마르케스는 인간이 어머니가 낳는 그날에 즉시 온전히 태어나는 것이 아니라, 살아가며 스스로 태어나고 또 태어나야만 하는 존재라고 했다. 성인이 된 자기 머리가 자신의 질에서 빠져나오는 장면을 그린 프리다 칼로의 〈나의 탄생〉이라는 그림을 떠올리게 하는 말이다. 칼로는 일기에다 자기를 낳는 그림을 그리고 있다고 썼다. 내가 보는 나의 재탄생도 이러하다. 잔혹하고 유혈이 낭자하고 기괴한 모습.


엄마는 시카고의 리틀빌리지에서 토요일 밤마다 열리는 '시르쿨로 데 오라시온círculo de oración(기도의 고리)'라는 기도 모임에 정기적으로 참석했다. 멕시코 이민자들이 어려운 일을 의논하고 서로 정서적 지지를 받는 모임이었다. 나는 가기 싫었지만 일곱 살인 내게는 선택의 여지가 없었다. 몇 주에 한 번씩 엄마에게 끌려가면 미치도록 지루해하며 신도석에 앉아서 모임이 끝나기민을 기다렸다. 지금 생각해 보면 억압받는 사람들이 모인 아름다운 교류의 장이었지만 그걸 알아보기에 그때의 나는 너무 어리고 우울했다. 하루는 내가 난데없이 짜증을 부렸다. 엄마는 나의 그런 행동을 앞서 언급했던 멕시코의 오래된 텔레비전 방송 〈체스피리토〉에서 유래한 말인 '라 치리피오르카la chiripiorca'라고 불렀다. 예측불허의 기이한 행동을 가리키는 말이다. 알 수 없는 이유로 울어대는 나를 엄마는 도저히 달랠 수 없었다. 대체 왜 그러느냐고 계속 물었지만 나는 마음을 가라앉히지 못했고 내게 무슨 일이 일어나고 있는지 설명하지 못했다. 그때 왜 그랬는지 기억나지 않지만 그 자리에 있고 싶지 않았던 것만은 분명하다. 나는 교회가 싫었다. 교회에 가면 늘 짙은 안개처럼 슬픈 감정이 나를 파고들었다. 그 당시 나는 이미 우울증에 가까운 상태였고 교회와 관련된 것은 무엇이든 증세를 악화하기만 했다. 그날 밤 모두가 내 주위에 모여 기도했지만 아무 소용이 없었다. 엄마는 결국 도무지 진정되지 않는 나를 데리고 집으로 돌아가야 했다.

나는 열두 살 때 가톨릭 교회가 여성을 혐오한다는 사실을 알고 무신론자가 되었다. 이해할 수 없는 일이 너무 많았다. 여성은 왜 사제가 될 수 없지? 이브가 어떻게 남자의 갈비뼈에서 나올 수 있지? 왜 항상 아버지와 남편에게 순종하라고 설교하지? 이런 모든 의문에 대한 답을 찾을 수 없었다.

내가 신을 믿지 않게 된 것은 나를 포함해 인간이 겪는 고통에 관해 제대로 설명해주지 못했기 때문이다. 세상은 왜 이렇게 고통스러운 걸까? 왜 성탄절 광고 속 아프리카 어린이들은 굶어 죽어가는 걸까? 남자들은 왜 강간을 하지? 왜 내 마음은 늘 땅에 떨어진 과일처럼 쪼개지듯 아픈 걸까? 가식적으로 사는 방법을 터득한 오빠는 평화를 유지하기 위해 믿음을 가진 척 행동하는 법을 익혔다. 반면에 나는 마냥 입을 다물고 있지 못했다. 나는 **이해받고** 싶었다. 나를 있는 그대로 봐주었으면 했다.

내가 그저 고개를 끄덕이고 웃으며 부모님의 세계관을 받아들이면 쉽게 끝날 일이었지만, 엄마가 항상 지적했던 것처럼 나는 더 험한 길로 걸어가기를 좋아했다. 나는 늘 거짓으로 둘러대는 데 서툴렀다. 부모님께 내 행방을 속인 적이야 많았지만 중요한 일에 관해서는 거짓말을 할 수 없었다.

내가 계속 거부했는데도 엄마는 그러다 벌을 받을 거라며 나를 교회로 끌고 갔다. 일요일 아침마다 나는 끝나지 않을 것 같은 미사 시간 내내 혼란에 빠진 새처럼 사방으로 고개를 주억거리며 앉아 있었다. 그러다 잠도 쫓고 시간도 때울 겸 주변의 교인들을 관찰했다. 나는 사람들의 우스꽝스리운 헤어스타일과 못생긴 옷차림을 구경하긴 좋아했는데, 그곳에는 구경거리가 많았다. 스테인드글라스에 새겨진 눈 치켜뜬 성인들도 관찰했다. 짙은 갈색 외투를 걸치고 나무 지팡이를 들고 있는 남자들과 양 떼가 궁금했다. 저게 다 무슨 뜻일까? 그리고 그게 나랑 무슨 상관일까? 십자가에 매달린 그리스도의 튀어나온 갈비뼈를 하나하나 뜯어보다가 음정이 엉망인 성가대의 노랫소리에 흠칫했다. 그 모든 것이 어쩐지 무서웠지만 정확히 무엇 때문인지는 알 수 없었다.

가톨릭교는 꼭 내 발에 묶인 울퉁불퉁한 돌멩이 자루 같았다.

이 시기에 시를 만난 건 우연이 아니라고 생각한다. 나는 내게 맞지 않는 세상을 벗어나 나 자신으로 존재할 수 있는 공간을 찾으려 했다. 6학년 때 학교에서 처음으로 에드거 앨런 포의 시집을 읽었을 때 그의 시에 담긴 음악과 어두운 이미지, 고립감에 빠져들었다. 내 안에서 흉포한 기운이 소리 없이 피어오르는 걸 느끼며 시를 나의 운명으로 삼았다. 그리고는 나 자신을 시인이라고 소개하곤 했다. 지금 생각하면 그 뻔뻔함에 웃음이 나온다. 노 에스 포르 나다No es por nada(빈말은 아니었지만), 제법 맹랑한 녀석이기는 했다.

우울증은 행복을 변덕스럽게 왔다가 사라지는 몹쓸 감정으로 만들었다. 그때 행복은 이름도 형태도 없는, 내가 이해할 수도 표현할 수도 없는 것이었다. 내 슬픔을 담는 그 릇. 내가 아는 거라고는 내 안에 마치 끈적한 구름처럼 나를 뒤덮어 살기 힘들게 만드는 어떤 슬픔이 있다는 것뿐이었다. 내가 행복하다고 느낀 순간을 짚어낼 수는 있지만 그런 순간은 결코 오래 가지 않았다. 나는 대개 읽고 쓰고 음악을 듣는 데서 위로를 얻었다. 행복은 흔치 않은 것이라 박수치며 축하할 가치가 있었다. 그 감정이 몇 시간 이상 지속된다는 건 놀랄 만한 일이었다. 나는 내가 살아 있는 존재라는 게, 인간의 형태로 존재해야 한다는 게 화가 났다. 사라져버리고 싶었다. 처음 자살을 생각했던 건 열세 살 때였다. 샤워하는 동안 우는 소리를 덮으려고 낡은 오디오 플레이어를 들고 들어가곤 했다.

어릴 때는 늘 미래에 살았다. 더 나이 들어 여행을 다니고 글도 쓰면서 하고 싶은 대로 하고 사는 내 모습을 머릿속으로 끊임없이 떠올렸다. 현재는 지겹고 답답한 반면 미래는 무한히 자유로울 것이었다. 나의 내면은 언제나 나를 두렵게 했다. 그 세계를 묘사하는 데 하루를 다 보낼 수 있을 정도였다. 나의 글쓰기는 바로 그런 일일 것이다. 묘사할 수 없는 것을 묘사하려다 결국 실패하고 마는 일. 나는 이 실패에 내 평생을 바쳤다.

엄마, 오빠와 함께 친척들을 만나러 로스앤젤레스에 갔던 적이 있다. 여덟 살 때의 일이다. 여름마다 멕시코에 다녀오던 걸 제외하면 처음으로 경험하는 휴가였다. 삼촌이 우리를 말리부에 데려갔는데, 수영복을 입고 해변에 서서 어마어마한 파도를 보고 있자니 무언가에 압도당하는 느낌이 들었다. 받아들이기 어려울 만큼 지나치게 아름다운 광경이었다. 우주가 온몸으로 느껴져 전율이 일었다.

열다섯 살에 처음으로 정신질환 때문에 병원에 입원했다. 그리고 얼마 지나지 않아 제일 친한 친구인 클라우디아의 가족과 함께 멕시코로 여행을 떠났다. 어느 날 오후 시골로 자전거를 타고 가다가 잠시 멈춰 그늘에서 쉬었다. 내 옆에 있던 진흙 웅덩이가 어찌나 섬세하고 아름답게 빛을 반사하던지, 비현실적인 그 풍경을 멍하니 바라보고만 있었다.

나는 언제나 내가 영적으로 결핍되어 있다는 것을 알았다. 나의 내면은 빈곤하지 않았지만, 내가 굳이 손대려 하지 않았던 빈 부분이 분명 있었다. 일찌감치 가톨릭교는 내게 맞지 않다고 판단했지만 그래도 여전히 내 삶을 이끌어줄 무언가를 갈망했다. 내 몸을 상하게 하는 우울을 이해할 방법이 있는지 알고 싶었다. 내가 늘 짊어지고 사는 이 고통을 덜어줄 만한 무언가가 존재할까? 내게 종교에 가장 가까운 것은 시였고 내 온 존재를 다해 시를 사랑하기는 했지만, 그래도 여전히 나는 세상과 맞지 않는 단절된 존재로 느껴졌고 늘 나를 갉아먹는 불안감에 시달렸다.

불교에서는 이런 불편한 마음을 카kha라고 하는데, '하늘',

'창공', '구멍'을 뜻한다. 리베카 솔닛은 자신의 책 《멀고도 가까운》에서 이 단어를 "조화나 차분함의 반대어로, 불화 또는 소란"으로 번역할 수 있다고 설명한다. 불교 철학에서는 집착이 고통의 주 요인 중 하나다. 인간으로서 우리는 찰나의 것에 집착해 상처 입고는 한다. 불자들은 삶이 덧없는 것임을 받아들이고 현재에 감사하며 자신에게 해를 끼치는 욕망을 흘려보내면 더 행복하게 살 수 있다고 믿는다. 나는 언제나 바라는 것이 너무 많았기 때문에 이 사상을 통해 나의 불행을 상당 부분 이해할 수 있었다. 나는 예술과 변화가 대부분 욕망과 성취 사이의 마찰에서, 결핍을 채우려는 노력에서 나온다고 믿는다. 인간 존재의 의미를 만들어내고자 하는 것이다. 우리는 그럴 수밖에 없다.

나의 고통을 시에 담아내기는 했어도, 내가 느끼는 실존적 불안을 영적 수련으로 해소할 수는 없을지 궁금했다. 억압을 용인할 수 없었기에 기독교를 받아들일 수 없다는 결론은 이미 얻었지만 그래도 내가 알지 못하는, 나를 뛰어넘는 무언가가 있다고 믿었다. 세상을 지배하고 만사의 이유가 될 수 있는 어떤 힘이나 에너지 같은 것이.

명상에 관한 책을 한 권 샀지만 (훔쳤던가? 기억이 잘 나지 않지만) 허사였다. 어느 날 밤 비좁은 방바닥에 앉아서 머릿속을 비우려고 시도해봤다. 바다나 하늘의 이미지를 떠올려보았지만 머릿속이 마비되는 것만 같아 금세 혼란에 빠셔 포기했나. 나는 집중력이 짧고 늘 온갖 생각이 뒤죽박죽 겹쳐 떠오르곤 했다. 어떻게 아무것도 생각하지 않을 수 있지? 그건 대체 무슨 마법이지?

이 시기에 나는 물질적인 것에 마음을 쓰지 않기로 결심했다. 삭발을 하고 (삭발이 유행하기 전인 2000년대 초반이었다는 점을 기억하지) 중고 매장에서 맞지도 않는 기괴한 옷을 샀다. 이 소비지상주의 사회에서 벗어나 외딴 사원으로 가서 영원히 머무르는 상상을 했다. 주황색 승복을 입고 산꼭대기에 홀로 머무는 스스로를 상상하는 다소 부정확하고 낭만적인 이 불교관을 나는 오랫동안 품고 지냈다.

명상은 금세 포기했어도 어쩐지 불교 신앙에는 몇 년이 지나도록 마음이 갔다. 수행에 관해서는 잘 몰랐지만 불자들은 우리 같은 사람보다 더 차분하고 깨어 있을 거라고 믿었다. 그리고 부처가 신이라기보다는 스승이라는 사실을 알게 되었는데, 그것도 마음에 들었다. 굴종하는 것이 정말로 싫었기 때문이다. 높은 존재에게 무릎 꿇고 용서를 구한다고? 그런 헛소리는 당장 집어치워.

월트 휘트먼의 시집 《풀잎》을 읽기 시작하고 우주가 신의 현신이며 실재와 신성은 동일하다는 그의 범신론 사상에 흥미를 느꼈다. 우리 모두 신성한 존재라는 생각. 기독교 신앙에서는 왜 우리 내면이 더럽다고 주장하는지 도저히 이해할 수 없었다.

나는 휘트먼의 이리저리 뛰는 시구와 풍부한 어휘가 마음에 들었다. 하루는 하굣길에 〈나가는 아이가 있었다〉라는 시를 읽었다. 봄이 되어 드디어 눈이 녹고 있었다. 1년 중 내가 가장 좋아하는 시기, 사방에서 젖은 흙냄새가 나고 새들이 돌아오기 시작하는 겨울의 끝 무렵이었다. 나는 시를 읽으며 눈물을 흘렸다. 나도 시 속의 아이처럼 내가 보고 손대는 모든 것이 나인 듯한 느낌이 들 때가 많았다. "이른 라일락이 이 아이의 일부가 되었다. 그리고 풀, 하얗고 빨간 클로버와 피비새가." 애처롭고도 행복한 기분을 느끼게 하는 시였다.

휘트먼의 〈나 자신의 노래〉에 담긴 또 다른 시구도 내게 위로가 되었다. "당신이 다시 나를 원한다면 당신의 구두창 밑에서 나를 찾아라." 언젠가 꽃과 나무를 키워내는 흙이 된다고 생각하면 인간의 몸이 가련하고도 초월적이라는 생각이 든다.

이처럼 상호연결성을 깨닫던 시기에 나는 실존적 고비를 수없이 겪었다. 완전한 평온에 잠겨 있다가도 갑자기 우울감에 휩싸여 안에서부터 무너지곤 했다. 이럴 때는 그 어떤 것도 의미가 없고 내면이 속속들이 아팠다. 세상이 견딜 수 없는 정적 속에서 맥동했다. 시간이 진득한 꿀처럼 늘어졌다.

장 폴 사르트르의 《구토》를 처음 읽었을 때는 자신과 주변을 바라보는 주인공의 암울한 시각에 충격과 위안을 동시에 받았다. 거울을 보며 자기 얼굴을 살펴보던 주인공이

"나은 사람들도 자기 얼굴을 평가하는 게 이렇게 어려울까?"라고 묻는다. 내가 살면서 내내 해왔던 질문이다.

시어스 타워에 있는 홍보 회사에서 일하던 20대 중반의 나는 영적인 휴식이 간절했다. 회사 화장실에서나 지하철에서 내려 집으로 걸어가던 중에 운 적도 많았다. 내 성격과 정반대인 문화 속에서 지내다 보니 그리스 신화 속 인물처럼 시험을 당하는 기분이 들었다. 나는 회사원 정장을 입고 주류 광고에 관심 있는 척하느니 차라리 새에게 영원히 간을 쪼이며 사는 편을 택했을 것이다.

내게 우울증이 있다는 건 알고 있었지만 대학원생 시절 이후로 2년 동안 상담사를 찾아가지 않았고, 약은 그보다 5년 전인 대학교 1학년 때 완전히 끊었다. 어떤 항우울제를 먹어도 기분이 나아지지 않아서 전부 다 끊어버렸다. 어떤 약은 먹으면 감각이 너무 약해져 무엇이든 멍하니 바라보게 되었는데, 슬픔에 잠겨 있는 것보다 그게 더 무서웠다. 고통에는 익숙했지만 무감각한 상태에는 어떻게 대응해야 할지 전혀 알 수 없었다.

바로 이 시기에, 다른 곳도 아닌 나의 고향 동네에 티베트 불교 사원이 문을 열었다. 시서로는 멕시코계 노동자가 대부분인 마을이고 장담컨대 거의 모든 주민이 가톨릭교도일 곳이라 그런 일이 일어났다는 게 도무지 이해되지 않았다. 내가 어릴 때 살았고 지금도 부모님이 살고 있는 집에서 겨우 몇 블록 떨어진 곳에 불교 사원이 생기다니! 마치 어떤 징조처럼 느껴졌다.

원래는 미술품 가게가 있던 자리라는 사실도 그 위치가 얼마나 이상한지 실감하게 했다. 가난한 멕시코인 중에 유화를 사러 시장에 갈 사람이 얼마나 있었겠는가? 그런 가게가 심지어 어떻게 그렇게 오래 그 자리를 지킬 수 있었던 걸까? 나는 십 대 이후로는 한 번도 그 가게에 간 적이 없었다. 십 대 때 찾아갔던 것도 내가 예술을 사랑했고 그 건물의 특이한 건축방식에 매료되어 있었기 때문이다. 그 가게는 오래되고 칙칙한 그림으로 가득한 어둡고 퀴퀴하고 비좁은 공간이었다. 그랬던 곳을 이제는 성인이 된 내가 영적 가르침을 얻으려 다시 찾아간 것이다.

푸른 눈에 심한 남부 사투리를 쓰는 남자가 나를 맞이했다. 그가 쉴 새 없이 자기 이야기를 늘어놓아 어리둥절했다. 자아를 내려놓는 것이 불교의 교리 중 하나 아니었던가? 남자를 따라 내부를 두루 둘러보던 중에 그곳이 예전에 비밀의 문이 있는 밀주집이었다는 이야기를 들었고 그러자 건물이 더 신비로워 보였다. 곧 다른 회원들도 만났는데, 대부분 나에게도 나의 종교적 탐구에도 아무 관심 없는 배타적인 인간들이었다. 불자라면 친절해야 하지 않나? 그래도 나는 어느 순간 무언가 딱 들어맞으며 모든 게 이해되는 순간이 오기를 기대하며 한동안 일요 법회에 나갔다. 염불은 하나도 몰랐고, 처음 참석한 법회에서는 전날 밤에 먹었던 맛있는 베이컨 콩 볶음을 떠올리며 시간을 보냈다. 대체 왜 그랬는지 모르겠다. 그렇게 포화지방에 대한 망상에 빠져들려고 거기까지 간 게 아니었는데. 그러다 얼마 지나지 않아 어떤 남자가 나를 성희롱하길래 그만 발길을 끊었다. 하여튼 유구하게 이어져 온 일이지!

그로부터 4년쯤 지나 유례없이 심각한 신경쇠약 증세를 겪던 중에, 노르웨이 스타방에르에서 열리는 국제 문학 및 언론 자유 축제에 초청받았다. 스칸디나비아 지역에 갈 일이 있으리라고는 상상해본 적 없던 내가 어느새 시카고 출신 작가 네 명과 함께 아침 식사로 절인 생선을 먹으며 정치적 저항에서 예술의 역할에 관해 토론하고 있었다.

그때 동행한 작가 중 한 명인 잭슨은 웃기고 뻔뻔하고 자아가 확고한, 전염성 있는 영혼을 지닌 인간이다. 흑인이자 트랜스젠더로서 세상으로부터 쏟아지는 온갖 폭력을 견뎌냈는데도 잭슨에게서는 존재감과 생기가 넘쳐난다. 나는 금세 그*에게 반했고 우리가 친구가 되리라는 걸 알았다.

---

136

잭슨과 나는 열린 마음으로 대화하는 친구가 되어 인종과 성에 관해 이야기를 나누었다. 잭슨의 즐거움과 자신감을 나도 갖고 싶었다. 온몸으로 웃는 잭슨의 몸짓이 좋았다. 잭슨이 불교 수행을 한다고 말했을 때 나는 그게 무슨 뜻인지 완전히 이해할 수 있었다.

시카고에서 동행한 작가들과 함께 전쟁으로 파괴된 여러 나라에서 망명한 작가들을 만났다. 이라크 출신의 시인 마날은 남편이 정치적 사안으로 살해당한 후 아들과 함께 이라크를 떠났다. 마날은 북유럽의 풍경을 떠올리게 하는 쓸쓸한 서정시를 썼다. 아프가니스탄 출신의 젊은 번역가는 그의 동생이 미군에 협조했다는 이유로 탈레반에게 살해당한 후에 아프가니스탄을 떠나 걸어서 그리스까지 탈출한 사연을 들려주었다.

무슨 일을 겪었는지 말하지 않는 작가들도 있었지만, 그들이 겪었을 정신적 외상이 뚜렷이 드러났다. 그 작가들은 춥고 낯선 나라에 와서 서로 멀리 떨어져 살면서도 함께 작은 공동체를 이루고 있었다.

노르웨이 사람들은 친절하지만 다정하지는 않았다. 나는 그들이 즐겨 쓰는 차분한 색상과 웃음소리 없는 삭막한 거리가 그 증거라고 생각했다. 다들 너무 침착해서 충동적이고 활발한 나로서는 불편한 기분이 들었다. 큰소리로 웃고 밝은 옷을 입는 내가 마치 앵무새가 된 것처럼 느껴졌다.

푸근한 느낌은 못 받았어도 노르웨이는 정말 아름답고 변화무쌍했다. 머무는 동안 가장 인상적이었던 여정은 피오르를 보러 간 것이었다. 공기 중에 믿을 수 없는 냄새가 감돌았다. 나는 다시 한 번 주변과 일체가 되는 감각과 내면의 깊은 고요를 느꼈다. 산과 폭포를 바라보는 동안 머릿속에 오직 '숭고하다'라는 한 마디만이 떠올랐다. 살아 있어서 다행이라고 생각하며 그 순간을 영원히 붙잡고 싶었다.

노르웨이에서 돌아와서도 나는 계속 우울에 빠져들었다. 아무도 내가 자주 자살을 생각한다거나 몇 번이고 정신병원에 입원할 뻔했다는 사실을 몰랐다. 잭슨은 일련종을 기반으로 평화를 도모하는 신도들의 불교 모임에 나를 초대했다. 나는 늘 너무 피곤하다거나 눈이 온다거나 글을 써야 한다는 둥 이런저런 핑계를 대며 양해를 구했다. 하지만 결국 꾸역꾸역 집을 나서 시내에서 열리는 그 모임에 갔다.

나는 늘 열린 마음을 갖고 있다고 생각했지만, 모임 장소에 도착했을 때 미심쩍은 기분이 들었다는 걸 인정한다. 문으로 다가가자 리듬에 맞춰 염불을 외는 소리가 들렸고 미소 띤 얼굴들이 나를 맞이했다. 다들 너무 친절하게 반겨줘서 긴장됐다. 그곳에는 내가 한 번도 겪어본 적 없는 활기가 감돌았고, 그래서 불안했다. 어떻게 저렇게까지 행복해할 수 있지? 이 사람들 무슨 약을 들이킨 거야? 지금 돌이켜보면 부끄럽다. 나는 왜 친절을 수상하게 여겼을까? 진정한 기쁨을 두려워할 정도로 당시 내 삶이 심하게 망가졌던 걸까? 나는 미심쩍어하면서도 어쨌거나 수련에 흥미를 느꼈다. 그 철학을 좀 더 알고 싶었지만 한동안은 수동적인 자세를 벗어나지 못했다. 명상보다는 좀 더 실감이 나는 염불을 외워보려 했지만 여전히 잘 와닿지 않았다. 자꾸 나 자신을 의식하게 되고, 바보가 된 기분이 들기까지 했다.

그해 겨울에 잭슨이 로스앤젤레스로 이사했기 때문에, 잭슨의 친구로서 기꺼이 나하고도 친구가 되어 준 앤디가 없었다면 나는 분명 포기하고 말았을 것이다. 내가 모임에 아무리 자주 빠져도 앤디는 다정하게 나를 초대해주었다. 누군가 목숨을 건질 명약을 건네주는데 내가 그 손을 계속 뿌리치는 것 같은 상황이었다. 프로작을 먹고 치료를 받고 스트레스가 심했던 홍보 일을 그만두면서 우울증에서 어느 정도 벗어날 수 있었지만, 나는 여전히 근본적으로 무언가가 부족하다는 사실을 알고 있었다.

첫 모임에 참석한 후로 몇 달에 걸쳐 그만두었다가 다시 시작하고 또 의심하기를 되풀이하던 나는 마침내 두루마리 만다라와 불상을 받아 개인 제단을 마련하며 정식으로 불교로 개종했다. 한 번도 행복을 믿은 적이 없지만 행복해지는 방법을 배워보기로 결심했다.

내 삶이 더 높은 존재의 손아귀에 들어 있다고 믿는 것은, 터무니없고 가학적이기까지 한 발상이다. 세상에 어떤 신이 나 자신을 갉아먹는 우울증을 주고, 인류에게 대량 학살과 소아암과 도널드 트럼프 따위를 안겨준단 말인가? 그렇게 잔인한 존재를 대체 누가 믿고 싶어 할까? 나는 그런 신을 믿고 싶었던 적이 없다. 그저 몹쓸 놈으로 느껴질 뿐이다.

그와 반대로 불교는 내게 과학적으로 증명할 수 있을 법한 인과율을 믿으라고 했다. 인과율에 따르면 불교식 영적 수행의 원리인 업karma이라는 개념이 완벽히 이해된다. 업이 뿌린 대로 거두는 것이라거나 마땅히 받을 몫을 받는 것이라고 잘못 알고 있는 사람이 많다. 나도 그랬으면 좋겠다. (정말 그렇다면 도널드 트럼프는 쓰레기 더미에서 자기 몸을 뜯어먹는 무수한 기생충과 함께 여생을 보낼 것이고, 그러고도 오래도록 자기가 저지른 일의 대가를 치러야 할 것이다.) '업'이란 문자 그대로 '행동'을 뜻하며, 우리의 행동에 담긴 힘과 그 결과까지 포괄한다. 불교에는 자기가 어떻게 살았는지에 따라 상벌을 받는 천국과 지옥이 없다. 좋든 나쁘든 자기가 한 일에 결과가 뒤따른다고 믿을 뿐이다. 비록 그 결과를 생전에 보지 못한다고 할지라도 말이다. 결과는 한참 뒤에 복잡한 방식으로 드러날 수 있다.

내가 들은 또 다른 불교의 교리는 만물이 서로 연결되어 있다는 것으로, 내가 이미 수년 동안 글을 쓰고 시를 공부하면서 믿고 있던 개념이었다. 불교에서는 절대적인 교리를 강요하는 대신 나의 행동이 타인에게 어떤 영향을 끼칠 수 있을지 생각하라고 했다.

이런 교리는 하늘에서 잔혹한 꼭두각시 놀음을 하며 자기 변덕에 따라 온 세상을 엿먹이는 존재인 신이라는 개념보다 훨씬 더 위안이 되었다. 내 삶이 전생과 현생, 후생의 원인이 축적된 결과물이라고? 뭐, 그런 거라면 감당할 수 있지. 이런 관점에서 나는 내가 스스로 불행을 초래한 방식을 인식하기 시작했다. 일련종의 부처는 이렇게 말했다. "불행은 입에서 나와 사람을 망친다."

나는 내 삶을 내가 물려받은 업이 형태를 달리해 나타난 것이라고 본다. 나는 이민자이자 노동자인 가족에게서 태어났다. 나보다 먼저 온 여성들은 가난했고 선택권도 거의 없었다. 그들은 내가 이해할 수조차 없는 고난과 폭력을 견뎌냈다. 나는 이 순환 고리를 따라가는 대신 이것은 내 운명이 아니라고 선을 그었다. 내가 처한 환경은 내가 선택한 게 아니지만, 그것에 어떻게 대응할지는 직접 결정한 것이다. 그러니 어떤 것들은 내가 스스로 이룬 것임을 알고 있지만, 동시에 나의 노력과 상관없이 누리는 특권이 무엇인지도 인지하고 있다. 나는 미국 시민권자고, 여성에게 덜 적대적인 시대와 장소에 태어났고, 장애가 없으며, 대체로 이성애자며, 비교적 밝은 피부를 지녔고, 교육을 받을 수 있었다. 하지만 그래도 나는 여전히 미국에 사는 유색인 여성이다. 이건 정말 쉽지 않은 일이다. 나는 내게 주어진 수많은 환경을 바꿔나가면서 내 자녀에게는 더 나은 조건을 만들어주고 싶다.

중세의 여성 신비주의자들은 신에게 더 가까이 다가가고자 스스로 굴욕을 겪었다. 그 이야기를 처음 읽었을 때 나는 죄의 본성을 지닌 육신을 벌하며 세속의 모든 것을 제거하고자 하는 비밀스러운 수행에 매료되었다. 특히 따가운 털옷이라든지 막대기, 채찍 같은 고행 도구에 끌렸다. 그들은 도대체 왜 그런 삶을 선택했던 걸까? 이 경우 고통은 삶에서 나오는 불가피한 부산물이 아니라 의도적인 행위의 산물이었다. 이런 식의 자기희생은 언제나 내 마음 깊은 곳을 괴롭혔다. 왜냐면, 젠장, 여자로 사는 것만 해도 너무 힘들지 않은가? 하지만 남자와 결혼 생활을 하느니 차라리 그게 나았을지도 모른다. 그래도 나는 이런 신비주의자들에게 화가 났다. 이런 모습은 멕시코 문화에서도 자주 보였다. 이를테면 드라마에서 보여주는 어마어마한 고통이라든지, 자기를 희생하는 어머니에 대한 숭배 같은 것 말이다. 나는 나를 대신해서 고통을 겪어달라고 부탁한 적이 없었기 때문에 엄마가 죄책감으로 나를 조종하려 들 때면 혼란스러웠다. 나는 예수 그리스도에게 내 죄를 짊어지고 죽어달라고 부탁한 적도 없었다.

시인이자 회고록 작가인 닉 플린이 쓴 〈비어가는 마을 Emptying town〉이라는 시의 마지막 대목이 바로 이런 광경을 묘사하는데, 나는 이 구절을 읽을 때마다 숨이 턱 막히곤 한다. "내게 지옥이란 **누군가 자기 셔츠를 찢으며** 이렇게 말하는 것이다. 내가 널 위해 뭘 했는지 봐……."

약을 먹느니 자살 충동에 시달리는 편이 더 고귀하다는 듯이 항우울제를 먹는다고 나를 비난하는 사람들이 있었 다. 고등학교 때 사귄 남자친구는 내게 약을 끊고 전사처럼 고통을 받으라고 요구한 적이 있다. 아니, 내가 왜 피할 수 있는 고통을 자초해야 해?

몇 년 전에 나는 우연히 크리스토퍼 히친스가 〈베니티 페어〉에 기고한 마더 테레사에 관한 글을 보았다. 히친스는 그 성녀가 안 그래도 억눌려 있는 사람들에게 굳이 나서서 고통을 가했다고 비난했다. 그는 이 글을 포함한 여러 지면 을 통해 마더 테레사는 사기꾼이었다고 주장했다.

"마더 테레사는 빈자들의 친구가 아니라 **빈곤**의 친구였 다. 고통은 신이 준 선물이라고 말하면서 빈곤의 유일한 해 결책으로 알려진 방안, 즉 여성이 주체적 힘을 갖고 가축과 도 같은 강제적 재생산에서 벗어나게 하는 방안을 막는 데 평생을 바쳤다."

히친스의 의견에 동의하지 않을 때가 많기는 해도, 마더 테레사의 위선을 까발린 것에 대해서는 찬사를 보내지 않을 수 없다. 히친스는 그 사람이 콜카타에서 노후한 병원을 운영하던 중에도 정작 본인은 캘리포니아의 의료기관에서 최고의 의료 서비스를 받았다고 지적한다.

이와 비슷하게 인도의 한 의사도 마더 테레사가 '고통 숭배 문화'를 만들었으며, 그 사람이 운영하던 진료소는 피하주사기를 재사용하고 환자들이 서로 보는 앞에서 배변해야 할 정도로 낙후되어 있었다고 주장했다. 그 의사 말이 진실이라면 이런 식의 고통을 고귀하게 여겨서는 안 된다. 그것은 만들어진 고통이며, 그러므로 비뚤어진 것이다. 이런 것이 누구에게 이로울 수 있을까? 신? 만약 그렇다면 정확히 어떻게 이로울까? 마더 테레사가 교회에서 자신이 지닌 지위를 종교의 이름으로 타인에게 고통을 강요하는 데 활용했다고 볼 수밖에 없다. 게다가 그렇게 해서 영광을 누렸다.

나는 대개 자책을 가하는 형태의 자기희생을 불쾌해하지만, 오직 자책을 통해서만 권력을 행사할 수 있는 여성도 더러 있다고 생각해왔다. 전형적이며 어떤 면에서는 거의 천재적인 수동 공격이다.


불교 창시자인 석가모니 부처가 깨달음을 얻은 뒤 무찰린다의 보리수 아래에서 명상하는 데서 시작하는 이야기가 있다. 폭우가 내리면 나무에서 거대한 킹코브라가 나타나 부처의 몸을 일곱 번 휘감아 체온을 지켜주고 자기 목의 볏을 펼쳐서 부처의 머리 위로 드리워 비를 막아줬다고 한다. 아름다운 이야기다. 나는 이렇게 위험하면서도 우리를 보호해 줄 수 있는 존재가 있으리라 생각한 적이 없었다.

불교 승려 페마 초드론은 저서 《모든 것이 산산이 무너질 때》에서 이 점을 다룬다. "우리가 으레 장애물로 여기는 것은 사실 우리의 적이 아니라 오히려 친구일 수 있다." 우리가 두려워하는 것으로부터 어쩌면 가장 많은 것을 배울 수 있을지도 모른다는 말이다. 불교 철학은 나에게 고통을 받아들이고 애정과 연민으로 포용하고 그것이 인간 존재의 다양한 면 중 하나임을 인정하라고 가르치기 시작했다. 다시 태어나려면, 죽어야만 하니까.

내 친구가 한번은 '라 부에나 비다La buena vida(행복한 인생)' 라는 문구에 정말로 영감을 받거나 그로부터 많은 걸 배웠다고 말하는 사람을 한 번도 만나본 적이 없다고 말했다. 나도 그렇게 생각했다. 행복이란 근사하지만 그 자체로 흥미롭지는 않다. 주인공이 원하는 것이 있을 때면 그게 무엇이든 정확히 원하는 것을 얻는 이야기를 읽고 싶어 할 사람이 누가 있겠는가? 하지만 개고생하면서 행복을 향해 가는 이야기라면 공들여 무대를 꾸려줄 만하다. 그동안 시를 통해 불쾌감을 견뎌왔던 나는 이제 그것이 불교와 불가분의 관계라고 생각히게 되었다. 살아 있다는 것의 모호함과 그로 인한 상처에 관한 시를 쓰면서 나는 이미 불교 철학을 수행하고 있었다.

함께 불교를 믿는 이들은 내 삶이 송두리째 바뀔 거라고 말했지만 나는 변신할 준비가 되어 있지 않았다. 그래도 오랫동안 우울증을 안고 사는 법을 익혀왔으니 그 실존적 고통을 덜어내는 정도는 할 수 있으리라 믿었다. 정신질환을 완전히 고칠 수는 없다고 해도, 나에게 있으리라고 전혀 생각하지 못했던 결단력을 발견했다. 리베카 솔닛은 《어둠 속의 희망》에서 희망을 품는다는 것은 자신을 미래에 맡기는 것이라고 했다. 희망은 용기다.

나는 늘 꿈도 포부도 많았지만 내 삶은 대부분 '아구안탄도aguantando', 즉 인내로 점철되어 있었다. 그저 산산이 부서지지 않고 버티기만을 바랐지, 좀 더 기대감을 품고 세상을 바라볼 수 있으리라고는 전혀 생각지 못했다. 그래도 된다는 걸 몰랐기 때문에 나 자신에게 그걸 허락하지 않았다. 나는 파리에 있을 때 샀던, "타인은 지옥이다"라는 사르트르의 경구가 새겨진 액자를 갖고 있다. 여러 차례 집을 옮기는 사이에도 그 액자는 내 곁을 지켰고 나는 수년 동안 그것이 진실이라고 진심으로 믿었다. 나는 인간을 싫어했고 관계에서 갈등이 발생할 때마다 상대를 탓하기 급급했다. 나는 성찰할 줄 아는 사람이고 스스로를 잘 알고 있으니 내 탓일 리가 없다고 생각했다. 불교에서 지옥은 죽어서 거적때기를 걸친 채 빠지는 불구덩이가 아니다. 지옥은 우리에게 너무도 익숙한 현세의 비참한 삶이다. 진정으로 나의 내면을 들여다보기 시작하고서야 내가 관계에서 빚어지는 갈등의 원인을 잘못 알고 있었음을 깨달았다. 타오르는 지옥은 타인이 아니라 나 자신이었다.

불교 사상에 따르면 우리 내면에는 지옥, 아귀, 축생, 아수라, 인간, 천상, 성문, 연각, 보살, 불계라는 열 가지 세계가 존재한다. 앞의 여섯 곳은 중생의 세계인데, 일련종에서는 이를 고정된 상태로 보지 않는다. 세계는 유동적이며 우리는 모든 세계에 동시에 존재할 수 있다고 본다. 그 언젠가 월트 휘트먼이 선언했듯이 우리 안에는 수많은 우리가 있다. 아무리 혐오스러운 순간이라 할지라도 깨달음을 얻을 가능성이 우리 안에 존재한다. 이분법과 절대성을 선호하는 이 세계에서 너무나 위안이 되는 이야기다.

불교 공부를 시작하고서 나는 내면의 상태가 나를 둘러싼 환경을 통해 나타난다는 것을 알게 되었다. 그리고 얼마 지나지 않아 그 진리가 아프도록 선명히 드러났다.

일본에는 금가루를 섞은 옻을 칠해 깨진 도자기를 수리하는 긴쓰기金継ぎ 공예라는 예술이 있다. 그 안에는 '와비사

비'라는, 불완전함과 무상함에 바탕을 둔 미적 개념이 담겨 있다. 이 철학에서 깨진 곳, 고친 곳은 숨겨야 할 결함이 아니라 그 물건에 담긴 이야기의 일부이다. 깨진 부위가 그 물건을 더 아름답게 만드는 것이다. 이 전통에 관해 처음 알게 되었을 때 나는 내가 산산이 깨어졌던 과정을 떠올렸다. 나는 인생의 상당 부분을 벌어진 상황에 대응하느라 보냈고 진정으로, 아주 **거창하게** 무너진 후에야 내가 염원하던 사람으로 거듭날 수 있었다.

그다음에 무슨 일이 벌어졌는지는 설명하기 어렵다. 우울증에서 벗어나고 정신적 기반을 단단히 다지면서 나는 더 친절해졌고, 친구들과의 우정이 더 깊어지고 경력도 탄탄해졌다. 난생처음으로 내 삶을 내가 쥐고 있다는 느낌이 들었다. 돌이켜보면 당연하기 그지없어 보이는 인과율이 드디어 이해되었다. 염불을 외우는 사이에 건강하지 못한 나의 행동 방식이 보이기 시작했고 그것을 떨쳐낼 용기가 생겨났다. 누군가에게 거울을 건네받기라도 한 듯이 나 자신과 마주했고, 내 진짜 얼굴을 보고는 깜짝 놀랐다. 오랫동안 탐탁지 않아 하면서도 스스로 바꿀 힘이 없다고 생각했던 나의 일면이 분명히 보였다. 그 불쾌한 특성을 어떻게 처리해야 할지 전혀 알지 못한 채 그저 들여다보기만 했다. 나 혼자 신경질을 내곤 하면서.

이즈음 나의 첫 번째 결혼 생활이 끝난 것은 우연이 아니다. 어느 날 오후 염불을 외면서 친구가 선물해준 돌에 새겨진 '청명clarity'이라는 글자를 바라보고 있는데, 문득 내가 사랑받아야 할 방식으로 사랑받은 적이 없다는 것을, 8년에 걸친 그 관계를 지켜낼 방법이 없다는 것을 알게 되었다. 결혼한 지 겨우 일 년이 지났던 그 시기에 우리는 이미 무너지고 있었다. 끝내야 한다는 사실을 깨닫기 위해 최선을 다했어야 했는데.

나는 혼자가 되어야 한다는 사실을 깨닫자마자 떠날 준비를 했다. 남편을 탓하지는 않았다. 그건 너무 간단하고 불공평한 방법이 될 테니까. 나는 나 자신이 저지른 일들을 샅샅이 살펴보았다. 그러자 내가 어떻게 스스로 고통을 자초했는지 알게 되었다. 내가 나를 성스러운 존재로 생각하지 않는다면 다른 사람이 어떻게 그럴 수 있겠는가? 나 자신이 깊고 무한한 사랑을 받을 자격이 있다고 믿지 않는다면 다른 사람이 어떻게 그런 사랑을 줄 수 있겠는가?

나는 평생 애정과 관심의 조각을 주워 모으는 방법밖에 알지 못했다. 내가 누릴 수 있는 것은 그 정도라고 생각했다. 하는 연애마다 삐걱대고, 내게 줄 것이 별로 없는 남자에게 매달리곤 했던 이유가 여기 있었다.

나는 내 문제들이 사라지면 행복이 찾아오리라 믿었다. 문제가 사라지지 않을 거라는 게 이해되지 않았다. 장애물은 불가피하다는 교훈을 받아들일 수 없었다. 돈이 더 많았다면. 더 좋은 경력을 쌓았다면. 사람들이 내게 상처 주지 않았다면. 남자들이 그렇게나 쓰레기 같지 않았다면. 내가 생각하는 행복이란 갈등이 없는 마법의 땅이었다. 나는 상대적 행복과 절대적 행복의 차이를 알지 못했다. 상대적 행복은 언제나 외부 환경에 좌우된다. 삶의 모든 것이 완벽히 맞아떨어져야 한다고 생각했기 때문에, 내가 행복하다고 느끼는 일은 매우 드물었다. 그와 반대로 절대적 행복은 쉽게 깨지지 않는다. 최악의 순간에도 우리는 즐거워할 수 있다. 고통을 통해 더 깊은 삶의 의미를 얻을 수 있다.

결혼 생활이 무너지면서 크게 충격을 받기는 했지만 다시 시작한다는 게 설레기도 했다. 나는 늘 그와 내가 맞지 않는다는 사실을 마음속 깊이 알고 있었다. 우리 둘은 함께할 수 없는 사이였지만, 내 필요와 욕구를 억누르면 난관을 헤쳐나갈 수 있으리라 자신했다. 불교 수행을 통해 나는 수년 동안 스스로를 속이고 있었다는 사실을 직시하게 되었다. 염불을 외우는 것은 거울을 닦는 것과 같다고 하니 지금 생각해보면 이런 깨달음을 얻은 것이 놀랍지 않다. 나는 마침내 나 자신을 똑바로 볼 수 있었다.

3세기의 불교 철학자인 나가르주나는 일련교도의 최고 경전인 법화경을 독을 약으로 바꿀 수 있는 명의에 비유한 바 있다. 떠올릴 때마다 내게 위안이 되는 가르침이다. 불교에서는 불행을 한탄하기보다는 그 불행을 어떻게 대할지 자문하라고 가르쳤다. 그래, 나는 평생 우울증에 시달렸고 그건 억울해할 만한 일인 것도 맞다. 그런데 그 경험을 통해 나는 뭘 하려고 했을까? 결혼 생활이 1년 반 만에 끝나버린 게 맞지만 거기서 어떤 걸 배울 수 있었을까? 내가 처한 상황에 분개할 수도, 그것을 의미 있는 일로 바꿀 수도 있었다. 일련종에서는 이런 과정을 가리켜 '인간 혁명'이라고 하는데, 나는 스스로를 변화시킬 책임이 우리 자신에게 있으며 자기를 바꾸어 세상을 바꾼다는 의미가 담긴 이 말을 좋아한다.

과거와 미래에 매달려 살아온 나로서는 '지금' '여기'를 인지하며 산다는 것이 특별하게 느껴졌다. 점차 어딘가 다른 곳에 간다는 상상을 할 필요가 없어졌다. 그 결과 일상적인 존재와 경험에 무한히 감사하게 되었다. 시내를 달리다가 녹슨 철교나 주차장에 핀 특이한 꽃, 비행운을 남기며 하늘을 가르는 비행기 같은 것을 발견하면 멈춰서서 고맙다고 말했다. 목소리로 전하는 것이 더 의미 있게 느껴져서 꼭 큰 소리로 말했다. 때때로 마치 기적처럼 나라는 존재가 거기 있어서 바로 그 순간, 그 특정한 아름다움을 눈에 담는 특권을 누릴 수 있다는 사실에 온 우주에 감사했다. 내가 그저 나 자신으로 존재하는 데 얼마나 많은 생명체가 도음을 주었을까? 이런 생각을 할 때면 모든 것이 너무나 광대하고 불가능한 일로 보여 두렵기도 했다.

살면서 경험했던 그 모든 초월적인 순간, 온 세상이 빛으로 일렁이고 주위와 내가 온전히 교감하는 그런 순간이 마침내 이해되었다. 온 우주의 무수한 현상이 중생의 일상 속 한순간에 담겨 있다는 불교 철학의 일념삼천一念三千 원리가 그 답이었다. 육신은 일시적이나 우리 자신은 무한하다. 진리는 영원하며 업도 영속한다. 이렇게 생각하면 삶도 죽음도 더는 두렵지 않다. 우리의 삶은 현재에 묶여 있는 것이 아니라 상상 이상으로 광활하다. 소우주 안에 대우주가 담겨 있다. 한 사람이 하나의 우주이다. 이것이 내가 시를 쓰는 이유다. 언제나 경계선을 의심하고, 중간 지대의 공간을 선호하고, 해답보다 질문을 더 흥미로워했던 이유다. 나는 언제나 불자였다. 단지 그 사실을 몰랐을 뿐.


나는 욕망이 너무 강해서 늘 걱정이었다. 겁이 날 정도로 절실하게 무언가를 원할 때가 있었다. 그건 너무나도 괴로웠다. 물질적인 것을 원했던 건 아니다. 나는 결코 물질주의자였던 적이 없다. 지식을, 주체적인 능력을, 아름다움을 원했다. 재능을 인정받고 싶었고 예술과 사회 정의를 쫓아 풍요롭고 흥미로운 삶을 살고 싶었다. 이런 마음으로 불자가 될 수 있을지 의문스러웠다.

하지만 수행을 하며 욕망을 제거하려 들 게 아니라 연민과 지혜를 바탕으로 다스려야 한다는 걸 배웠다. 일련종에서는 욕망을 인간이 겪는 감정의 일부로 인정한다. 어쨌든 우리는 모두 사랑을 원한다. 깨달음을 추구하는 것도 갈망의 한 갈래다. 내가 탐욕에 휩싸여서 그랬던 것이 아니라는 사실을 상기해야 했다. 나는 부라든지 세계 정복 따위를 꿈꾸지 않았다. 타인의 불행 위에 나의 행복을 쌓아나가려 하지도 않았다. 사실은 내가 하는 일로 세상을 더 낫게 만들고 싶었다. 원하지 않는 것이 아니라 어떻게 원해야 할지 아는 것이 중요하다는 걸 깨달았다.

대학생 때 엔토자케 샹게의 책《자살을 생각했던 유색인 소녀들을 위하여/무지개가 찬란한 때에For colored girls who have considered suicide/When the rainbow is enuf》를 읽었는데, 그 책의 한 구절에 정신이 번쩍 들었다. 내가 늘 갈구하던 것을 또렷이 표현해주는 문장이었다.

"내 안에 신이 있었네. 나는 그녀를 사랑했네. 그녀를 열렬히 사랑했네."

이 말을 있는 그대로 믿고 싶었지만 그럴 수 있는 지혜를 얻기까지는 수많은 세월이 흘러야 했다.

여성으로서 나는 불교에서 해방과 주체적 힘을 얻을 수 있다는 걸 알게 되었다. 어떤 식으로든 남성을 숭배하거나 나 자신을 예속시킬 필요가 없었다. 이것은 수치심이나 죄책감에서 비롯하는 믿음이 아니었다. 나는 타락한 자도 죄인도 창녀도 탄원하는 자도 아니었다. 나는 결점이 있고 사랑스럽기도 한 온전한 인간이었다. 나는 나 자신을 연민의 눈으로 바라보는 법을, 나와 타인의 내면에 불성 혹은 '신'이 존재한다는 사실을 받아들이는 법을 배웠다. 구세주에게 매달리는 대신 나 자신을 의지하게 되었다.

내가 사람들 사이에서 벌어지는 폭력에 관한 글을 자주 쓰는 이유가 여기에 있다. 인간이 연민과 정의를 바탕으로 행동할 수 있는 존재라면, 그들은 무엇 때문에 인간성을 버리게 되는 걸까? 그리고 나면 우리는 어디로 가게 될까?

극도의 고난과 희생을 자처하면서 어떻게든 진리를 찾기 위해 부유하고 안락한 궁전을 떠난 석가모니를 생각하면 "너는 꼭 험한 길만 찾아가더라"라는 엄마의 꾸지람이 떠오르곤 한다. 고타마 싯다르타는 사람들이 꿈꾸는 모든 것을 가진 왕자였지만 고통의 본질을 깨달아 무지에 사로잡힌 인류를 해방하기 위해 그 모든 것을 버렸다. 리베카 솔닛은 "거꾸로 흘러가는 동화"라는 아름다운 말로 이 여정을 설명했다.

영적 수행에 들어간 부처는 배에 손을 대면 척추가 만져질 정도로 오래 금식했다. 그 후 보리수 아래에서 명상하던 중에 계시를 받았다. 자기와 우주가 하나임을 인지하자 고타마 싯다르타는 부처가 되었다. 그 자신이 우주였다.

부처는 생로병사로 인한 고통을 피할 수 없음을 깨달았다. 인생은 무상하며 이에 맞서려 하면 번뇌에 빠진다. 그 사실을 받아들이고 지혜롭게 대처하는 것만이 고통을 덜어내는 유일한 방법이다. 불교는 자신을 믿고 자기만의 특별한 재능을 세상을 더 낫게 만드는 데 활용하라고 가르친다. 너무나도 명료한 개념이지만 내가 이것을 믿고 내면화하기까지는 성인이 된 후의 모든 시간이 필요했다. 가장 단순한 것이 가장 이해하기 어려울 때가 있는 법이다. 이러한 진실을 마음으로 받아들이고 나서야 나는 의심을 내려놓고 내가 언제나 이 땅에 속해 있음을, 영원한 존재임을 이해하게 되었다.

부처와는 비교할 수 없지만 나 역시 안락함보다는 불편함을 택했다. 시인이 됨으로써, 나만의 방식대로 삶으로써, 결혼 생활을 끝냄으로써. 나 자신을 계속 속일 수는 없었다. 아무리 불편하더라도 진실하게 사는 편이 더 좋았다. 나는 내가 특별한 사랑을 위한 자리를 만들고 있다는 걸 알았다.

# 본인이 예쁘다고 생각하세요?
## 예 아니오에 표시하세요

네 살 때 나는 내가 못생겼는지 확인하려고 거울을 보려 욕실 세면대 위에 올라갔다. 삼촌에게 "아 미하, 코모 에스타스 페아Ay mija, cómo estás fea(아이고, 애는 어찌 이리 못생겼을꼬)"라는 말을 들은 직후였는데, 나는 그게 애정 어린 농담이었을 뿐 사실 그 반대의 뜻으로 한 말이라는 걸 이해하지 못했다. 멕시코인들은 애정 표현을 그런 식으로 한다.

어릴 적에는 머리가 아플 정도로 단단하게 땋은 머리를 하고 다녔다. 다른 멕시코 엄마들이 그러듯이 우리 엄마도 나의 갈색 머리카락을 복잡한 모양으로 비틀고 잡아당겨 땋았다. 멕시코 여성들은 자녀의 외모에 대한 자부심이 아주 크다.

나는 삼촌 말이 맞는지 궁금해하며 세면대에 서서 내 커다란 코와 두툼한 입술을 살펴보았다. 그렇게 내 외모에 고뇌하고 있을 때 욕실에 들어온 엄마가 웃음을 터트렸다. 내가 뭘 하고 있는지 눈치챈 엄마는 사실은 내가 예쁘고 삼촌이 그저 놀린 것뿐이라고 말하며 달래주었다.

가족들은 혼란스러워하던 그날의 나를 종종 회상한다. "네가 못생겼다고 생각했던 때가 기억나?" 우리가 웃는 건 당연히 내가 못나지 않았기 때문이다. 그래도 나는 유년 시절 내내 이 문제에 대해 고민했다. 세상 사람들은 내가 못생겼다고 생각할까? 예쁘다는 건 무슨 뜻일까? 그걸 누가 판단하지? 나는 세상을 잘 몰랐지만 텔레비전에서는 언제나 자그마한 백인 여자아이들이 관심을 한 몸에 받는 것 같았다. **예쁘다는 건 그런 애들을 말하는 거겠지.** 나는 그렇게 생각했다.

사춘기는 특히나 고통스러운 시기였다. 대부분의 여자애들이 아마 그럴 것이다. 열두 살이 되자마자 여기저기 땀이 많이 났고 통통해졌다. 내 몸이 나를 배신하는 것 같았다. 누구도 내게 이런 변화가 생길 거라고 일러주지 않았다. 얼마 안 가 코에 블랙헤드가 생기고 이마에는 여드름이 돋아나기 시작했다. 그 시절 사진을 다시 보면 안쓰럽기도 하고 웃기기도 하다. 제일 마음에 드는 것은 하늘색 배경 앞에서 찍은 싸구려 증명사진이다. 나는 커다란 옷깃이 달려 있고 폭발하는 듯한 화려한 색과 꽃무늬로 가득 찬 폴리에스테르 날염 셔츠를 입고 있다. 그때 내가 가장 좋아했던 옷이다. 여기에다 꽉 끼는 리바이스 청바지를 받쳐 입고 갈색 가죽 구두를 신는 차림을 즐겨 했다. 사진에 찍힌 내 모습이 너무 엉망이라 오히려 마음에 든다. 쓰고 있던 커다란 안경을 벗어놓는 바람에 눈은 사시가 되었고 얼굴에 안경 자국도 찍혀 있다. 억지로 미소를 짓느라 비웃는 듯 어색한 표정이다. 어깨까지 내려오는 머리는 누가 머리카락을 올려 묶고 식칼로 잘라놓은 듯한데, 체르막 로드의 싸구려 미용실에서 한 십 년은 뒤쳐진 헤어컷 미용사가 12달러에 잘라줬을 법한 스타일이다.

몇 년 동안 나는 그저 육신을 가지고 존재한다는 사실이 부끄러워 바위 아래에 숨고 싶었다. 거울을 보는 게 싫었다. 예뻐지기를 간절히 바랐지만 나라는 존재의 구석구석이 불편했고 어디를 어떻게 손대야 할지 전혀 알 수 없었다. 누군가에게 빠져도 늘 한심한 짝사랑만 하다 끝났다. 나를 좋아하는 사람이 아무도, 정말로 한 사람도 없었다. 나는 짙은 화장을 하고 가슴도 크고 근사한 스니커즈를 신는 학교의 인기 있는 여자애들과는 거리가 멀었다. 게다가 내가 좋아하던 〈풀하우스〉, 〈베이하우스 얄개들〉, 〈사브리나〉 같은 1990년대 시트콤에 나오는 날씬한 백인 여자아이들과도 확연히 달랐다. 일단 피부색이 문제였다. 아무리 밝은 갈색이라고 해도 갈색은 갈색이었다. 〈베벌리힐스 아이들〉을 보았을 때 토리 스펠링이 연기한 도나 마틴이 섹시하다고 여겨지는 게 이상했다. 내 눈에는 토르타를 너무 먹고 싶어하는 슬픈 말처럼 보였다. 금발이면 자동으로 미인 대접을 받는 걸까? 내가 뭘 잘못 본 걸까? 이건 무슨 음모인 걸까? 우리 집에서는 누가 마르면 문제가 있다고 여겼다. 그건 어디가 아프거나 영양이 부족하다는 뜻이었다. **아이 디오스 에스타라 엠파차다**Ay dios ¿estará empachada(아이고, 장이라도 안좋은 건가)? 스페인어로 '엠파초empacho'라는 말을 번역하기 쉽지 않은데, 대체로는 속이 거북해 식욕이 떨어지는 증상을 뜻한다. 때로는 '변비'나 '구역질' 증세를 가리킨다. 멕시코계인 경우, 특히 가난한 사람들이라면 기생충인 회충이 생겨서 그렇다고 생각할 수도 있다. 사실 흔히 마른 사람을 놀리는 데 쓰는 말인 **'롬브리시엔토**lombriciento'는 말 그대로 '회충이 가득 들어차' 있다는 뜻이다.

텔레비전에서는 내가 뚱뚱하다고 하는데 집에서는 마른 몸을 걱정거리로 여기니 혼란스러웠다. 그러면 이상적인 몸무게는 얼마인 거야? 전혀 짐작이 가지 않았다. 열한 살쯤 되었을 때 루이사 할머니가 내가 식탐이 있다고 꾸짖어서 더욱 혼란스러워졌다. 어느 날 오후 1피트짜리 샌드위치를 너무 먹고 싶었던 나는 멀리서 놀러 온 사촌에게 그 샌드위치를 파는 미스터 서브머린(맞다, 또 여기다)이라는 마법의 장소에 함께 가자고 열심히 설득했다. 그런데 할머니가 나더러 **"포 에소 에스타스 코모 에스타스**Por eso estás como estás(그러니까 네가 그 모양이지)"라고 말하자 사촌이 완전히 수긍하는 모습을 보였다. 나는 그 자리에 얼어붙었다.

모두 내 몸을 실망스러워했다.

나는 영화에서 본 것처럼 음식을 먹고 나서 토해본 적이 있다. 하지만 변기에 들어찬 선명한 토사물이 너무 역겨워 다시는 그런 짓을 하지 않았다. 음식을 낭비하는 짓이라는 생각도 들었고.

사람들은 나를 그리스, 이탈리아, 중동, 인도 그리고 라틴아메리카 모든 지역 출신으로 착각한다. 그리고 억울하게도 아주 가끔은 나를 백인으로 착각하는 경우도 있다. 내 큰 코와 입술을 보고도 그러다니, 멍청하기는. (그런 사람에게는 "내 이름이 산체스라니까요, 산체스!"라며 버럭댄다.) 내 피부는 캐러멜색이라기보다는 노란 색조가 짙게 깔린 커피우유색에 가까운 밝은 갈색이다. 주황색이나 노란색 계열의 옷을 걸치면 꼭 아픈 사람 같아 보여 못 입는다. (학창 시절 나와 같은 피부색을 지닌 여자애들이 금발을 고집하는 경우가 많았는데 내 눈에는 영 어색해 보였다.) 나는 핼러윈에 〈라비린스〉 때의 데이비드 보위로 분장하느라 금발 가발을 쓴 적이 있었는데, 그럭저럭 잘 소화했지만 황달기가 있어 보이기는 했다. 내 코는 크고 위로 살짝 솟아 있다. 한때 만나던 남자는 그게 도도해 보인다고 했다. 콧대에 돌기가 살짝 돋아 있어 매부리코 느낌이 나는데, 이건 아마 선주민 조상님들로부터 물려받은 특징인 듯하다.

나를 보면 가장 눈에 띄는 부분이 아마도 입술일 것이다. 정말로 입술이 내 얼굴의 절반을 차지한다. 언젠가 인터뷰를 하던 중에 사진사가 얼굴을 찍어야 하니 조금 작게 웃어달라고 해서 웃음이 터진 적이 있다. 전남편은 내 입술이 '너무 커서' 자기 얼굴을 뒤덮는 것 같아 키스하기 싫다고 말하기도 했다. (희한하게도 내게 그런 불평을 한 사람은 전남편 밖에 없다.) 그리고 나는 감사하게도 멕시코인 특유의 근사한 머리카락을 물려받았다. 적당한 갈색을 띠는 머리카락이 굵고 윤기 난다는 말을 자주 듣는데, 그런 칭찬을 들을 때마다 얼마나 기분이 좋은지 인정하려니 부끄러울 정도다. 어쨌거나 내가 노력해서 얻은 게 아니니까 말이다. 내 머리를 빗어 묶어줄 때면 엄마는 "**우나 벤디시온 데 펠로** Una bendición de pelo(축복받은 머리카락이야)"라고 말하곤 했다.

나는 밝은 갈색 피부와 비교적 날씬하고 장애 없는 몸을 지닌 덕에 다양한 공간에 어울려 들어갈 수 있는 특권을 누린다. 내가 다른 유색인은 할 수 없는 방식으로 세상을 돌아다닐 수 있다는 것을 알고 있다. 왜 그 자리에 있냐고 추궁당하거나 내 몸 자체로 사람들이 겁을 먹는 일은 잘 일어나지 않는다.

열아홉 살 때 도미니카 공화국에서 해외 학기를 보내며 아이들을 가르친 적이 있다. 내가 가르친 아이 중 몇몇은 갈색 피부에 거의 검은색에 가까운 머리카락을 지녔는데도 푸른 눈에 금발을 지닌 모습으로 자기를 그리곤 했다. 그 아이들은 지금 어디에 있는지, 여전히 자기 피부가 복숭앗빛이라고 생각하는지 궁금하다. 이상하게도 그 아이들을 보면 루이사 할머니가 떠올랐다. 갈색 피부에 굵고 짙은 머리카락을 땋은 할머니는 어떻게 봐도 선주민으로 보이는데도 남동생에게 키 크고 금발인 여자친구를 만나라고 하셨고, 엄마가 그 애가 흑인 여자애와 사귀면 어쩔 거냐고 하자 화들짝 놀라셨다. 할머니는 거울 속 자기 모습을 어떻게 보실지 궁금하다. 일종의 이형증dysmorphia이 아닐까? 마음 깊이 식민주의가 박혀 있는 걸까? 우리 집안 사람들은 대부분 짙은 피부를 달가워하지 않는다. '인디오indio'라는 단어를 피부색 짙은 멕시코인을 비하하는 말로 쓰는 친척들도 있다. '짙은 피부색'을 뜻하는 '프리에토prieto'라는 말은 상황과 어투에 따라 친근하게도 들리고 경멸적으로 들릴 수도 있는데, 그 말도 거리낌 없이 쓴다. 한 번은 가족 중 누군가가 스페인 사람들이 우리 인종을 '개선'했다며 칭찬한 적도 있다.

멕시코 문화에서 인종주의와 유색 피부에 대한 반감은 식민주의에 뿌리를 두고 오랫동안 이어져왔다. 1700년대 멕시코에는 아주 복잡한 신분제도가 존재했다. 스페인인들은 식민 통치를 위해 화가에게 인종별 차이를 묘사하는 그림을 의뢰했다. 문화역사학자 존 찰스 채스틴이 저서《피와 불 속에서 피어난 라틴 아메리카》에 서술한 바에 따르면, 세례 명부에 개인의 신분이 기록되었고 신분이 낮은 (그리고 피부색이 짙은) 사람은 사제가 되거나 무기를 소유할 수 없으며 대학에 다닐 수도 없고 비단옷조차 입을 수 없는 등 법적으로 많은 것을 금지당했다. 이론적으로는 열여섯 가지 신분이 있었지만 주로 사용되는 건 여섯 가지였다. 신분이 낮은 사람에게는 조롱의 의미로 늑대나 코요테 같은 동물 이름이 붙기도 했다. 법적으로는 여섯 신분 사이의 결합이 금지되어 있었지만 신분이 다른 사람간의 성교나 강간이 빈번히 일어났기 때문에 '혼혈'은 불가피했다. 흥미롭게도 돈이 궁했던 스페인 왕실에서 낮은 신분으로 성공한 사람들에게 면제권을 판매했다. 백인 신분을 돈으로 살 수 있었던 것이다. 오늘날에는 그따위 것을 사려고 줄을 설 사람이 얼마나 될지 궁금하다. 라틴계 트럼프 지지자들이 떼지어 몰려드는 모습이 떠오르기는 하네. 망할 놈들.

멕시코 문화에서, 특히 미국 내의 멕시코인 사이에서 나타나는 인종주의와 인종차별을 보며 가장 분통 터지는 부분은 그 순전한 멍청함이다. **백인들은 우리 안 좋아해, 이 멍청이들아!** 실제로 스스로를 신화화하는 미국인들이 핵

심적으로 써먹는 소재가 멕시코 출신 불법 체류자를 향한 비방이다. 이것은 권력 구조를 유지하기 위해 피억압자끼리 경쟁하게 만드는 식민주의와 백인 우월주의의 속성이다. 《흑인의 외모: 인종과 표상Black looks: race and representation》에서 벨 훅스는 이렇게 설명한다. "노예제 시절부터 백인 우월주의자들은 이미지를 통제하는 것이 모든 인종적 지배 체제 유지에 핵심적이라는 사실을 파악했다." 우리가 서로 얼마나 비슷한 처지인지 알게 된다면 백인우월주의적 체제에 집단으로 맞서 싸울 수 있을 것이다. 하지만 우리는 백인 문화로부터 인정받으려 안간힘을 쓰며 우리끼리 싸워댄다. 일부 멕시코인들은 어찌 그리 쉽게 잊어버리는지 모르겠다. 우리 조상들 또한 정복당하고 노예가 되고 학살당했다는 사실을. 멕시코도 대서양 횡단 노예 무역에 일조했다는 사실을.

나는 내가 항상 인종에 관한 후진적 태도에서 벗어나 있었다고 생각하고 싶지만, 그건 절대로 사실이 아니다. 주변에 가득한 인종차별과 인종주의를 내면화했던 나는 백인다운 외모가 더 아름답다고 믿었다. 어릴 때는 이따금 내가 백인이었다면 사는 게 얼마나 편했을까 생각하곤 했다. 텔레비전에 나오는 여자애들…… 그 애들의 삶은 너무나 쉬워 보였다. 그때 우리 집에는 항상 스페인어 방송이 켜져 있었다. 드라마에 나오는 부유한 주인공은 하나같이 밝은 피부인 한편 고용인과 악역들은 짙은 피부에 선주민의 특징을 갖고 있었다. 〈사바도 기간테〉 같은 끔찍한 예능 프로그램에 나오는 섹시한 여자들뿐 아니라 뉴스 진행자까지도 금발에 풍만한 몸매를 지니고 있었다. 그에 비하면 나는 완전 고블린이었다.

열네 살이 되던 여름에 거짓말처럼 살이 빠지고 가슴이 커졌다. 거울을 들여다보길 꺼리던 마음이 갑자기 사라지니 처음에는 어리둥절했지만, 얼마 안 가 거울에 비친 나를 참고 볼 수 있기만 한 게 아니라 그 모습을 좋아할 수 있을지도 모른다는 생각이 들기 시작했다. 나는 좀 더 굴곡진 몸매에 앞머리를 빨갛게 물들인 근사한 단발머리를 하고 고등학교 생활을 시작하게 되었다. 자신감을 느낄 정도는 아니었지만 그래도 내 외모를 좀 더 편하게 받아들일 수 있었다. 어떤 면에서 나는 나 자신이 되어가는 중이었다. 하지만 그런 변화에는 대가가 따랐다. 남자들이 전보다 더 탐욕스럽게 나를 훑어보기 시작했다. 하교 시간이면 어린 여자를 찾으려는 나이 든 남자들이 주위를 돌아다녔다. 어딜 가든 경적이 울렸다. 위험이 사방에 도사리고 있었다.

이런 관심이 나의 성적 욕구와는 아무런 상관도 없었다는 걸 지금은 안다. 그 남자들은 여자다 싶으면 누구에게든 추파를 던졌을 것이다. 내가 헐렁한 옷차림을 하고 다니던 열한 살 때부터 거리에서 성희롱을 당해왔으니까. 나오미 울프는 《무엇이 아름다움을 강요하는가》에서 그런 상황을 이렇게 설명한다. "여성을 지켜보는 것은 '좋은 여성'이 되라고 그러는 것이 아니라 누군가가 지켜보고 있다는 것을 알게 하려는 것이다."

나는 이 세상에서 내 자리가 어디인지 막 배워가는 중이었다.


젊은 여성에게는 그저 몸을 가진 것 자체가 위협이 된다. 아빠의 어머니인 클라라 할머니가 그랬던 것처럼. 할머니는 증조할아버지가 살해당하고 2년 후인 열한 살 때 증조할아버지의 친구에게 스토킹을 당했다. 홀아비였던 이 남자는 할머니의 가족 농장 주변을 맴돌다가 할머니에게 당신을 아내로 삼고 싶다고 말했다. 그 남자에게는 클라라 할머니와 동갑인 딸이 있었다. 당연히 할머니는 거절했고 하느님께 기도하라고 말했다. 그가 강제로 끌고 가겠다며 협박하자 할머니는 겁이 났다. 증조할아버지가 사라지고 나니 가족들은 끊임없이 침범하는 외부인을 피하기 어려워졌고, 할머니는 집에서도 그렇지만 가족 농장에서 멀리 벗어나 있을 때는 그 남자로부터 자기를 지킬 방법이 없었다.

어느 날 저녁 클라라 할머니가 남동생과 함께 있을 때 그 남자가 말을 타고 농장으로 다가오는 것을 발견했다.

소스라치게 놀란 할머니는 증조할아버지의 오래된 총을 찾아냈는데, 그 작은 몸으로 감당하기에는 버거운 카빈총이었다. 두 사람은 지붕으로 기어올라가 그 남자를 쏘기로 결심했다. 시신을 어디에 묻을지, 말은 어떻게 처리할지까지 의논했다. 남자가 가까이 다가오자 할머니는 그를 꼭 죽여버리겠다는 마음으로 총을 겨누었다. 조준하고 발사한 순간, 반동 때문에 할머니는 뒤로 넘어졌다. 다시 일어나 보니 총알이 그 남자의 모자에 맞아 모자가 날아간 상태였다. 남자는 깜짝 놀라 말을 탄 채로 달아났고 다시는 돌아오지 않았다.

이런 이야기를 들을 때나 내가 남자들에게 성희롱을 당할 때면 다프네 신화를 떠올린다. 아름다운 다프네에게 마음을 빼앗긴 아폴론이 끈질기게 쫓아다니자 그를 어떻게든 떼어내고 싶었던 다프네가 아버지 페네이오스에게 자기를 구해달라고 간청했다. 그러자 페네이오스가 다프네를 월계수로 만들어버려 다프네는 영원히 그 모습으로 남게 되었다. 그러고 나서도 아폴론은 다프네가 변한 월계수의 잎을 따서 머리에 꽂고 다녔고, 그것이 아폴론과 그의 시의 상징이 되었다. 이 가여운 소녀는 그에게서 벗어나고 싶어서 빌어먹을 나무가 되었는데 그 망할 놈은 그래도 다프네를 놓으려 하지 않았다.

고등학생이 되고 2년 동안 나는 머리를 칠흑같이 까맣게 염색하고 그물옷에 전투화를 신으며 너저분한 고스룩을 하고 다녔다. 서랍 속에서 오래된 뱀파이어 의상에 딸린 하얀색 핼러윈 분장용품을 발견하고는 파운데이션에 섞기 시작했다. 피부 미백과 관련된 끔찍한 역사와 그 함의를 잘 알지는 못했지만 피부가 밝을수록 더 매력적이라고 생각했던 것이다. 밝은 피부와 까만 머리카락의 대비가 마음에 들었고, 실제로는 시체처럼 보였지만 그때는 그런 내 모습이 예리하고 신비롭게 비칠 거라고 생각했다. 피부색을 더 희게 만들려고 했던 일은 살면서 저지른 가장 수치스러운 일 중 하나로 남아 있지만 내가 그런 시도를 했다는 것 자체가 그렇게 놀랄 일은 아니다. 온 세상이 그러라고 시키고 있었으니까.

나는 잡지 〈세븐틴〉을 거의 신봉하듯 읽었는데, 거기에는 백인처럼 보이도록 겉모습을 꾸미는 비법이 가득했다. 그중에 코를 더 작아 보이게 하는 화장법이라는 게 있었다. 나는 자연스레 그걸 따라 했다. 콧등을 따라 컨실러로 끝까지 선을 하나 그은 다음 양옆으로 섬세하게 펴바르는 것이었다. 지금은 '컨투어링'이라 부르는 기법이다. (실망스럽게도 내 코는 전혀 작아 보이지 않았다.) 그때 나는 큰 입과 입술이 너무 창피했기 때문에 그걸 작아 보이게 해주는 기법이 있다면 뭐든 시도해봤을 것이다. '트럼펫'을 뜻하는 말인 **트롬파**

trompa'가 내 입을 가리키는 말로 주로 쓰였다. 고등학교 친구들은 한동안 나를 '이빨'이라는 뜻의 '**촘퍼스**chompers'라고 부르기도 했다. 나는 괴짜였던 영어 선생님에게 내 이가 정말 그렇게 크냐고 물었다가 이런 대답을 들었다. "그래. 아름다운 말 이빨이네. 내 아내랑 똑같아."

칭찬인지 욕인지 알 수 없는 대답이었다. 나는 웃었던 것 같다.


치과는커녕 제대로 된 치약도 없던 오지의 판잣집에서 자란 엄마는 항상 내게 이가 고르고 건강하다는 건 정말 큰 행운이라고 말했다. 삐뚤빼뚤하게 났으면 삐뚤삐뚤한 채로 살았을 것이라고 말이다. 나는 여름에 멕시코에 갈 때마다 미국인과 멕시코인의 치아 상태가 너무 달라 깜짝 놀라곤 했다. 멕시코인은 대체로 미국보다 치아 건강이 훨씬 나빴다. 이가 갈색으로 물들었거나 근방의 낙후된 치과에서 해넣은 은니나 금니를 한 사람이 많았다. 굳이 언급할 필요조차 없을 정도로 흔한 일이었다. (당연히도) 미국인은 전반적으로 치아 건강이 더 좋은 편이었는데, 시카고에 있는 우리 동네 사람 중에는 치아 상태가 엉망인 경우가 아주 많았다. 내가 1학년 때 같은 반이던 백인 여자아이는 이가 몽땅 썩어 있었다. 스테파니라고 하던 그 아이는 늘 사탕을 먹고 있었다. 그때는 몰랐지만 수척한 모습으로 손을 떨던 그 애

임마가 크랙 중독자였다.

치아는 많은 것을 알려준다. 나는 고대 마야인이 이에 홈을 파고 쪼고 준보석을 붙여 성형했다는 사실을 알고 대단히 흥미로워했다. 하층 계급에서 잘 사는 티를 내려고 금과 은을 활용했을 수 있다. 아니면 그냥 그게 제일 저렴해서 그랬는지도 모른다. 누가 알겠는가?


자라면서 나는 주목받는 데 절대 익숙해질 수 없었다. 사람들이 나를 있는 그대로 인정해주기를 바랐지만 아무도 그러지 못했다. 고등학교 2학년 때는 금욕적인 생활을 추구하느라 찢어지기 직전인 중고 의류를 입고 다녔다. 제일 좋아했던 옷은 아마도 원래는 중서부 지역 농장에 사는 여성이 입었을 듯한 밝은 주황색 원피스였다. 청바지는 죄다 낡고 해진 것들이었고, 심지어 너덜너덜한 스커트나 원피스라도 다 수선해서 입고는 촌스러운 빨간 스니커즈 한 켤레를 신고 다녔다. 중고 의류를 입으면 한때 그 옷을 입었던 사람의 삶을 상상하게 되어서 좋았다.

새로 자른 머리 모양이 영 엉망이었던 어느 날 저녁에는 아빠의 이발기로 머리카락을 밀어버렸다. 그러자 한결 마음이 편해졌다. 부모님, 친구들, 잘 모르는 사람들 등등 모든 사람이 내가 한 행동에 경악했다. 도대체 왜 그런 짓을 한 거야? 다들 궁금해했다. 그때는 확실치 않았지만 아름다움이 내게 짐이 된다는 걸 알았기 때문이었을 것이다. 나는 어깨를 으쓱하며 아무래도 상관없어, 하고 말했다.

사실 그렇게 극단적인 행동을 한 것은 마음 한편에 내가 못생겼다는 생각이 있어서였다. 주위를 만족시킬 만큼 아름다워야 한다는 압박이 너무 크게 느껴져서 차라리 전부 거부해버린 것이다. 어쩐지 그게 더 쉬운 방법인 것 같았다. 나는 여성성이 두려웠다. 여성스러움은 나를 유약하게 만들어 도처에 널려 있는 탐욕스러운 남자들에게 대항하기 더 어렵게 만들 거라고 생각했다. 동네 어디를 지나가도 그들의 성희롱을 피할 수 없었다. 남자들이 언제 어느 길목에서나 추파를 던져댔기 때문에 사소한 심부름을 할 때라도 전략적으로 움직여야 했다. 나는 더 이상 대상화되고 싶지 않았다. 남성적으로 보이려 한 것은 대처 방식이자 생존 전략이었지 나의 본심은 아니었다. 독한 년 같다고들 하는 무표정한 얼굴bitch face을 하게 된 것도 같은 이유다. 이것을 어떤 저주나 불행으로 보는 사람들이 있는데, 그들은 핵심을 놓치고 있다. 수년에 걸친 성희롱과 원치 않는 관심에 단련된 그 얼굴이 무기가 될 수 있다는 것을 모르는 것이다. 나는 내가 그런 표정을 짓는다는 걸 알고 있고 하나도 미안하지 않다.

하지만 이제 30대 후반이 된 나는 여성적 감수성을 마음껏 펼치길 좋아한다. 나는 오랫동안 여성성을 두려워했을 뿐 아니라 나 자신이 예쁘거나 아름답다고 여길 만한 존재가 못 된다고 생각했다. 가난하게 자라서 잡스러운 데 시간이나 돈을 써서는 안 된다는 믿음이 마음 한켠에 있기도 했다. 나는 엄마가 자신을 위해서 돈을 쓰는 것을 단 한 번도 본 적이 없었다. 기억하기로는 가족 모임 때마다 바르던 메리케이 립스틱이 하나 있었던 정도다. 지금도 엄마는 필요 없다고 생각하는 물건은 사지 않으려 한다. 나 역시 스스로 그런 즐거움을 스스로 부정하는 방법을 배웠다.

여성이라면 누구나 좋든 싫든 자기 외모에 대한 의견을 갖고 있다. 외모에 지나치게 많은 시간과 노력을 쏟는 사람은 멍청하고 허영심 많고 제멋대로인 인간으로 비치는 경우가 많다. (화장 안 하는 여자를 더 좋아한다고 말하는 남자를 내가 얼마나 많이 봤게? 아니야, 넌 안 그래. 닥쳐.) 반면 외모에 충분히 신경 쓰지 않는 것으로 보이는 사람은 매력 없고 단정치 않거나 지저분한 인간으로 취급받을 수 있다. 이처럼 어떻게 해도 잃는 게임인데 뭐 하러 애를 쓴단 말인가?

확실히 죽음을 목전에 두면 심대한 변화를 겪게 된다. 가장 최근의 우울 삽화에서 벗어난 2018년부터 나는 세상과 나 자신을 완전히 다른 눈으로 보게 되었다. 또한 나에 대한 타인의 견해에 점점 더 신경 쓰지 않게 되었다. 다른 사람의 감정에 무신경해졌다는 게 아니라, 나와 실제로 관계 맺고 있지 않은 사람들에게 얽매이지 않게 되었다는 뜻이다. 어떤 망할 놈이 트위터에 나에 대해 뭐라고 썼는지 알게 뭐람? 아무 관련 없는 인간이 나를 좋아하지 않는다고 한들 무슨 상관이지? 먼 친척이 내 인생의 선택을 인정하지 않는다고 해서 무슨 문제가 있단 말이야? 한 번뿐인 인생을 사는데 내가 원하는 대로 살아야지. 나는 스스로 진실된 삶을 산다면 남들이 나를 좋아하건 말건 걱정할 필요가 없다고 생각하기로 마음먹었다. 그 무게를 벗어버리니 자유로웠다. 육체적으로도 점점 편해졌다. 미의 기준에서 완전히 자유롭지는 못하지만, 나이가 들수록 백인 남성의 시선이 내게 무의미해진 건 분명하다. 잘 가라, 이 새끼야.

나는 내가 아름답다고 느끼는 옷을 입는다. 내가 담긴 그릇을 싫어하면서 찰나에 불과한 덧없는 인생을 어떻게 살아갈 수 있단 말인가? 몇 년 전까지만 해도 내 입술이 너무 크다고 생각해 립스틱을 바르지 않았다. 광대 같아 보여 피하고 싶었기 때문이다. 입술이 커서 칭찬받는 경우는 백인 여성뿐이었기 때문에 큰 입술은 천박하다는 생각이 내면에 자리잡고 있었다. 지나치게 튄다고 생각했던 나의 특성에 관심이 쏠리는 걸 원치 않았다. 하지만 이제는 나의 가장 멋진 면모에 관심이 쏠리기를 바라며 매일 밝은색 립스틱을 바른다. 프릴이 달린 드레스를 입고 네일아트를 하고 머리카락을 길고 윤기 나게 가꾸는 일도 좋아한다. 해를 거듭하며 나이가 들수록 나 자신이 더 편하게 느껴졌고, 페미니스트의 관점으로 나를 둘러싼 세상을 끊임없이 분석한 결과 확신을 품고 나의 여성성을 누릴 방법을 알게 되었다. 내 옷장에는 밝은색과 무늬가 가득하다. 동물 문양과 손자수 작품이 많다. 어떤 날은 황제처럼 온몸을 금색으로 두르고 싶어진다. 귀에는 커다란 링이나 달랑대는 화려한 귀걸이를 하고 다닌다. 근사한 병에 담긴 비싼 향수를 좋아한다. 십 대 시절에는 엄두도 내지 못했던 가죽 재킷에 닥터마틴 부츠 차림을 할 때도 있다. 나의 부드러움과 반짝임과 지옥에서 온 말본새로 힘을 얻는 법을 배웠다.

서른일곱 살이 된 나는 밝은 갈색 피부와 작은 체구, 비대칭적인 가슴, 두꺼운 허벅지, 풍만한 엉덩이를 지닌 내 몸을 사랑한다. 주체적 힘을 갖고 있으며 마침내 자신의 몸과 성적 매력을 제어할 수 있게 된 여성으로서 나는 더 이상 내 몸을 부끄러워하지 않는다. 너무 여성스럽다고? 너무 여성스럽지 못하다고? 무슨 상관이야, 젠장! 중요한 건 내가 어떻게 느끼느냐다.


미의 패러다임은 태생적인 것도 자의적인 것도 아니다. 나오미 울프가 이야기했듯 미의 기준은 남성우월주의에 입각한 정치에 의해 형성된다. 울프는 이렇게 말했다. "미의 신화는 미와는 아무 상관이 없다. 그것은 남성이 권력을 행사하는 체계와 관련된 것이다." 미의 기준은 본질적으로 통제와 관련되며, 특히 여성의 신체를 통제하고 결과적으로 우리의 행동까지 통제한다. 완벽한 신체를 갖고 싶은 욕망에 사로잡힌 여성은 그 기준에 맞추는 데 집착할 가능성이 더 높고, 가부장제가 작동하는 곳이라면 그 체제에 도전할 가능성이 더 낮다.

십 대 시절 금욕을 추구하던 시기는 그리 오래가지 않았다. 내게는 그런 금욕주의가 맞지 않았다. 솔직하게 말하자면 나의 외모로 얻을 수 있는 자본을 포기할 정도로 내가 용감하지 않았기 때문이기도 하다. 나는 예쁜 외모에 뒤따르는 특권을 잘 알고 있었고 그게 좋았다. 그 혜택은 때로는 은연중에 말없이 나타나고 때로는 당황스러울 정도로 노골적으로 나타났다. 머리를 밀었을 때는 차갑고 불친절한 대접을 받을 때가 많았다. 남자들이 앞다투어 문을 열어주려 하지 않았다. 처음 만난 사람들은 나의 성별을 파악하기 어려워 불편해했다. 대놓고 못되게 구는 사람도 있었다. 한번은 피자를 주문하러 식당에 들어갔는데 점원이 내 얼굴을 보고 웃음을 터뜨렸다.

내 마음 한구석에 있는 외모를 평가하는 버릇을 지우려고 애써봤지만 실패했다. 세상은 세상이 바라는 모습을 한 사람에게 더 친절하다. 셀 수 없이 많은 연구에서 매력적인 사람이 더 많은 돈을 버는 것으로 나타났다. 미에 대한 관심이 지나치게 컸던 20대 후반에서 30대 초반에는 뾰루지가 올라올 때마다 며칠씩 울면서 집에 틀어박혀 있곤 했다. 어디든 예쁘지 않게 보이는 것을 조금도 참을 수가 없었다. 지금도 마찬가지다. 내가 가진 특권 중 일부는 내가 젊고 매력적인 여성이기에 누리는 것임을 알고 있다. 한편으로는 부끄럽고, 다른 한편으로는 여성의 가치가 외모와 떼려야 뗄 수 없는 관계인 세상에 살다 보면 어쩔 수 없는 일이라는 생각이 든다. 미모는 어쩌면 무기가 될 수 있다. 어쩌면 내가 바보일 수도 있고.

나는 미의 기준을 없애버릴 수 있다고 믿을 정도로 순진하지 않다. 우리가 빼어난 세계를 보고도 아름다운 것을 경외하는 마음에 사로잡히지 않는다고는 믿을 수 없다. 인간은 언제나 이러저러한 형태로 자신을 아름답게 가꿔왔다. 이 욕망은 태생적이고 원초적이다. 매일 내 눈은 근사한 얼굴과 빛나는 쇄골 그리고 버려진 건물 뒤로 비치는 석양과 같이 사랑스러운 것들을 향해 돌아간다. 작가로서 나는 그밖에 다른 것을 생각할 수 없다.

일레인 스캐리는 저서 《아름다움과 정의로움에 대하여》에서 아름다움의 가장 뚜렷한 특징은 자기를 복제하게 만드는 것이라고 했다. 우리는 아름다움을 마주하면 그것을 그림으로 그리고 사진에 담고 다른 사람에게 설명하게 된다. 우리가 겪는 일상을 봐도 그렇고, 플라톤이 한 이 말을 봐도 그러하다. "아름다운 누군가가 눈에 들어오면 온몸으로 그 사람을 재현하고 싶어진다." 이것이 바로 예술의 기원이다. 서정시가 사랑하는 연인을 재현하려는 시도가 아니면 뭐란 말인가?

나는 아름다움으로부터 힘을 얻고 언어를 통해 아름다움을 담아내는 데 내 삶을 바쳤다. 아름다움이란 자본주의가 우리에게 주입하려 애쓰는 것처럼 텔레비전에 나오는 섹시한 여성을 가리키는 것이 아니다. 스캐리는 아름다움이 본래 부담스러운 것이라는 잘못된 논리를 지적한다. "아름다움은 신인 영화배우의 외모를 흉내내는 사람이 늘어나는 현상과 같이 모방을 유행시킨다는 점에서 폄하되곤 하지만 이는 복제를 유발하는 대단히 유익한 힘의 불완전한 재현일 뿐이다."

여성의 신체를 바라보는 우리의 시각에 자기 몸 긍정하기 운동body positivity movement이 새롭게 등장하기는 했지만, 여전히 비현실적인 신체 비율과 특성을 당연시하는 매체가 압도적으로 많다. 예를 들어 오늘날의 기준에 따르면 우리는 엉덩이가 크고 가슴이 풍만하고 탱탱하며 입술이 도톰하고 배가 납작해야 한다. 피하 지방은 유전적 저주라도 되는 듯이 여긴다. 피하 지방과 그 밖의 이러저러한 신체적 '결함'은 보디 메이크업으로 가릴 수 있다. 우리는 세상이 우리에게 기대하는 외양을 갖추게 해주는 막을 얼굴에 씌우지 않고는 택시를 탈 수도 주유하러 갈 수도 없다. 머리를 심하게 탈색하고 피부 미백을 한 유색인 여성을 보면 수백 년에 걸쳐 인종차별 의식을 심어놓은 식민주의의 영향력이 얼마나 강고한지 느껴져 기괴하다는 생각을 지울 수 없다.

하지만 문제는 아름다움 그 자체가 아니다. 아름다움의 기준을 누가 정하게 하느냐가 문제다.

여성은 자기가 매력적이라고 인정하면 안 된다. 이 글에서 나 자신이 아름답다고 생각한다고 인정하는 것조차 살짝 불편하게 느껴진다. 우리는 '결점'을 통해 유대감을 형성하도록 만들어졌다. 자기 외모를 불평하거나 살이 쪘다고 부끄러워하는 여성 무리 속에 있었던 적이 얼마나 많았던지. 그럴 때면 나는 뭐라 말해야 할지 몰라 그저 어색하게 미소만 짓고 말았다. 사람들은 나도 그 대화에 참여하기를 기대하고, 그러지 않으면 의심한다. 느긋함은 자만심으로 읽힌다. 자본주의는 우리의 불안을 먹고 자란다. 자신이 부족하거나 매력적이지 못하다고 느껴야 기분을 낫게 해줄 물건을 사야겠다는 강박에 시달릴 테니까.

내 코가 너무 넓고 입술이 너무 크다고 믿었던 것은 매체에서 매력적이라고 보여주는 모습에 무방비하게 노출된 결과다. 이제는 백인들이 나와 같은 입술을 가지려고 돈을 쓴다니 어이가 없다. 하지만 사회는 이런 특징을 백인이 가진 경우에만 특별하고 아름답다고 여긴다. 카일리 제너*가 이렇게 해서 경력을 쌓았다.

1990년대에 프랑스의 행위예술가 오를랑은 아름다움을 만들어낼 수 없다는 걸 증명하기 위해 성형 수술의 범위를 넓혀나가기 시작했다. 〈생트 오를랑의 환생〉이라는 제목의 행위예술로, 오를랑은 서양 미술에서 남성 예술가들이 그려내는 이상적인 미인의 모습을 갖추려고 아홉 번에 걸친 성형 수술과 재건 수술을 받았다. 수술 모델은 디아나 여신 조각상의 코, 프랑수아 부셰가 그린 에우로페의 입, 다빈치의 모나리자의 이마, 보티첼리의 비너스의 턱 등이었다.

이렇게 수술을 받았는데도, 아니면 오히려 이런 수술을 받은 탓에 오를랑은 기자들에게 "못생겼다"거나 심지어 "퍼그pug 같다"는 평가를 받았다. 내가 느끼는 것처럼 오를랑의 외모가 매력적이지 않고 불편하게 느껴진다면, 이상적인 아름다움이란 신체를 통해서가 아니라 시각 이미지를 통해

---

•     미국의 방송인이자 모델, 사업가. 입술을 부풀리는 등 성형으로 외모를 바꾸고 큰 인기를 끌었다.

시민 재현될 수 있다는 자가의 의도가 통한 것이다. 오를랑은 더 아름다워지려 한 것이 아니라 미의 기준이 여성을 어떻게 억압하는지 보여주려 했다. 이 작업을 보면 성형 수술은 야만적이고 혐오스럽기까지 하다는 생각을 지울 수가 없지만, 나는 아름다움이라는 것이 끔찍한 거짓말일 수 있음을 보여주기 위해서 자기 얼굴에 몇 번이고 칼을 댈 만큼 대담한 여성 예술가에게 매료되고 만다.

몇 년 전 나의 민족적 기원을 알아보려고 DNA 검사를 받았다. 어렴풋하게 알고는 있었지만 멕시코에 남은 가족의 기록을 찾기가 어렵고 어떤 경우는 아예 기록이 존재하지도 않아서 정보가 별로 없는 상태였다. 우리 조상에 관해 조부모님께 묻고 또 물었지만 늘 시원찮은 대답만 들었다. 자기 역사를 안다는 것이 얼마나 큰 특권인가 싶다.

결과를 받아본 나는 미친 듯이 방안을 뛰어다니며 소리를 질렀다. "세상에! 내 인생 최고의 날이야!" 그토록 오래 궁금해했던 내용이 파이 그래프에 간단히 정리되어 있었다. 내 기원이 얼마나 복잡한지가 검사 결과로 드러나 있었다. 스페인계와 선주민 쪽 혈통이 가장 뚜렷했지만 유럽 다른 지역과 아프리카계 혈통의 흔적도 남아 있었다. 내가 왜 이렇게 생겼는지 그제서야 단박에 이해할 수 있었다.

요즘도 나는 거울을 보면서 눈 밑 다크서클, 지성 피부,

턱에 곧잘 나는 뾰루지, 아빠에게 물려받은 뚜렷한 턱선을 하나하나 뜯어보고는 한다. 그럴 때면 이전에 몰랐던 무언가를 깨닫는다. 내가 아름답고 아름답지 않고는 내가 결정한다는 사실 말이다. 내게 의식이 있다는 것이, 살아 있다는 것이 그저 놀라울 때가 있다. 내가 이런 사람으로, 나 자신으로 존재한다는 것이 기적처럼 느껴진다. 나는 나 자신을 통해 온 세상을 보곤 한다. 나의 얼굴을 통해서 내 안의 수많은 존재들을 본다.

# 욕실에서 울다

    2014년 10월에 나는 인생 최악의 우울증에 빠졌다. 어둠이 강렬하고 낯선 절망감으로 나를 휘감았다. 상담사가 내게 자살을 생각한 적이 있냐고 물었다. 아니라고 답했지만 사실은 하루에 몇 번씩이나 자살 생각을 했다. 미시간에 있는 오두막을 빌려 와인 한 병과 약 한 움큼을 가져가서 죽어버릴까 싶다고. 에릭 사티의 아름다운 피아노 연주를 들으며 의식을 벗어나 평온한 망각 속으로 빠져들 거라고. 그 생각을 절대 입 밖에 낼 수는 없었다.

    서른이 되었을 때 내 인생은 엉망이었다. 작가가 되겠다는 꿈을 좇아 유년기를 탈출했건만 정신을 차려보니 절망과 회의감에 마비된 여성으로 자라 있었다. 그 즈음에는 주구장창 〈길모어 걸스〉를 보면서 뉴잉글랜드의 목가적인 마을 스타스 할로우와 순박하고 엉뚱한 등장인물들 그리고 그들이 저지르는 우스꽝스러운 장난질에서 약간이나마 위로를 받았다. 로렐라이와 딸 로리의 사이가 엄마와 나의 관계와 너무 달라서 그 모습을 보는 게 좋았다.

내가 사춘기에 접어들면서부터 엄마와 나는 서로를 원망하기 시작했다. 우리 사이는 텔레비전에 나오는 건전한 백인들의 환상의 세계와 전혀 달랐다. 내가 자란 동네는 폭력과 불결함으로 얼룩진 노동계급 멕시코 이민자들의 주거지였다. 성노동자와 구매자들이 우리가 사는 블록 끝에 있는 지저분한 모텔 앞을 서성거렸다. 한번은 어떤 남자가 성노동자에게 자기 성기를 휙 꺼내 보여주는 장면을 목격했는데, 그게 내가 처음 본 남자 성기였다. 오빠는 우리 건물 뒤에서 섹스하는 사람들을 목격했다. 낯선 남자가 우리 집 쓰레기통에서 코로 마약을 흡입하기도 했다. 한번은 어떤 남자가 엄마 목에서 금목걸이를 뜯어내고는 엄마를 지키려는 오빠를 바닥에 쓰러질 때까지 때렸다.

나는 이런 환경에서 내 자리를 찾으려 애썼다. 나는 항상 특이한 아이였기 때문에 가족과 또래 대부분이 나를 오해하거나 싫어하거나 둘 다이거나 했다. 또래 여자아이들은 전통적인 멕시코 가정의 딸답게 단정한 옷차림에 땋은 머리를 하거나 스니커즈에 농구 유니폼, 커다란 링 귀걸이 같은 도회적인 차림을 했다. 반면 나는 전투화에 펄럭대는 검은 원피스, 록 밴드 티셔츠 따위를 걸쳤다. 짧은 머리카락을 우스꽝스러운 색으로 물들였다.

'여자가 되고' 성적 특성이 두드러지기 시작하자 나는 부모님, 특히 엄마의 골칫덩이가 되었다. 나는 아무도 동의하지 않는 의견을 고집했다. 페미니스트였고, 교회를 싫어했고, 고독을 즐겼고, 읽고 쓰기를 좋아했다. 늘 이런저런 일로 엄마의 화를 돋웠다.

초기에 내가 했던 반항 중 하나는 다리털을 민 것이다. 까만 털이 선인장 가시처럼 삐죽삐죽 자라나던 열세 살 때였다. 부끄러워서 샤워할 때 몰래 아빠의 면도기를 썼다. 어느 날 오후 삼촌 집에서 가족 모임을 하던 중이었다. 나는 여름이라 짧은 멜빵바지를 입고 있었다. 계단에 앉아 있는 엄마 옆을 지나가는데, 엄마 손이 내 다리를 스쳤다. 엄마가 화가 나서 벌개진 얼굴로 중얼댔다. "이하 델 라 칭가다Hija de la chingada(이런 발랑 까진 년)."

나는 가사 분담이 불공평하다고 불평해댔다. 왜 내가 오빠가 먹을 토르티야를 데워야 해? 오빠는 손이 없어? 왜 반대로는 못해? 일은 여자들이 다 하는데 왜 항상 남자들이 먼저 먹어? 엄마에게는 유감스럽게도 나는 가사에 전혀 관심이 없었다. 엄마가 내게 요리를 가르치려고 할 때마다 나는 엄마의 잔소리에 화가 나고 양파 썰기, 콩 고르기, 토르티야 굽기 같은 세세한 작업이 지겨워서 결국 부엌을 뛰쳐나가고 말았다.

엄마는 멕시코 시골 지역의 판잣집에서 태어나 자랐다.

브라세로 프로그램Bracero Program*으로 미국에 간 이주노동자 남자와 병치레 잦은 여자의 딸이었던 엄마는 집안 살림을 도맡고 일곱 남매를 돌봐야 했다. 맏딸로서 다섯 살 때부터 요리를 시작했는데, 상황이 그렇게 암울하지만 않았다면 귀엽게 들릴 수도 있는 이야기다. 엄마는 처음부터 토르티야를 손으로 직접 만들었다. 똑똑하고 활기 있는 아이였지만 외딴 산골 마을에 살았기에 학교 교육을 몇 년밖에 받지 못했다. 엄마는 지금도 학교를 6학년까지밖에 못 다녔다고 한탄한다. 이 때문에 특히 성별 규범에 관해 아주 편협한 견해를 갖게 되었다. 엄마는 스무 살이던 1978년에 아빠와 함께 미국으로 이민을 왔다. 20년이 지나 자기 딸이 십대가 되어 미국인처럼 굴기 시작하자 당연히 당황했고, 여느 멕시코계 가톨릭 신자 엄마들처럼 어떻게든 딸을 통제하려 들었다. 항상 내가 어디 있는지 알고 싶어 했고 집을 나설 때마다 의심했다. 나를 보호하려고 한 것이기는 하지만 숨이 막혔다. 엄마는 늘 최악의 상황을 염려하며 내가 임신해서 인생을 망치지 않게 하려고 온 힘을 기울였다. 지금은 그 두려움이 이해된다.

---

* 1942년 미국과 멕시코 사이에 체결된 이주노동 허용 조약의 프로그램을 가리킨다. '브라세로'는 스페인어로 막일꾼, 날품팔이를 뜻한다.

처음에 나는 그저 숨 쉴 공간이 필요했다. 그렇지만 얼마 후부터는 엄마가 두려워하던 일들을 실제로 했다. 시험 삼아 마약을 해보고, 섹스를 하고, 몸에 피어싱을 하고, 어떤 남자의 지저분한 다락방에서 형편없는 타투를 새겼다. 나는 불안감을 달래려고 뭐든 다 해보았다. 한번은 부모님과 언쟁한 후에 주먹으로 문을 쳤다. 이따금 자해도 했다.

암울한 환경과 엄마와의 날 선 관계를 벗어나려고 책에 빠져들었다. 글쓰기에 매달렸다. 글을 쓰면 즐거웠다. 나는 글을 잘 썼고 그로써 탈출구가 열리기를 바랐다. 지금 생각해 보니 편하고 돈도 별로 안 드는 일이기도 했다. 펜과 종이만 있으면 됐으니까. 예술과 음악을 포함해 다른 여러 분야에도 관심이 있었지만 거기에는 자원이 많이 필요했고 우리 집에는 그럴 돈이 없었다. 부모님이 벼룩시장에서 기타를 사준 적이 있었는데, 레슨 받을 형편이 안 되고 도서관 책으로 혼자 공부하기는 어려워서 금방 포기했다. 내가 자유를 누릴 가장 저렴한 방법은 글쓰기였다. 집에서 감시와 통제를 당하던 내게 빈 종이는 무한한 가능성을, 다른 현실을 창조해낼 수단을 제공해주었다.

고등학교 때 내 재능을 알아본 몇몇 선생님이 계속 글을 써보라고 격려해주었다. 1학년 때 영어를 가르친 시슬로 선생님이 나를 응원하며 내가 좋아할 것 같은 믹스테이프와 책을 건네줬던 것이 기억에 남는다. 한번은 자기가 좋아하는 시를 모아 엮어주기도 했다. 자신의 몸과 내면의 삶에 관해 당당히 써내려간 샤론 올즈, 앤 섹스턴, 산드라 시스네로스 같은 여성 작가들의 작품은 나의 내면에 드넓은 공간을 만들어주었다. 그래서 나는 월경, 섹스, 슬픔에 관한 시를 썼다. 물론 나무도. 항상 나무에 관해 썼다.

2학년 때 나는 '보지cunt'라는 단어를 썼다고 문예지에서 검열당했다. 학교 전체 모임 시간에 나의 질에 관한 시를 낭독했다가 질책당하기도 했다. 나는 그렇게 문제를 일으키는 아이였다.


내가 방에 틀어박혀 앤 섹스턴을 읽으며 내 몸에 관해 쓰는 동안 우리 가족 대부분은 허리가 부서지라 일하고 있었다. 아빠는 새벽같이 일어나 시카고 서부 지역에 있는 공장에 가서 삼촌, 사촌들과 함께 치즈케이크를 만들었다. 엄마는 종이 공장에서 야간 근무를 하고는 트고 갈라진 손에 우울한 눈빛을 한 채 집으로 왔다.

내가 열세 살쯤 되었을 때 사탕 공장에서 일하던 고모가 내 손을 보고는 "마노스 데 리카manos de rica(부자 같은 손)"라고 했다. 그 말대로 내 손은 부잣집 여인처럼 매끈하고 부드러웠다. 우리 집안 여성들은 요리와 청소를 도맡아 하면서도 강도 높은 육체노동이 필요한 직업을 갖고 있었다. 엄마는 매일 퇴근 후에도 쉬지 못하고 집안일을 해야 했다. 항상 피곤해하고 짜증을 부리던 엄마를 누가 탓할 수 있었을까? 엄마의 삶은 고난으로 가득했다. 엄마의 세상은 우리들과 공장을 중심으로 돌아갔고 그밖에 다른 것이 들어설 자리가 없었다. 자신을 위해 무엇도 해본 적이 없었고 돈이나 시간을 풍족히 누린 적도, 퇴근 후에 긴장을 풀 취미나 좋은 친구를 가져본 적도 없었다. 내가 여덟 살 때 엄마가 얼굴에 바르던 크림을 보디로션인 줄 알고 쓴 적이 있다. 엄마는 엄청나게 화를 내고 실망스러워했다. **왜 그랬어?** 엄마는 이유를 알고 싶어 했다. 그때는 엄마가 왜 보습제 때문에 내게 소리를 질러대는지 전혀 이해할 수 없었지만 이제는 안다. 엄마가 누리던 몇 안 되는 물건 중 하나였을 그 크림을 내가 빼앗아버렸다는 걸.

우리 가족에게 성공이란 책상에 앉아서 일하는 것을 의미했다. 무더운 여름철에 틀어놓을 에어컨이 있는 것, 영어를 못한다고 상사에게 무시당하지 않는 것, 먹고살 돈을 버느라 정신없이 일하면서도 '라 **미그라**la migra(이민국 공무원)'에게 쫓겨날 걱정을 하지 않는 것을 뜻했다.

부모님 두 분 모두 6학년을 넘기지 못하고 학교를 그만뒀기 때문에 오빠와 나, 그리고 남동생은 열세 살에 이미 그분들의 교육 수준을 넘어섰다. 오빠와 나는 부모님의 통역사이자 문화 중개인이었다. 우리는 법률 문서와 중요한 의료 정보를 번역했다. 영어를 못하는 이민자와 미국 국적을 지니고 태어난 그들의 자녀 사이에 작동하는 권력관계가 무력한 부모를 변호해본 적 없는 사람에게는 신기하게 보일 것이다. 좋든 싫든 우리는 종종 부모님의 보호자가 되어야 했다. 나는 낯선 사람과 대화하고 무언가 부탁하는 일에 익숙해졌다. 학부모와 교사 간의 면담 자리에서, 마트에서, 보험 회사에서 걸려온 전화를 받으면서 부모님을 도와야 했기 때문에 어떤 경우에든 자의식이나 위축감을 떨치는 법을 익혔다.

열다섯 살 때 엄마와 함께 밥을 먹으러 갔던 어느 날, 평소처럼 내가 직원과 대화하는 역할을 맡았다. 우리에게 주문을 받을 때는 얼굴을 찌푸리던 직원이 옆자리에 앉은 백인들에게 가서는 즐겁게 수다를 떨었다. 나는 분개해서 냅킨에 메모를 남겼다. "멕시코인도 사람입니다." 훗날 내 특징이 될 성질머리에 전혀 미치지 못하는 간단한 문구였지만, 나와 내 사람들의 인간성을 주장하며 목소리를 내려 용기를 가지고 행동하고 싶었다. 그리고 실제로 부모님의 대변인 노릇을 하다 보니 단호한 태도가 몸에 배었다. 자기를 옹호하는 법을, 일이 굴러가게 하는 법을 배웠다.

자라면서 누구를 본보기로 삼았냐는 질문을 자주 받는데, 내가 내놓을 수 있는 답은 오직 리사 심슨뿐이다. 내게 리사는 자신을 드러내기를 전혀 두려워하지 않는 무척 홀

룽한 인물이었다. 리사가 페미니즘, 문학, 동물권, 이민 등 온갖 문제에 관해 환영받지 못하는 의견을 진지하게 드러내는 방식이 좋았다. 때로는 짜증스럽고 열정이 과하기도 하지만 무지 배짱 있고 진실한 인물이었다. 나는 어느 모로 보나 내가 되고 싶은 그런 존재인 리사에게 동화되어갔고, 당시에는 이해하지도 못하던 방식으로 리사에게 공감했다. 세상의 동물들을 구하려고 호머가 구운 돼지고기를 망가뜨리며 바비큐 파티를 망치는 리사에게서 내 모습이 보였다. 내가 십 대 때 꼭 그렇게 독선적으로 굴었다. 오랜 시간이 흐른 뒤 심리상담을 받던 중에 아빠와 나의 관계를 호머와 리사의 관계에 비교해 이야기하다 갑자기 눈물을 터뜨린 적이 있다. 만화 때문에 울다니 황당한 일이었지만 그럴 만했다. 아빠는 나를 사랑했지만 내가 어떤 아이인지 전혀 몰랐고, 나 역시 아빠를 이해하기에는 부족하고 미숙했다.

나는 살면서 뭘 이루고 싶었을까? 절대로 공장에서 일하고 싶지 않았던 것은 확실하다. 부모님에게 그것은 제일 끔찍한 악몽이었다. 자식들을 이 나라에서 당나귀처럼 일하게 하려고 죽음과도 같은 티후아나 국경 지대를 건넌 게 아니었다. 부모님은 우리가 그저 사무직만 되어도 행복해했을 테지만, 나는 언제나 그보다 더한 것을 원했다. 터무니없고 불가능한 그런 일들을.

결혼하거나 아이를 낳고 싶지도 않았다. 우리 집을 보면 아이란 인생의 모든 즐거움을 삼켜버리는 존재인 것 같았다. 내가 아는 기혼 여성 중에서 행복한 결혼 생활을 하는 사람이 거의 없었기 때문에 나는 여러 책과 영화로부터 내가 꿈꾸는 인생을 조합해냈다. 이 세상 어딘가에 경제적으로 독립하고 혼자 여행을 다니고 대학에 가는 여성들이 있다면 나라고 왜 못 하겠어?

나는 부모님으로부터 경제적으로 어떠한 도움도 받지 않고 내 힘으로 대학과 대학원을 다녔다. 더는 부모님께 지원을 요구하거나 짐을 지우고 싶지 않았다. 제대로 된 외투 한 벌 없이 지내야 했던 시절도 있었지만 나는 그 모든 어려움을 혼자 헤쳐나갔고 그 점이 자랑스러웠다. 석사 학위를 받고 나서 지방 대학에서 강의하고 〈코스모폴리탄 포 라티나스〉와 〈NBC 뉴스〉, 〈가디언〉 같은 지면에 프리랜서로 글을 써서 생계를 꾸릴 수 있게 되기 전까지 2년 동안은 허덕이며 회사에 매여 있어야 했다. 나는 애를 쓰며 간신히 먹고살았다. 어떻게든 잘 해내기는 했지만 경제적으로는 힘에 부쳤다. 그리고 어떤 면에서는 경제적 무능력 때문에 지금껏 이루어낸 것들이 부끄럽기도 했다. 비슷한 조건에서 부모님이 무엇을 이루었든 간에 나는 그보다 더 잘 해내야 했다.

나는 인생의 대부분을 가난하게 살아와서 지쳐 있었다. 찬사를 듣는 것도 좋지만 성공이 현금으로 변해 내 조그만 갈색 손에 쥐어졌으면 했다. 걱정과 죄책감에 휩싸이는 일 없이 신발 한 켤레를 사는 사치를 누리고 싶었다.

나는 서른 살이 되던 여름에 결혼했다. 그 무렵 내 글을 마음에 들어했던 홍보 회사로부터 정규직 제안을 받았다. 내가 열 살 때부터 관심을 기울여온 재생산권에 관한 글을 쓰는 일이었고, 급여도 이전의 어느 일자리에서보다 많이 받을 수 있었다. 서른 살에는 교수가 되거나 유명한 작가가 될 거라고 상상했으니 (하!) 어느 모로 보나 내가 꿈꾸던 일은 아니었지만, 관심을 둔 사안에 관해 글을 쓸 수 있다는 게 흥미로웠고 나의 지식과 재능을 보상받고 싶은 마음이 간절했다. 취직하고도 계속 시카고에 살 수는 있었지만 뉴욕에 자주 출장을 가야 했다. 나는 늘 부산스럽고 혼자 여기저기 돌아다니곤 했으니 무슨 일이든 잘 해낼 수 있을 거라고 생각했다.

출근 첫날, 일을 마치고 나서 떨리고 두려운 마음으로 회사에서 마련해 준 어퍼웨스트사이드의 숙소로 돌아갔다. 기억나는 건 그게 전부다. 더 떠올려보자면 거실에 깔린 요에서 남자 냄새가 심하게 났던 것 정도. 그리고 그날 이후 매일 밤 나는 땀에 흠뻑 젖어서 깼다. 퇴근 후에 친구와 만나 저녁을 먹으면서 울기도 했다. 다행히 거긴 맨해튼이라 쿵파오 치킨을 먹으며 우는 성인 여자에게 아무도 신경 쓰지 않았다. 머리에 고양이를 올려둔 채 길을 걷는 남자나 망사 팬티를 입고 술에 취해 비틀대는 여자가 훨씬 더 눈길을 끄는 곳이었다.

두 번째로 뉴욕에 갔을 때는 정신을 차릴 수 없었다. 뇌속에 있는 전선이 꼬여버린 것만 같았다. 갑자기 너무 긴장되어서 평소처럼 숨 쉬는 법을 잊어버렸다. 당황한 나는 남편에게 "숨 쉬는 법을 모르겠어"라고 중얼거렸다.

그 회사에서 가장 끔찍했던 것은 타임태스크라고 부르던 시간 기록 시스템이었다. 기본적으로 우리는 매일 매분을 기록해야 했다. 업무를 전환할 때, 이를테면 보도 자료를 쓰다가 또 다른 고객에 관해 동료와 의논하게 될 때면 해당 프로젝트에 내가 쓴 작업 시간을 기록하기 위해 타이머를 멈추고 고객에 관한 대화 시간을 기록할 새 타이머를 켜야 했다. 관리자들이 우리가 무슨 일을 하고 있는지 추적할수 있도록 온종일 타이머를 켜두어야 했다. 온갖 잡다한 업무까지도 전부 기록해야 했기 때문에 여러 업무가 겹치면 미칠 것 같았다. 그날 무엇을 했는지 하나하나 다 설명해야했고 퇴근할 때까지 적어도 여덟 시간 동안 사무실에서 한일을 모조리 서술해야 했다. 시간이 채워지지 않거나 빈 부분이 생기기라도 하면 문제가 될 수 있었다.

타임태스크는 굴욕적이었을 뿐 아니라 심각한 불안 발작을 유발했다. 나는 잠을 잘 수가 없었다. 살도 빠졌다. 욕실에서 울었다. 그저 하루를 버텨보려고 남편이 먹는 항불안제를 몰래 삼키기도 했다. 내가 꿈꾸던 자유와 예술로 가득한 인생을 이루기 위해 아득바득 싸우며 살아왔는데 이렇게 일거수일투족을 통제하는 직장에 갇히고 말았다니. 무서웠다.

부모님이 공장에서 버는 쥐꼬리만 한 급여와 비교가 안 되는 큰돈을 받았지만 어떤 면에서는 그분들과 다르지 않은 대접을 받았다. 까다롭고 잘난 척하는 내 상사는 내게 기계처럼 글을 써내기를 기대했다. 나는 말도 안 되는 시간 안에 복잡한 글쓰기 업무들을 끝내야 했다. 너무나도 괴로웠다. 한번은 회의 중에 메모를 했다고 상사가 동료들 앞에서 나를 꾸짖었다. 600단어짜리 글을 아홉 시간에 걸쳐 열한 차례 수정하게 한 적도 있었다. 자기의 실수(실제로 자기가 저지른 것들)은 예사롭게 여겼다. 하지만 다른 사람이 저지른 실수는 심각한 문제로 삼았다. 상사가 저질렀든 동료들이 저질렀든 잘못된 일을 바로잡는 것은 나의 몫이었다. 그는 지금까지도 내가 만난 최악의 인간 중 하나로 꼽히는데, 내가 살아오면서 얼마나 몹쓸 인간을 많이 만났는지 생각해 보면 아주 괄목할 만한 업적이다.

우리 사무실 문화와 업무 조건에 대해 들은 내 친구는 나의 직장이 '정신적 스웨트샵sweatshop*'이라고 아주 정확하게 표현했다. 나는 어른이 된 후로 그렇게까지 저평가되고 무시당하는 기분을 느낀 적이 없었다.

나는 완벽주의자여서 초과 달성까지는 몰라도 기대를 충족시키는 데는 익숙했다. 하지만 그 회사에서는 성과 향상을 노리고 실패할 수밖에 없는 방식으로 업무를 설계했기 때문에 나는 실패했을 뿐 아니라 **자주** 실패했다. 그 상황을 감당하기 힘들었다. 사실 어릴 적부터 나는 실패로 인한 실망감에 아주 꼴사납게 대처했다. 유치원에 다닐 때 프루트링 시리얼을 여러 개 붙여 화환 같은 모양으로 크리스마스 트리를 만든 적이 있다. 나는 내가 만든 트리 모양이 마음에 들지 않았다. 풀을 너무 많이 발라서 지저분해 보였던 것이다. 선생님에게 다시 만들게 해달라고 했지만 거절당했다. 선생님이 아무리 보기 좋다고 말해도 엉망진창인 작품이 창피해서 울음을 멈출 수 없었다. 내가 너무 울어대서 선생님이 아빠에게 전화해 나를 데리러 오라고 했다.

나 자신이 부모님이나 내가 속한 문화와 환경이 기대하

---

* 취약한 환경에서 저임금으로 노동력을 착취하는 공장을 가리킨다.

는 바와 다르고 어떤 면에서는 실망스럽기도 한 존재라는 걸 알기에, 나는 일찍부터 스스로에 대해 놀랄 만큼 높은 기준을 세웠다. 항상 열심히 공부했고, 내가 관심 있는 일에 온 마음을 다 쏟았다. 예를 들면 시 한 편을 완성하기까지 단어를 하나하나 다 고쳤다. 나 같은 사람은 성공하기 어렵다고들 했지만 나들 잘못 알고 있다는 걸 증명해 보이고 싶었다. 그리고 우리 같은 사람들에게 정신적 외상은 지나친 성취욕을 자극하는 요인이기도 하다.

나는 언제나 내가 있는 곳에서 가장 열심히 일하는 사람이 나라는 사실에 기뻐했지만 이 일은 달랐다. 새로운 업무를 시작하고 몇 주 만에 직장에서나 집에서나 삐걱대기 시작했다. 소파에서 몸을 뗄 수 없었고 머릿속에서 휘몰아치는 혼란을 피하려고 자주 잠으로 도망쳤다. 가족들을 놀라게 하고 싶지 않아 거리를 두었고, 누군가와 대화할 생각만해도 진이 빠져서 친구들도 피했다. 겨우 몇 달밖에 되지 않은 결혼 생활에도 금이 가기 시작했다. 내 인생에서 가장 외로운 시기 중 하나였다.

혹평을 일삼는 상사와 시간 기록 시스템이 권위와 통제에 대한 거부감을 자극했다. 나는 나를 어린애 취급하는 그 상황에 분개했다. 나는 다시금 순응을 강요하는 환경에 둘러싸여 있었다. 무엇이든 닥치고 따라야만 했다.

첫 번째 자살 삽화로부터 15년이 지난 그때, 나는 또다시 죽고 싶어졌다. 글쓰기를 통해서 내가 원하는 무엇이든 할 자유, 어린 시절 늘 꿈꿨던 대로 살아갈 자유를 누릴 수 있으리라 생각했다. 하지만 그때는 글쓰기도 또 다른 덫일 뿐이었다.

이 업무 환경이 나를 망가뜨리고 있다는 걸 알았지만 그만둔다는 것은 있을 수 없는 일 같았다. 컨설턴트로 직무를 변경해 내가 처한 업무 환경을 개선할 생각을 해보았지만 그러면 급여가 시카고에서 생활하기 힘들 정도로 줄어들 것이었다.

그러나 어느 날 저녁에 나는 상사와 기나긴 전화 통화를 하다가 참지 못하고 분노와 좌절감을 몽땅 쏟아냈다. 부들거리며 집 안을 서성이면서 그 가족 기업이 얼마나 썩어빠졌는지 구구절절 읊어댄 다음 회사를 때려치웠다. 늘 상상만 하지 실제로는 시도조차 못 할 일을 저질렀다는 카타르시스가 느껴졌다. 그래도 그만둔 것은 실패로 느껴졌다. 나는 회복력이 좋다고 생각했는데, 이 정도도 견디지 못했다니. **나는 대체 나 자신을 뭐라고 생각하고 있었던 걸까?** 속으로 묻고 또 물었다. 부모님은 우리를 키워냈는데 아무리 괴롭다 한들 사무직 하나 감당하지 못하는 내가 부끄러웠다.

그 어느 때보다 많은 논을 벌던 일자리를 그만두었다는 사실을 엄마에게 말하기 두려웠지만, 막상 소식을 들은 엄마는 실망하기보다는 안도했다. 그 일이 내 정신 건강을 얼마나 깎아먹는지 지켜봐왔기 때문이다. "**투 씨 에레스 칭고나**Tu si eres chingona(넌 정말 대단한 년이야)." 내 소식을 듣고 엄마가 한 말이다. 엄마의 칭찬에 담긴 아이러니가 이제야 이해가 된다. 대단한 년, '**칭고나**chingona'는 말 그대로 섹스하는 여자를 뜻하는 말이다. 나는 나를 싸고돌려는 엄마의 시도를 거부했고, 엄마는 그런 나를 어떻게든 존중하는 법을 배웠다. 그때 나는 엄마가 나를 실패자로 보는 일은 절대 없으리라는 걸 알았다. 너무 오랜 시간 서로 싸우고 오해하며 지내왔기 때문에 나는 엄마가 결국 나를 무척이나 자랑스러워하게 되었다는 사실을 알아차리지 못했다.

퇴사하고 몇 주 뒤에 예전에 일한 적 있는 국제기구로부터 트리니다드 섬에서 진행하는 컨설팅 업무를 제안받았다. 자궁경부암 예방에 관한 보고서를 작성하고 구명 사업의 혜택을 받은 저소득 여성들을 인터뷰하는 일이었다. 여행하면서 페미니즘 문제에 관해 글을 쓰고 돈을 받는다니. 설레는 일이었다.

여권 심사대에 서서 입국을 기다리는 동안 불과 몇 주 전까지만 해도 죽고 싶다며 소파에서 울고 있었던 게 생각났다. 그러던 내가 지금 제대로 기능할 뿐 아니라 공들여 쌓고 또 쌓아서 이루어낸 내 환경, 내 삶에 들뜬 마음으로 외국에 와 있다니. 나는 내 선택에 따라 경계를 넘으며 자유롭게 이동하는 독립적인 사람이 되어 있었다. 38년 전 그 끔찍한 국경을 넘던 순간에 엄마가 날 위해 마련해준, 하지만 엄마 자신은 상상조차 하지 못했을 특권이었다.

# 즐기는 게 좋아

증조할아버지가 살해당한 뒤에 클라라 할머니는 강에서 아버지의 피 묻은 옷을 빨았다. 멕시코에 가서 이 이야기를 처음 들었던 때, 나는 강가의 바위에 옷을 비비며 우는 어린 여자아이와 피로 붉게 물든 강물을 떠올렸다. 그걸 왜 그냥 버리지 않았는지 궁금해진 것은 한참이 지나서였다.

몇 년 전에 나는 부모님 집에서 할머니의 생신을 축하하려 그분께 전화를 걸었다. 아흔이 다 되신 할머니는 내가 기억하는 내내 건강이 좋지 않으셨다. 할머니는 나로서는 상상도 못할 고난을 견뎌오셨다. 너무 가난해서 어린 나이부터 가정부로 일했고, 열여덟 살에 할아버지와 결혼할 때는 당일 아침에 쿠키와 핫초코 정도를 겨우 마련해 축하하는 데 그쳤다. 어찌 보면 낭만적인 이야기지만 나는 그런 감상에 빠질 생각이 없다.

할머니는 죽은 아이를 제외하면 자식이 일곱이었다. 소금이나 닭 모이를 살 돈이 없던 시절도 있었다. 어느 날 오후 멕시코의 할머니 집 식탁에 앉아 있을 때 고모가 우리 집안이 얼마나 가난했는지 짐작케 하는 이야기를 들려주었다. 큰 잔치가 끝난 뒤에 할머니의 시누이가 아이들 먹이라고 남은 음식이 담긴 접시를 할머니에게 건네주었다. 다음 날 할머니가 밥을 차리려고 뚜껑을 열어보니 그 안에 이쑤시개와 냅킨, 그밖에 여러 잔해물이 가득했다. 그 여자가 사람들이 접시에 남겨둔 찌꺼기를 준 것이다. 돼지에게 주거나 버릴 법한 음식을 받는 굴욕을 견뎠다니 상상하기조차 어렵다. 나는 바퀴벌레가 득실대는 집에서 자랐고 욕실에 온수가 안 나올 때도 있었지만 이건 완전히 다른 이야기였다.

나는 전화기를 귀에 댄 채로 부모님에게 입모양으로 물었다. "할머니는 내가 이혼한 걸 알아요?" 부모님은 고개를 끄덕였다. 할머니는 말 그대로 사서 걱정하는 분인지라 보통 이런 나쁜 소식은 할머니 귀에 들어가게 하지 않는다. 나는 목소리와 얼굴에 다 드러날 정도로 가식적인 행동을 못 하기로 유명했기에 할머니의 질문에 돌려 말하려 애쓰지 않아도 된다니 마음이 놓였다.

할머니는 내 생활이 어떠냐고 물으시며 전남편과 왜 잘되지 않았는지 알고 싶어 하셨다. 나는 8년 반 동안 사귀다 결혼했는데도 어떻게 1년 반 만에 우리 관계가 회복될 수 없다는 걸 알게 되었는지 간단히 설명할 말을 찾기 어려워서 애매하게 대답했다. 여느 멕시코 노인과 마찬가지로 할머니는 내 나이를 걱정하셨다. 서른둘에 이혼하고 아이도 없다는 건 우리 집안에 전례가 없는 일이었다. 나는 배우자를 찾고 있고 아이를 낳기에 너무 늦지도 않았으며, 이런저런 문제가 있고 자궁도 비어 있지만 내 삶에 만족한다고 말했다. 그래도 할머니는 믿지 못하는 눈치셨고 떠돌아다니는 내 생활 방식을 염려하셨다. 저 좋을 대로 하면서 가만히 있지 못하는 여자, 그게 우리 집안에 도는 나에 대한 평판이었다. 나는 누구의 규칙에도 따르지 않고 가만히 앉아 있질 않아서 부모님의 화를 돋우고 다른 사람들을 당황하게 했다. 하도 자주 이사를 하고 여행을 다니다 보니 나중에는 기록도 남기지 않게 되었다. 할머니는 언제나 여행 가방을 들고 있는 내 모습을 상상하시는 듯했다. 할머니의 별명은 '**골론드리나**golondrina'로, 제비라는 뜻이다. 할머니께서 돌아가신 후 나는 할머니를 기리는 뜻으로 팔에 제비 타투를 새겼다. 페드로 인판테의 노래 〈제비들〉에는 집을 찾아 떠도는 지친 새가 나온다. 길을 잃었지만 날지 못하는 화자는 제비에게 자기 마음에 둥지를 틀 자리를 내어준다.

나의 연애에 대한 할머니의 질문들이 애정에서 비롯됐다는 걸 알아서 기분이 나쁘지 않았다. 할머니는 늘 나를

202

가장 충실히 지켜주는 분이었다. 십 대 시절 어느 여름 할머니를 찾아갔을 때, 내가 잠든 줄 아시고 나에 대해 하시는 말을 우연히 들은 적이 있다. 할머니는 내가 현명하고 특별한 아이인데 모두에게 오해받는다고 하셨다. 그 시절 나는 내게 연민을 느끼거나 그저 막연히게라도 제대로 봐주려는 사람이 아무도 없다고 느끼고 있었기에 그 말에 감동했다.

할머니의 이름은 클라라, '선명하다'는 뜻이다. 나는 늘 그 이름이 내 눈에 비친 할머니를 그대로 표현해준다고 생각했다. 할머니의 사랑은 조건이 없고 절대 난해하지 않았다.

할머니에게 나를 설명하려다 보니 그게 얼마나 어려운 일인지 알게 되었다. 내 삶은 늘 글자와 단어, 책들로 정의되었다. 작가가 되기만을 바랐던 열두 살 때부터 줄곧. 나는 여러 가지 방법으로 어린 시절의 꿈을 실현하며 경력을 쌓아가는 중이었지만 할머니의 눈에는 내 삶이 망가져가고 있는 것처럼 보이는 모양이었다. 그렇다고 어떻게 할머니를 탓할 수 있을까? 정규 교육을 한 번도 받은 적 없고 읽거나 쓰는 법을 배운 적도 없으며 자기 이름을 모르는 이가 없는 마을에서 평생을 살아온 사람을. 나는 때때로 우리 둘 사이의 차이를 생각하며 깜짝 놀라곤 한다.

할머니에게는 가족이 제일 중요하다. 나도 그 점을 이해한다. 나도 내 가족을 이루어 그런 소속감을 느끼고 싶었다. 그게 내가 결혼 생활을 끝낸 이유기도 했다. 다시 가족을 이루기 전까지는 계속 제멋대로 살아갈 생각이었다. 하지만 내가 이런 사실을, 기본적으로 하고 싶은 건 뭐든지 하고 나의 즐거움을 쫓아 말도 안 되게 많은 시간과 돈을 썼다는 사실을 할머니에게 설명할 수나 있을지 모르겠다. 가족에게 먹일 음식조차 부족했던 여성에게, 그저 내킨다는 이유로 훌쩍 유럽 여행을 떠나는 내가.

왜 포르투갈이냐고 물으면 딱히 대답할 말은 없지만, 어느 날 밤에 충동적으로 항공권을 예매했다. 여성이 혼자 여행하기에 안전한 나라 같았고, 내 첫 소설의 선인세 일부를 받기 직전이기도 했다. 나는 부유한 백인 여성은 아니지만 '먹고 기도하고 사랑하는' 짓거리를 하려는 중이라고 농담했다. 몇 달 전부터 여행을 가고 싶었지만 학자금 대출, 이혼, 각종 청구서, 이사 등 차고 넘치는 이유를 대며 참고 있던 중이었다. 하지만 마음 한구석으로는 작업한 책 두 권을 모두 출간하게 되었으니 여행을 갈 자격이 있다는 생각이 들었다. 20년이나 기다려온 순간인데, 남편과 이혼하느라 자축할 기회조차 누리지 못했으니까.

이혼 후에 자기 삶을 찾겠다며 쓸데없는 데 큰돈을 써버리는 경우가 많다고 하는데, 내가 한 게 바로 그런 짓이었던 것 같다. 항공권을 예매하고 2주 후에 나는 뚜렷한 계획 하나 없이 리스본에 도착했다.

리스본은 아름답게 낡은 도시였다. 화려한 건물들은 버려진 지 오래였고 지붕 위에 난 균열과 틈새마다 잡초가 돋아 있었다. 어디서나 눈에 띄는 그라피티로 인해 독특한 질감이 느껴졌다. 화사하고도 거친 느낌이었다. 황폐한 풍경은 우리 모두가 찰나의 존재라는 사실을 일깨워준다. 나는 자연이 공간을 변화시키는 방식을 좋아한다. 그 회복력과 강인함에서 희망을 느낀다.

나는 이런 풍경이 우리가 이 지구상에서 그리고 온 우주에서 얼마나 일시적이며 하찮은 존재인지를 깨닫게 하고 겸허해지게 만든다고 믿는다. **만물의 거대한 계획 속에서 우리 같은 존재가 뭐 그리 대단하다고?** 예전에는 이 생각을 하면 무력해지곤 했지만 이제는 위로가 된다. 나는 영원을 떠올리며 마음의 평안을 찾는다.

여자인 내가 혼자 여행하는 걸 본 사람들은 당황하곤 했다. 테라스에서 비뉴 베르드 한 잔을 홀짝이다가 내가 대체 무슨 짓을 하면서 살고 있나 싶어 양심의 가책을 느끼는 순간도 더러 있었다. 이런 의문에 답해줄 사람이 없으니 자유롭기도 하고 위축되기도 했다. 이런 사람이 되라고 대체 누가 허락해준 거지?

여성이 낯선 곳에서 자기를 '발견'하는 식의, 참고 봐주기 어려운 로맨틱 코미디에서처럼 섹스도 하고 싶고 화끈한 모험도 해보고 싶었지만 여의치 않았다. 적당한 상대가 없었다. 첫 번째 에어비앤비 숙소 주인과 섹스해볼까 싶었지만 그가 자기 삶에 관한 책을 쓰는 중이라고 말하는 순간 욕구가 확 식었다. 제일 좋아하는 작가가 파울로 코엘료라고 말했을 때는 이미 마음을 접은 후였다. 나는 숙소에 있던 친구에게 "페차다Fechada(날 샜어)"라고 투덜거렸다. 리스본 외곽에 있는 동화 같은 마을 신트라로 가던 날 동행한 남자가 있었는데 매력도 흥미도 안 느껴져서 얼마 후 정중히 끝냈다.

어느 날 오후에는 도시 제일 높은 곳에 있는 오래된 요새를 걷고 있었다. 다리들과 화사한 건물, 적갈색 벽돌 지붕이 근사했다. 날씨와 멋진 유적지를 즐기려고 애쓰면서 연인과 가족, 친구 무리를 보며 최선을 다해 외로움을 억눌렀다. 나는 좁은 계단을 오르내리며 성의 모습을 사진에 담았다. 언덕을 내려가던 중에 시끄러운 청소년 무리가 보였다. 돌아서서 반대쪽으로 갈까 생각했다. 아이들이 모여 있으면 버거울 때가 많았고, 인정하기 창피하지만 그들이 내게 뭔가 못된 말을 할까 봐 두려웠다. 그러다 문득 이게 얼마나 어이없는 생각인가 싶었다. 나는 말 그대로 **아이들을 두려워하고** 있었다. 그래서 다른 길을 찾을 생각을 접고 계속 걸어갔다. 그 아이들 옆을 지날 때 한 아이가 "벨라Bella"라고 외쳤다. 그리고 내가 믿지 않는 것 같았는지 다른 아이가 영어로 "아름다우시네요"라고 덧붙였다. 나는 그들이 누구에게 말을 거는 건지 잠시 궁금해하다가 그게 나라는 걸 깨달았다.

부끄러움이 나를 휘감았다. 이 다정한 아이들에게 어떻게 대답해야 좋을지 모르겠어서 그저 미소만 지어주고 계속 걸었다. 나는 놀랐다. 내가 아주 오랫동안 고통과 불편, 굴욕을 견디며 살아왔다는 걸 그제야 깨달았다.

그날 밤 옷을 차려입고 그 도시 어딘가 근사한 미로 같은 곳에 있는 전통 파도fado* 클럽에 갔다. 애절하게 울리는 아름다운 음악을 듣는 순간 마음을 빼앗겼다. 무대 근처에 자리를 잡고 포트와인을 홀짝이며 타인의 시선을 과하게 의식하지 않으려 애썼다. 혼자인 게 부끄럽지는 않았지만 사람들이 동행이 없는 여성을 안쓰럽게 본다는 걸 알고 있었다. 신경 쓰지 말았어야 했는데. 나는 남들이 나에 대해 알려고 하지 않았으면 했고, 질문받는 일도 지겨웠다. **왜 혼자**

---

* 포르투갈의 대표적인 전통 민요와 춤. 이별이나 상실, 고독, 슬픔 등을 주제로 한다.

**왔어요? 남편은 어디 있어요? 혼자 여행하는 게 무섭지 않아요?** 때때로 온 세상이 여성이 혼자 있는 것은 적절치 않다고 (심지어 바보 같다고) 말하는 것처럼 느껴지곤 했다.

음악은 무척 인상적이었고 온갖 감정을 건드렸다. 영혼이 정화되는 것 같았다. 스페인에서 플라멩코를 보았을 때처럼 깊고 충만한 아픔이 느껴졌다. 두엔데처럼 이 아름다움도 죽음에 다다라 나타난 것일까 궁금했다. 아니면 상실을 인정하는 데서 오는 걸까? 그 둘은 같은 것일까? 그건 내가 들어본 중 가장 변화무쌍한 소리였고 내면에서 무언가 폭발할 것 같은 느낌이 드는 순간이 더러 있었다. 고뇌에 찬 그 만족의 순간에 어느 칙칙한 커플이 나를 보고 서로 눈빛을 교환했다. 나를 평가하며 불쌍하게 여기는 듯했다. 하지만 내 눈에는 오히려 그들이 불쌍해 보였다. 서로가 너무 지겨워져서, 더는 나눌 이야기도 없어서 새로운 대화 소재를 찾으려 안간힘을 쓰는 단계에 다다른 게 분명해 보였기 때문이다. 그래서 그들이 내 눈에 띄었던 것이다. 나도 그런 상태를 겪어봐서 알 수 있었다.

'파도'는 '운명' 또는 '숙명'을 가리키는 라틴어에서 유래했다. 포르투갈 단어 '사우다지saudade'를 번역하기 어렵다고들 하는데, 인생의 상당 부분을 과거와 미래를 탐하며 살아온 내게는 낡고 익숙한 망토처럼 느껴지는 단어다. 사우다지는 고향에 대한 그리움, 과거를 향한 그리움, 존재하지 않거나 결코 존재할 수 없는 무언가를 향한 갈망, 떠난 연인을 향한 그리움 등 여러 가지로 묘사된다. 내가 어찌할 수 없는 무언가를 향한 바람. 존재가 되는 부재. 실존적 상처. 달콤한 그리움. 즐거운 슬픔. 깊은 향수.

포르투갈 작가 프란시스코 마누엘 데 멜로는 사우다지를 "고통스러운 즐거움, 즐거운 아픔"이라고 표현했다. 결코 돌아오지 않을 걸 알아도, 마음에 품고 있으면 슬퍼서 욱신거릴 것을 알면서도 자신이 원하는 이를 떠나보내고 싶지 않아서 슬픔을 안고 살아가는 경우가 있다. 두엔데와 마찬가지로 이 상처는 절대 아물지 않는다. 꼭 유령과 사랑에 빠지는 일 같다. 상처를 즐기는 것이다. 공허를 숭배하는 것이다. 내가 평생 해온 것이다.


포르투갈에 머무는 동안 거의 모든 시간을 도시에서 길을 잃고, 일기를 쓰고, 페이스트리를 잔뜩 먹고, 와인을 마시며 보냈다. 나는 줄곧 경외감을 품고 돌아다녔다. 하지만 마지막 목적지인 포르투에 도착했을 때는 유럽에서의 낭만을 포기한 상태였다. 평생 책을 딱 두 권밖에 읽지 않았다는 남자와 데이트한 직후라 환멸이 몰려왔다. (처음에는 언어 장벽 때문인가 했지만 곧 그저 멍청이일 뿐이라는 걸 알게 되었다. 그가 시를 쓴다고 말한 순간 위기를 느끼고 자리를 떴다.)

호텔에 도착해 재빨리 옷을 갈아입었다. 땀에 젖어 옷이

쭈글쭈글해진 상태였다. 몸이 축축하고 속옷에서 냄새가 났지만 포르투를 둘러볼 시간이 스물네 시간밖에 없었기 때문에 샤워하는 데 시간을 낭비하고 싶지 않았다.

길모퉁이에 서서 어디로 밥을 먹으러 갈지 고민하고 있는데 반질반질한 수염을 기른 잘생긴 남자가 카페에서 음료를 서빙하는 모습이 보였다. 키 크고 마른 몸에 까만 조끼를 걸치고 중절모를 쓰고 있어 시대착오적인 분위기가 감돌았다. 나는 거기서 점심을 먹기로 했고, 밥을 먹는 동안 그 남자가 나를 쳐다보는 게 느껴지길래 저녁에 약속이 있냐고 물어보기로 결심했다. 이제 더는 잃을 게 없다고 생각하니 대담해졌다.

이름이 필리프라는 그 남자는 그날 저녁 내게 포르투를 구경시켜주며 내가 더 일찍 왔으면 좋았을 거라고 한탄했다. 포르투는 내가 본 곳 중에서 가장 낭만적인 도시였다. 도시 전체가 이제는 사라져버린 시대를 그리워하는 듯이 시들어간 향수를 자극하는 아름다움이 있었다. 우리 둘 다 미소가 끊이지 않았다. 필리프는 푸른 타일을 붙여둔 아름다운 벽이 있는 기차역으로 나를 데려가 근사한 건물을 보여주고, 돈 루이스 1세 다리에서 내가 웃고 있는 사진을 찍어주었다. 우리는 한 무리의 사람들이 탱고를 추고 있던 광장에 들렀다. 필리프가 해변 드라이브를 위해 차를 가지러 간 사이에 나는 그곳을 가득 메운 활기찬 커플들을 멍하니

바라보며 나의 행운을 돌아보았다. 현실이라기에는 너무나
도 영화 같은 순간이었다.

우리는 바닷가에 있는 바에 앉아 늦은 오후의 햇살을 받
으며 맥주를 마셨다. 일요일이라 휴일을 즐기러 나온 가족
들이 많았다. 긴장한 나는 몇 분 만에 커다란 맥주잔을 다
비우고 한 잔을 더 시켰다. 먹는 모습이 어떻게 보일지 걱
정돼서 앞에 놓인 올리브조차 먹을 마음이 들지 않을 정도
로 그의 시선을 의식하고 있었다. 필리프는 스페인어에 서
툴고 나는 포르투갈어를 못해서 우리는 스페인어로 대화하
며 서로의 말을 알아들으려고 최선을 다했다.

차가 있는 곳까지 걸어가는 사이에 해가 저물면서 공기
가 서늘해졌다. 돌풍이 불어 필리프가 쓰고 있던 모자가 날
아갔는데, 허둥지둥 쫓아가는 우리 모습이 귀엽게 느껴졌
다. 필리프가 모자를 되찾은 다음 내게 다가왔을 때 우리는
주위 사람들은 전혀 신경 쓰지 않은 채 서로를 향해 몸을
돌려 키스했다. 미친 듯이, 미치도록. 간절히 바라왔던 이
상황에 나는 모든 감정을 다 끌어올렸다.

필리프의 집으로 가던 중에 차가 막혔다. 평소 같으면
15분 만에 갈 거리가 한 시간이 넘게 걸렸다. 차가 멈추면
우리는 손을 잡고 서로의 몸을 만졌다. 필리프는 내가 듣고
싶었던 모든 진부한 말을 다 해주었다. 나와 연결된 느낌이
든다고 했다. 내 미소가 좋다고 했다. 내가 특별한 사람이라

고 했다. 나는 우리가 전생에 만난 사이였을지도 모른다고 말했다. 그런 헛소리가 내 입에서 나왔다는 게 믿기지 않았다.

어두워지는 하늘을 바라보며 이 순간을 기억하자고 다짐했다. 빛이 부드럽게 떨어지고 귀뚜라미와 매미 소리가 들려오는 저물녘은 내가 하루 중 가장 좋아하는 시간대였다. 낮게 웅웅거리는 소리에 고요와 긴장이 감돌아 나를 설레게 한다. 사람들이 한결 편안한 마음으로 즐거움을 누리기 시작하는 시간이다. 밥 짓는 냄새가 거리에 퍼질 때 산책하는 것은 내가 즐기는 일 중 하나다.

필리프가 사는 동네에 도착한 우리는 저녁거리를 사러 식료품점에 들렀다. 치즈, 올리브, 파테, 빵, 젤라또 같은 진짜 유럽 식품이 가득했다. 우리는 들떠서 참지 못하고 서로를 만져댔는데, 그땐 생각하지 못했지만 줄을 서서 기다리던 다른 손님들이 얼마나 불쾌했을까 싶다.

필리프와 나는 저녁을 먹은 뒤 섹스를 했고 밤새도록, 아침이 될 때까지 계속했다. 지금 생각해보면 (함부로 끌어당겨대곤 했던) 그저 그런 섹스였지만 굉장한 시간이었다고 생각하기로 했다. 근사한 유럽인에 대한 환상이 드디어 실현되었으니까. 뭐, 늘 그렇듯 스스로를 속이는 거짓말이었다.

다음 날 아침 우리는 근처 카페에 가서 에스프레소와 토스트를 먹었다. 거리에서 손을 잡고 키스하고 필리프의 집에서 몇 번 더 섹스한 다음 그가 나를 버스 정류장까지 태워주었다. 필리프는 떠나기 직전에야 만났다니 너무 아쉽다며 내가 계속 머물면 좋겠다고 했다. 가족들이 하는 포도 농장에 데려갈 테니 꼭 다시 와달라고, 와인의 나라를 안내해주겠다고 했다. 비수기인 가을에 나를 보러 시카고에 오겠다고 했다. 버스에 오르기 전에 어떤 남자가 우리의 사진을 찍어주었다. 사진 속 밝은 햇살 속에 선 우리 두 사람은 행복한 연인처럼 보였다.

나는 대서양을 가로지르는 연애에 대한 낭만적인 기대를 품고 시카고로 돌아왔다. 결혼 생활이 끝났을 때와 정반대로 활기차고 열정적이 된 기분이었다.

필리프와 나는 온라인 채팅을 계속했고 가끔은 영상 통화도 했다. 우리는 서로를 그리워하며 다시 만날 계획을 짜보고는 했다. 집에 돌아온 지 2주가 지난 어느 날 밤에 필리프가 주말 동안 여자친구와 섹스하며 지냈다고 말했다. 그 순간 나는 멍청하게도 언어 장벽 때문에 내가 잘못 들었다고 생각했다. 여자친구와 섹스했다고? 그럴 리가. 하지만 내가 분명히 말해달라고 하자 필리프가 다시 한 번 똑같이 말했다.

나는 필리프를 남자친구라고 생각하지는 않았지만 이런 일이 생길 줄은 상상도 못 했다. 그의 집을 살펴보았을 때 머리끈이나 화장품, 여분의 칫솔 같은 다른 여자의 흔적은 전혀 없었으니까.

믿을 수가 없어 노트북을 노려보았다. 왜 나와 자기 여자친구에게 거짓말을 했는지 설명해달라고 했다. 그는 대체 어떤 사람이었던 걸까?

필리프는 자신은 아무 잘못이 없고 자기가 했던 말은 모두 다 진심이었다고 했다. 여전히 나를 좋아하고 다시 만나고 싶다고 했다. 왜? 내가 거듭 물었다. 이유를 물을수록 점점 더 화가 났다.

"즐기는 게 좋으니까." 마침내 그가 말했다.

거기다 대고 무슨 말을 해야 할까?


나는 그날 밤 내내, 아침까지 울었다. 잘 알지도 못하는 남자와 사랑에 빠져서가 아니었다. 다른 남자들이 하나같이 그랬던 것처럼 이 남자도 나를 실망시켰기 때문이다. 하지만 오후가 되어갈 무렵에는 좀 웃기다는 생각이 들어서 몇몇 친구에게 "즐기는 게 좋다"던 그의 말을 전해주었다. 그 문장은 금세 우리들 사이에 가장 인기 있는 구호가 되었다. 너무 어처구니없는 일이라 더 이상 화내기도 어려웠다. 명랑한 로맨틱 코미디에 빠졌다고 생각하고 있었는데 이 남자는 나와 자기 여자친구 사이를 오가며 바람을 피우고 있었다니.

이 모든 시련을 털어버릴 수 있게 되었을 무렵 필리프의

여자친구로부터 페이스북 메시지가 왔다. 이제 나는 국제
적인 드라마에 휘말린 신세였다. 그 메시지에는 필리프가
친구와 주고받은 대화 내용을 캡처한 이미지가 들어 있었
다. 포르투갈어로 되어 있었지만 인터넷의 힘을 빌려 번역
할 수 있었다. 대화 속에서 필리프는 나와 섹스한 일을 떠
벌렸다. 내가 "밤낮없이 섹스하고 싶어 하는 섹스에 환장한
미친 미국인"이라고 말했다. 필리프의 여자친구는 그게 사
실인지, 필리프와 내가 정말로 섹스했는지 알고 싶어 했다.
나는 물론 사실이라고 말했다. 어떤 증거가 더 필요했을까?

그러자 돌아온 대답이 놀라웠다. 상대는 내게 이렇게 말
했다. "고마워요." 그리고 다시는 연락하지 않았다.

나는 그날 오후에 친구 사라에게 전화를 걸어 이야기를
들려주었다. 내가 이용당하고 대상화되었다며 한탄했다.

"아니야." 사라가 힘주어 말했다. "그러지 마. 넌 그냥 국
제적으로 이름난 보지를 가지게 된 것뿐이야."


대학교 4학년이 되어 집에서 나와 독립했을 때 삼촌 중
한 명은 자기 딸에게 나를 멀리하라고 했다. 내가 좋지 않
은 영향을 끼친다며, 딸의 삶에 내가 끼어들지 않기를 바란
다고 말했다. 내가 무슨 잘못을 했냐고? 어느 날 저녁에 사
촌동생을 데리고 치폴레에 가서 대학은 다니는 편이 좋다
고 말했을 뿐이다. 정말 어이가 없었다. 삼촌에 따르면 나는

혼자 사는 데다 지난여름에 남자친구와 멕시코까지 다녀온 몹쓸 여자였다. 그러는 본인은 두 집 살림을 했으면서 말이다. 삼촌은 수년 동안 어떤 여자와 바람을 피웠고 그 여자와의 사이에 아이도 하나 있었다. 얄팍한 남성성에 독신 여성이 얼마나 위협적인지 보여주는 사례다.

여성혐오를 당당히 드러냈다고 전해지는 옥타비오 파스는 에세이 〈말린체의 아들들The sons of Malinche〉에 멕시코인의 정신에 깊숙이 자리 잡은 여성에 대한 이러한 고정관념을 풀어놓았다. "여성은 수동적일 때 여신이자 연인이 되고, 태곳적부터 이어져 온 대지와 모성, 처녀성이라는 우주의 요소를 구현하는 존재가 된다. 활동적일 때는 언제나 기능이자 수단이며, 그릇이자 통로가 된다. 여성성은 남성성과 달리 절대 그 자체로 완결되지 않는다." 우리는 존재 자체로 주체성을 갖는 인간이 아니라 어떤 문화를 상징하는 존재가 되도록 강요당했다. 하지만 만약 우리가 이 책임을 거부한다면? 그따위 헛소리는 집어치우라고 말하고 사방에 불을 지른다면? 파스는 계속해서 이렇게 썼다. "멕시코인은 여성을 어둡고 비밀스럽고 수동적인 존재로 간주한다. 여성에게 사악한 본능이라는 특징을 부여하지 않으며, 심지어 여성에게는 그런 것이 아예 하나도 없다는 듯이 군다." 그의 주장을 더 정확히 말하자면, 여성은 근본적으로 개인적 특성을 지닌 것이 아니라 생명력을 체현한 존재이

므로 여성의 본능은 여성 자신의 것이 아니라 종species으로 서의 본능이다. 그러므로 여성이 사생활을 갖는 것은 불가 능하다. 만약 여성이 자신의 소망이나 열정, 변덕에 따라 멋 대로 행동하려 한다면, 즉 자기 자신이 되고자 한다면 부여 된 자신의 존재 의미에 충실하지 않을 것이기 때문이다.

남편에게 이혼하고 싶다고 말한 지 한 달 정도 지났을 무렵 시카고 사우스사이드 지역에 새 거처를 얻어 그곳으 로 옮겨갔다. 문을 열고 들어설 때마다 나 자신에게 큰 소 리로 이렇게 말했다. "난 여기서 행복하게 살 거야." 소망 이라기보다는 약속에 가까웠다. 온전히 혼자 살게 된 것은 내 인생에서 처음 있는 일이었다. 이혼한다는 사실이 엄청 나게 충격적이기는 했어도, 늘 이런저런 형태로 누군가와 공간을 공유하며 살아왔기 때문에 누구에게도 얽매이지 않을 수 있다고 생각하니 기뻐서 거의 정신이 나갈 지경이 었다.

혼자 사는 것은 여러모로 즐거운 일이었지만, 곧 내가 밥 을 제대로 챙겨 먹을 줄 모른다는 사실을 알게 되었다. 저 녁으로 송어 통조림과 크래커만 먹는 날도 많았다. 한번은 나초 칩과 소스만 먹고 소파에서 울다가 잠든 적도 있었다. 어른답게 스스로를 돌볼 마음이 들지 않았다. 혼자 끼니를 챙기는 게 귀찮기도 하고, 내가 어떻게 살든 나무랄 사람도 없었다. (이 글을 쓰기 시작했을 때까지만 해도 내 집에는 소금통이나 다리미조차 없었다.) 그런 상황이었는데도 나는 그때가 나의 부흥기라고 주장했다.

나는 밤늦도록 잠들지 않고 읽고 썼다. 시를 쓰며 집안을 서성거렸다. 내가 좋아하는 음악을 크게 틀어두었다. 큰 소리로 시를 읽었다. 한밤중에 난해한 영화를 보았다.

처음 몇 달은 데이트도 마음껏 했다. 너무나도 사랑받고 싶었다. 진정 만족스러운 섹스를 하려면 감정적 교류가 필요하다는 사실을 알지 못했기 때문에 대부분 의미 없는 만남이었지만, 그래도 낯선 이의 몸을 만지고 내 안으로 받아들이는 황홀한 기분을 즐겼다.

그러던 어느 날 오후에 고양이가 내 침대 밑에서 쓰고 난 콘돔을 끄집어냈다. 거실 한가운데서 빤히 바라보는데 그게 누가 쓴 것인지 생각나지 않았다. 고양이가 내게 방탕한 년이라고 말하는 것 같았다.


《자기만의 방》에서 버지니아 울프는 이렇게 썼다. "삶의 모든 조건과 그 여성 자신의 본능이 떠오른 그 무엇이든 자유롭게 풀어놓아야 하는 심적 상태에 적대적이었다." 나에게 자유란 무엇을 의미했을까? 예술을 창조할 공간과 시간. 혼자 되기. 읽기. 궁금해하기. 실험하기. 울프는 나 같은 사람을 상상할 수 없었겠지만 그의 글에는 내가 처한 현실이 너무도 많이 비쳐 보였다. 언제나 나를 휘어잡았던, 글을 향한 타고난 사랑이. 어렸을 때 엄마는 내가 너무 책만 읽는다고, 혼자 있는 시간이 너무 많다고 걱정했다. 나는 할 일이나 주위 상황을 까맣게 잊고 책에 파묻혀 몇 시간이고 허구의 세계에서 보내곤 했다. 내 상상 속에 있는 이 세계에서는 다른 어디서도 찾을 수 없었던 무한한 가능성을 느낄수 있었다.

나는 시와 함께할 운명이었지만 시를 쓸 만한 여건은 전혀 못 되었다. 이 소명을 수행하도록 북돋는 요소가 내 주변에는 하나도 없었다. 십 대 시절 나는 혼자가 되기 위해서 끊임없이 싸웠고, 노동계급 이민자의 딸이 예술을 한다는 것은 나를 포함한 모두에게 철없는 짓으로 보였다. 나는 왜 하고많은 것 중에서 글을 그렇게 좋아하게 되었는지 궁금해지곤 한다. 누가 내게 이런 걸 물려줄 수 있었을까? 울프가 주장했듯이 여성이 지적으로 성장하려면 돈이 필요하다. 언제까지고 변하지 않을 진리다. 절박한 심정으로 택한 사무직 생활은 내 인생에서 가장 비참한 경험 중 하나였다. 늘 재능을 낭비하고 있다는 생각이 떠나지 않았기 때문에 내가 읽고 쓰지 못하게 만드는 것은 무엇이든 형벌처럼 느껴졌다.

종종 자기 자신과 가족을 먹여 살리기 위해 타고난 재능을 억눌러야 하는 노동계급 여성들을 떠올린다. 나의 엄마

는 지적 호기심이 풍부하지만 공장에서 야간 근무를 해야
했기에 책을 읽을 시간은커녕 자기를 위해 쓸 시간도 전혀
없었다. 다른 환경에서 성장했다면 엄마는 어떤 사람이 되
었을까 궁금하다.

돌이켜보면 나는 어느 모로 봐도 부유하지는 않았지만
시를 써도 될 만큼 넉넉한 장학금을 받은 덕에 빚을 지지
않을 수 있었다. 게다가 내 영혼을 거의 망가뜨릴 뻔했던
홍보 회사 사무직 일을 하는 동안 수입을 상당 부분 저축했
고, 소설 선인세도 일부 받은 상태였다. 이렇게 살기 위해서
많은 걸 희생하고 죽도록 애써야 했지만 특권을 누린 것은
분명하다. 사생활과 고요함이라는 사치를 누리지 못했다면
이 글도 쓰지 못했을 것이다.


루이사 할머니와는 관계가 썩 좋지 않다. 어릴 때부터 할
머니는 나를 싫어하셨고 그걸 숨기시지 않았다. 정확히 왜
인지는 지금도 잘 모르지만 (질투심이 아니었을까 싶다) 당연
히 나도 할머니를 좋아하지 않는다. 그래도 할머니가 고생
하셨다는 걸 알기 때문에 공감해보려고 노력했다. 그 시대
멕시코 여성이 대부분 그랬듯이 할머니에게는 결혼이 유일
한 선택지였다. 학교에 다니거나 직업을 갖는 것은 생각조
차 할 수 없었다. 그리고 여성은 모든 고통을 말없이 견뎌
야 했다. 엄마에게 듣기로 할머니는 어렸을 때 배우기를 좋

아해서 학교에 가고 싶어했지만 증조할머니가 억지로, 말 그대로 할머니를 끌어내서 토르티야를 굽게 했다고 한다. 학교를 못 가게 된 그때, 할머니는 필터 없는 옛날 담배의 상표명이었던 '파로faro'의 철자법을 배울 기대에 차 있었다. 엄마 말로는 할머니가 지금도 그 얘기를 할 때면 화를 낸다고 한다. 이 이야기를 듣고 나는 처음으로 할머니에게 동질감을 느꼈다.

결국 할머니는 스스로 기본적인 읽기와 쓰기를 익혔다. 할아버지가 브라세로 프로그램으로 미국에 가서 이주노동자로 일하는 동안 할머니에게 편지를 보냈는데, 매번 주위 사람들에게 편지를 읽어달라고 하는 데 지쳐 스스로 글을 깨친 것이다.

여성 작가를 막아서는 수많은 걸림돌에 관한 울프의 의견은 옳지만, 나는 우리의 글쓰기에 담긴 분노에 대한 그의 견해에는 동의하지 않는다. 울프는 여성의 분노가 예술의 진정성을 갉아먹는다고 말했다. 하지만 내가 좋아하는 작가들은 다들 자기만의 방식으로 분노한다. 왜 분노하면 안 되는가? 분노가 없다면 우리는 대체 어떤 존재가 되겠는가? 나는 나의 분노를 돌본다. 이름을 붙인다. 머리를 빗겨주고 자장가를 불러준다.

스물두 살에 파리에 갔을 때 이런 글이 적힌 엽서를 보았다. "나를 태우는 불이 나를 먹여 살리는 불이다." 누가 어디에 쓴 글을 인용한 것인지는 모르지만, 15년이 지난 지금까지 내 머릿속에 강렬하게 남아 있는 문장이다.

어느 여름에 오스틴에 있는 텍사스대학교 블랜턴미술관에서 두 번째로 프란시스코 고야를 만났다. 마드리드에서 지내던 때부터 좋아했지만 〈황금빛의 도미〉 앞에 서니 그의 작품이 새삼 강렬히 다가왔다. 나는 휘둥그레진 눈으로 그림을 바라보면서 아름다움에 압도당할 때면 종종 그러듯이 혼잣말을 했다. "이런 젠장." 물고기들은 이미 죽은 상태인데도 강렬한 무지갯빛을 띠고 있었다. 눈은 죽어 있는 동시에 지각이 있는 듯했다. 이런 순간이 내게는 영적으로 다가온다. 나는 신의 존재를 믿지 않지만 초월성은 믿는다. 내가 살아 있다는 느낌을, 탁월함을 성취하는 인간의 능력을 가장 크게 느끼는 순간이다. 이렇게 다른 도시에 가서 넋놓고 예술 작품을 감상하며 오후를 보낼 수 있는 것이 얼마나 큰 행운인가 싶었다.

같은 시기에 중국 예술가 쉬빙徐冰의 〈하늘에서 온 책〉이라는 작품도 전시 중이었다. 두루마리, 서적, 벽면 패널 형태로 인쇄된 글자들로 이루어진 설치미술이었다. 실재하는 글자처럼 보였지만 전부 화가가 지어낸 것이었다.

나는 그 가상의 언어에 매료되었다. 아무 의미도 없는 그 글자들이 나를 끌어당겼다. 다른 언어를 마주하는 느낌과는 달랐다. 그 글은 창작자 자신에게조차 아무런 의미가 없었으니까. 작품을 찬찬히 알아가면서 나는 나의 조상, 나보다 먼저 온 모든 여성들이 궁금해졌다. 나의 생존에 그렇게나 중요했던 문자라는 선물이 없었다면 세상은 어떤 모습이었을지 상상해봤다. 내가 가진 힘의 상당 부분은 글을 다루는 능력에 달려 있었다. 그것이 없었다면 나는 어떻게 되었을까? 쉬빙은 자신의 작품에 관해 이렇게 말했다. "문자를 고쳐 쓰면 한 사람의 사고의 핵심이 변화한다. (…) 나의 작업은 숭배로 가득 차 있으면서도 조롱이 섞여 있다. 문자를 갖고 노는 동시에 제단 위에 모시는 것이다."

식민지 시대 멕시코의 작가이자 수녀이면서 페미니스트였던 후아나 이네스 데 라 크루스의 삶을 다룬, 내가 좋아하는 텔레비전 시리즈가 있다. 드라마처럼 구성해 극적인 스캔들로 가득한 방송이다. 대학에서 후아나 수녀에 대해 배우기는 했지만 그 시리즈를 보고서야 그의 치열했던 면모를 알게 되어 열정적으로 파고들기 시작했다. 나는 늘 후아나 수녀처럼 혼자가 되기를 좋아하는 여성에게 관심이 갔다. 고등학교 때는 에밀리 디킨슨을 기리는 뜻으로 흰 원피스를 입기도 했다. 후아나 수녀가 품은 배움을 향한 사랑, 읽고 쓰고 알기 위해서 다른 모든 것을 기꺼이 내려놓고자 하는 자세가 나를 사로잡았다.

후아나 수녀가 저지른 잘못이라면 입 다물고 순종하기를 거부하고 질문을 던지는 여성으로 살았다는 것이다. 당시의 식민지 사회는 그에게 학업을 포기하거나 교회에서 추방당하는 것 중 하나를 선택하라는 지독한 요구를 했다. 후아나 수녀가 그런 사람이라는 이유로 사죄해야 했다고 생각하면 지금도 마음이 무너진다. 텅 빈 책장 앞에서 공부하는 그의 모습을 상상하면서 책이 없다면 내 삶이 어떻게 되었을지 생각해봤다. 젠체하거나 낭만적으로 묘사하려는 것이 아니라 정말 말 그대로 나는 살아남지 못했을 것 같다.

인생의 마지막 순간에 후아나 수녀는 이렇게 한탄했다. "요, 라 페오르 데 토다스Yo, la peor de todas(나, 세상 그 누구보다 못난 인간)." 그가 진심으로 그렇게 믿었는지 그저 교회가 바라는 볼거리를 제공해준 것뿐인지는 결코 알 수 없을 것이다. 옥타비오 파스는 〈정복과 식민주의The Conquest and Colonialism〉라는 에세이에서 후아나 수녀에 관해 이렇게 썼다. "외로운 인물 후아나 수녀는 의심과 질문의 가치를 부정하는 확언과 타협의 세계에서 점점 더 고립돼갔다." 이것이 이분법을 넘어 사고하고 미묘하고 모호한 것을 즐기는 사이에 끝없이 고립되는 수많은 여성이 맞이하는 운명이다. 파스는 계속해서 이렇게 말했다. "우리는 자신의 대담함과 여성으로서 처한 조건 때문에 끝내 자기를 용서하지 못한 한 영혼의 우울을 느낄 수 있다." 지금은 후아나 수녀의 천재성에 이견이 없지만 당사자는 그로 인해 고통받았다. 나는 후아나 수녀가 자기 삶을 실수라고 여기지 않았다고 믿고 싶다. 사후에 밝혀진 바로 후아나 수녀는 글쓰기를 멈추지 않았다고 한다. 생전에 그 글들을 발표하지는 않았지만 이것이 후아나 수녀의 저항이었다.

부모님은 당신들이 국경을 넘지 않았다면 내가 사는 꼴이 어땠을지 농담하곤 한다. 나도 궁금하다. 나는 여전히 나였을까? 내가 처한 환경에 적응했을까? 어쩌면 나라는 사람이 아예 존재하지 않았을지도 모르지.

엄마는 내가 교육받지 못했거나 세상을 마음껏 돌아다닐 자유가 없었다면 얼마나 비참했을지 잘 안다. 내가 만약 부모님의 고향에서 지금의 나로 살았다면 그보다 더 절망적일 수 없었을 것이다. 내가 괜찮은 남자와 데이트할 가망이 없다고 불평하면 엄마는 이렇게 말했다. "네가 **엘란초 el rancho**(목장)에서 자랐다고 상상해 봐." 멕시코의 시골 지역에서 아이를 여럿 키우며 사는 주부인 내 모습이라니 우스꽝스럽고도 재미있다. 엄마는 자주 그런 농담을 했다. 한번은 아빠가 이런 말을 해서 우리 모두 엄청나게 웃은 적이 있다. "야 후비에라 마타도 도스 오르 트레스 카브로네스**Ya hubiera matado dos or tres cabrones**(지금쯤이면 애가 막돼먹은 새끼들을 두셋쯤 죽였을걸)."

전통적인 멕시코 문화 안에서 자라면서 나는 섹스란 받아들이는 것이라는 인식을 갖게 되었다. 여성에게 섹스는 참아야 하는 행위였다. 우리가 가진 무기라고는 상대를 조종하기 위해서 섹스를 피하는 것뿐이었다. 여성의 즐거움에 관해 이야기해본 적도 없고, 섹스하는 과정에서 여성이 적극적인 주체일 수 있다고 인정받아본 적도 없었다. 학교에서 받는 성교육은 해부학적 지식과 수치심 유발 전술로 가득 차 있었다. 여자아이들은 다리를 오므리고 있으라는 충고를 들었다. 이런 해악을 되돌리고 자신이 어떠한 형태로든 얻을 수 있는 즐거움을 누릴 자격이 있다는 확신을 얻기까지 나의 성인기를 전부 쏟아부어야 했다는 것은 놀랄일이 아니다. 단순히 내가 가톨릭 문화 속에서 자라서만이 아니다. (물론 그것이 큰 영향을 미치기는 했다.) 이건 내가 유색인 여성으로서 이 나라에서 갖는 지위, 세상에 대해 어떠한 기대를 하도록 키워졌는지에 기인한 결과다. 나는 무엇을 할 권리가 있지? 내가 뭐라고 그렇게까지 요구할 수 있지? 미국에서 가장 임금을 덜 받는 인구 집단 중 하나로 꾸준히 꼽히는 우리는 백인 남성이 받는 임금의 55퍼센트를 번다. 내가 성인이 될 무렵 매체에서 접한 라틴계 여성에 대한 묘사는 대체로 굉장히 비인간적이었다. 온순하고 가난하거나, 과하게 성적인 모습이거나 둘 중 하나였다. 입체성도 주체성도 없었다. (이제는 변화하기 시작했지만 속도가 너무 느리다.)
나는 온갖 상황에서, 특히 연애 관계에서 별 볼 일 없는 몫
을 받아들이는 법을 배웠다.

이혼한 이듬해에는 내가 좋은 것을 누릴 자격이 있을 뿐
아니라 내가 가신 좋은 것을 빼앗기지 않으리라는 확신을
갖는 데 한 해를 꼬박 바쳤다. 어릴 때 나는 내가 가진 것을
지켜야 한다고 배웠다. 신고 있는 운동화도 훔쳐 가는 동네
에 살고 있었기 때문에 내가 가진 것에 극도로 예민했다.
문을 잠그지 않고 다니는 사람을 보면 엄청나게 당황스러
웠다. 이런 성향은 내 삶의 다른 영역에도 영향을 미쳤다.

고등교육을 받고 나름의 성취도 했지만 언제고 모든 것
을 다 빼앗겨 빈털터리가 되고 말 거라는 두려움이 내 안에
끈질기게 남아 있다. 나는 아직도 학점이 모자라 대학을 졸
업하지 못했다는 통보를 받는 악몽을 꾸곤 한다. 꿈 속에서
나는 학위를 받는 데 필요한 과정을 이수하기 위해 재입학
을 해야 한다. 고등학교로 돌아가야 하는 악몽도 있다. 어찌
어찌하다가 수업을 깜빡해 그 학기에 낙제하고 만다. 그럴
때마다 깜짝 놀라 깨어나서 가슴을 쓸어내린다.

나는 이것이 가면 증후군 수준을 넘어서는 불안의 징후
라고 본다. 스스로가 가짜거나 무가치하다고 생각하는 것
이 아니라, 나 같은 사람이 스스로 선택한 삶을 살아도 되
는지 의문스러운 것이다. 나는 늘 세상과 나누고 싶은 특별

힌 무언가가 있었지만 세상이 그걸 봐주지 않거나 신경도 쓰지 않을까 봐 두려웠다.

스페인에서 지내던 그해에 나는 파리에서 홀로 며칠을 보냈다. 아름다웠던 어느 오후에 센강변을 걷고 있었다. 봄이었고, 그전까지 한번도 알러지를 겪은 적이 없었는데도 파리에 머무는 내내 공기 중에 있는 무언가로 인해 주체할 수 없이 눈물이 흘러내렸다. 내가 길에서 우는 걸 알아차리는 사람이 없기를 바라며 손등으로 계속 눈물을 훔쳤다.

센강과 고딕 양식의 건물들을 살펴보고 있자니 내가 정말 파리에 와 있다는 생각이 퍼뜩 들었다. 어릴 때부터 항상 꿈꿔왔던 대로 혼자 다른 나라에 와 있었다. 그때부터 나는 정말로 울기 시작했다. 그 깨달음에 압도된 나머지 난 생처음으로 기쁨의 눈물을 흘렸다.


남편과 헤어진 후 끔찍한 데이트를 너무 많이 했다. 내가 어떤 타입을 싫어하는지 뚜렷이 알게 되었기에 그때 만난 남자들은 대부분 첫 데이트를 넘어가지 못했다. 한번은 식당에 도착하기도 전에 데이트를 그만둔 적이 있다. 상대가 엄마와 같이 살고 있고 전 여자친구가 자기와 다시 만나고 싶어 한다고 말했기 때문이다. 나는 즉시 차를 집으로 돌리라고 말했다. 결국 온라인 데이팅 서비스를 쓴 지 1년 만에 앱을 싹 지워버렸다. '오른쪽으로 밀어 보기'를 해서 평생의 연인을 찾을 수 있으리라는 생각이 들지 않았다. 하지만 몇 주 지나 틴더 앱을 다시 깔았다. 외롭기도 했고, 30대에 연애 상대를 찾기가 만만치 않았기 때문이다.

작가로서 나는 늘 멋진 이야기처럼 살아보고 싶었다. 누가 배우자를 어떻게 만났느냐고 물을 때 인터넷이 우리를 맺어주었다고 인정하는 상황은 떠올리고 싶지 않았다. 그런 건 멋진 이야기가 아니었다. 일 년 내내 책방이나 도서관, 기차 아니면 비행기에서 처음 보는 잘생긴 사람에게 빠져드는 상상을 했다. 서가의 사회비평 코너를 둘러보다가 눈이 마주친다. 둘 중 한 사람이 농담을 던지고, 오후 내내 함께 커피를 연거푸 마시며 인종과 성별 격차에 관해 토론한다. 뭐 그런 식으로.

어느 날 저녁 틴더에서 스스로 잘생겼다고 주장하는 남자와 술을 마시기로 했다. 약속 장소는 LP판을 트는 부스가 있고 조명이 잔잔한 최신 유행 칵테일 바였다. 기대를 낮추는 법을 익히기는 했지만 내 기준에는 맞지 않는 남자라고 생각했다. 입에 발린 소리와 오래된 사진에 속은 적이 한두 번이 아니었다. 나는 별로다 싶으면 일찌감치 자리를 뜨려고 둘러댈 만한 변명거리를 마련해두었다. 가장 즐겨 쓰던 변명은 마감을 앞둔 글이 있어서 일찍 자야 한다는 것이었다. 마감 따위 없다는 건 누가 봐도 뻔한 일이었지만 워낙 데이트를 많이 하다 보니 이제는 아무래도 상관없었다. 나는 효율적인 인간이라 내 시간이건 남의 시간이건 낭비하고 싶지 않았다.

하지만 막상 가보니 마감 핑계는 필요 없었다. 데이트 상대는 훤칠하고 잘생긴 데다 실제로 보니 사진보다 훨씬 더 매력적이었다. 나를 많이 웃게 했고, 그 공간에 오직 나밖에 없다는 듯이 바라보는 눈빛이 마음에 들었다.

"개성이 강하셔서 두려워하는 남자가 많겠어요." 그가 말했다.

"맞아요. 정말 그래요." 내가 대답했다.

남자가 미소 지으며 말했다. "글쎄, 저는 좋은데요."

그 남자에게 반하지는 않았지만 우리는 타코를 먹으며 그날 밤을 마무리했다. 타코는 늘 내게 좋은 징조이자 약속의 표지였다. 우리는 짧게 키스하고 다시 만날 날을 정했다.

그 후로 그 남자와 몇 번 더 만났는데, 얼마 안 가 내가 우울에 빠져들면서 그 남자뿐 아니라 다른 모든 것에 대해서 흥미를 잃었다. 바싹 메말라버린 것 같았다. 어느 날 밤 그에게 전화를 걸어 내가 정신적으로 문제를 겪고 있어서 당장은 해줄 수 있는 게 아무것도 없다고 설명했다. 울 줄은 몰랐는데 그 말을 하던 중에 목소리가 갈라지더니 눈물이 터졌다. 그의 목소리는 차분했고 실망감이 느껴졌지만, 자기는 이해한다며 잘 지내기를 바란다고 말했다. 통화를 끝내고 나는 소파에서 한참 울었다.

이 슬럼프는 몸을 웅크려 그 안으로 꺼져버리고 싶을 정도로 온갖 나쁜 일이 한꺼번에 몰아닥치는 바람에 찾아왔다. 2016년 대통령 선거 직후이기도 해서 나는 인류에 대한 희망을 잃어버린 상태였다. 다 무슨 소용이 있나 싶었다. 이제 나는 어떤 세상에서 살게 되는 거야? 어째서 이런 일이 벌어지지는 않을 거라고 믿을 정도로 순진했을까? 아무것도 이해할 수 없어 공포에 질린 채로 뉴스를 읽었다. 아침에 잠에서 깰 때마다 이 모든 게 악몽이기를 바랐다.

추수감사절이 끝난 뒤였다. 나는 늘 어둠과 추위, 명절이 힘겨웠다. 크리스마스 기간에는 우울감에 휩싸였다. 경쾌한 음악 소리에 묻어나는 상업주의를 견딜 수 없었다.

남편과 헤어지고 정확히 1년이 다 된 때였고, 그 전해인 2014년에도 자살 생각을 할 정도로 심각한 우울증을 한바탕 겪은 후였다. 나는 실패한 수많은 관계를 떠올리며 내가 원하는 방식으로 사랑받은 적이 한 번도 없다는 걸 깨달았다. 어쩌면 태어날 때부터 뭔가 잘못되었던 건지도 모를 일이었다. 살면서 만난 남자들은 하나같이 별로였다. 나는 불치병인 폐질환으로 말 그대로 죽어가고 있으면서도 나와 사귀고 싶지 않다고 말했던 연상인 동료에게 일 년 동안 매달렸다. 순진한 정도를 넘어 자해에 가까웠다.

슬픔이 무서워진 나는 생활 방식을 바꾸었다. 돌이켜보면 삶을 근본적으로 단순화시킨 것이었다. 술을 마시면 끔찍한 숙취에 시달려야 했고 그런 나 자신이 형편없고 쓸모 없는 존재로 느껴졌기 때문에 술을 끊었다. 내가 알코올 중 독자라고 생각한 적은 없었고 몇 년 사이에 주량을 줄이기 도 했지만, 일단은 술이 문제라는 사실과 내 삶의 다른 부 분에서도 똑같은 행태가 나타난다는 것을 깨달았다. 나는 파괴적이고 건강하지 못하고 자학적이라는 것을 알면서도 마법 같은 변화가 찾아올지도 모른다고 기대하며 건강하지 않은 관계를 유지했다. 독을 들이키면서 죽지 않기를 기대 하는 꼴이었다.

체력을 키우고 날카로워진 신경도 가라앉힐 겸 수영을 시작했다. 물속에 있으면 치유되는 느낌과 함께 몸과 마음 이 모두 강해지는 기분이 들었다. 나는 가능한 모든 방법을 동원해 이 구덩이에서 벗어나기로 결심했다. 불교 수행에 더 깊이 몰두했고 더 큰 확신을 품고 염불을 외웠다. 때로 는 너무 심하게 흐느끼느라 진언을 거의 욀 수 없었던 적도 있었다.

어느 날 저녁 염불을 외던 중에 나는 평생토록 놓치기만 했던 깨달음을 얻었다. 늘 누가 나를 알아주고 나의 특별함 을 알아봐주기를 갈구했지만, 나는 나 자신을 진심으로 그 렇게 생각했던가?

이렇게 지내던 동안에 틴더에서 만났던 그 잘생긴 남자 마커스가 내 상태를 살피며 안부를 묻곤 했다. 그는 아기 시절 크리스마스에 찍힌 우스꽝스러운 사진을 보내며 연말에 시간이 있느냐고 물었다. 나는 짧은 대답만 하며 그의 연락을 무시했다. 연애 감정을 느끼지는 않았지만, 나는 내가 만났던 다른 모든 남자에게 그랬던 것처럼 그를 버리고 싶지 않았다. 마커스는 내가 정말 멋진 사람이라며 친구로서도 좋으니 나에 대해 더 알고 싶다고 했다. 진심인 것 같아 다시 한 번 만나서 저녁을 먹기로 했다. 한 인간으로서 나에게 흥미를 보이는 남자라고? 글쎄, 이런 일은 잘 없는데.

우울증의 안개에 휩싸여 있던 탓에 잊고 있었지만, 마커스를 향해 걸어가는 동안 그가 매력적인 사람이라는 게 너무나도 또렷하게 느껴져 깜짝 놀랐다. 이번에도 마커스는 나를 웃게 했고 내게 칭찬을 쏟아부었다. 어느 것도 거짓이나 계산적인 행동으로 느껴지지 않았다. 그래도 나는 여전히 취약한 상태라고 느꼈기 때문에 연애를 원치 않는다는 말을 반복했고, 마커스는 이번에도 실망하기는 했지만 친구로 지내는 데 동의했다.

며칠 뒤 마커스는 내가 좋아할 듯한 스탠드업 코미디를 보자며 내 집으로 왔다. 백인들을 향한 폴 무니의 조롱을 들으며 나는 배가 아플 정도로 웃었다. 손뼉을 치고 발을 굴렀다. 공감하며 연신 고개를 끄덕였다. 그 농담들은 그 순간 내 인생에도, 역사에도 필요한 위로였다.

마커스가 떠나며 포옹했을 때 그가 나를 원하는 게 느껴졌다. 그리고 우리는 잠시 키스했는데, 불편한 기분이 들어 그를 문 쪽으로 밀어냈다. "이제 갈 시간이야." 나는 웃으며 말했지만 사실 무척 심각했다.

그 후 우리는 사귀기 시작했다. 혼자 1년을 지내고 보니 마커스가 가장 좋은 선택지로 보였다. 몇 달 전에 우리가 헤어졌던 건 나의 우울증이 가장 큰 이유였지만, 그와 함께하는 내 모습을 도무지 상상할 수 없었던 탓이기도 했다. 마커스에게 어딘가 문제가 있는 듯한 느낌이 들었지만 명확히 짚어낼 수는 없었다. 내 마음속에 아주 작은 의심의 기운이 꿈틀대고 있었다. 이상하게 들리겠지만 마커스에게서 나는 냄새가 싫었다. 하지만 나는 내 직감을 따르는 대신 이것이야말로 내가 그렇게 바라던 연애라며 마음을 다잡았다.

그즈음 나는 오르가슴을 얻으려고 내내 몸부림쳤다. 일전의 그 폐병으로 죽어가던 남자에게서 몇 번 느낀 적이 있기는 했지만 거기에는 대가가 따랐다. 그를 볼 때마다 나는 갈망과 거부의 순환에 사로잡혔다. 나는 그 남자를 전부 원했지만 그는 내 일부만을 원했다. 그가 관계의 가능성조차도 시도할 마음이 없다는 걸 알고는 있었지만 나는 또다시, 마치 달콤한 케이크를 먹듯이 계속 독을 들이켰다.

내 몸이 망가진 것 같다는 생각이 종종 들었다. 결혼 전에는 오르가슴을 쉽게 느꼈다. 고등학교 시절 남자애와 서로 몸을 더듬을 때면 내 몸을 상대에게 문지르기만 해도 속옷이 흠뻑 젖을 정도였다. 그런데 왜 성적으로 가장 왕성해야 했을 그때의 나는 그게 그렇게 힘들었을까? 그 시기에 나는 나오미 울프의 《버자이너》를 두 번 읽으며 내가 가진 질에 대한 과학적, 역사적, 심리학적 지식을 얻었다. 나의 질이 마법 같은 존재라는 구절에 힘을 얻었다. 언제든지 흥분할 수 있었으니 분명 신체적 문제는 아니었다. 내가 선택한 남자들이 섹스를 영 못했던가? 마음 한편으로 의심하고 있기는 했지만 나는 마커스가 내 몸에 보이는 관심을 즐겼다. 마커스는 혀 놀림이 능숙했고 섹스하고 나면 내 몸은 온통 삐걱댔다. 내 생에 가장 괜찮은 성생활을 하고 있던 때였다. 나는 오르가슴을 얻으려고 기도를 드리기도 했다. 내 제단에 나무로 된 외음부 조각상을 놓아두고 사랑을 만나고 즐거움을 경험하게 해달라고 염불을 외웠다. 그러던 어느 날 밤 드디어 온몸이 떨릴 정도로 깊은 오르가슴을 느꼈다.

그렇다고 해서 마커스에 대한 애정이나 감정이 완전해진 것은 아니었다. 나는 여전히 그가 미심쩍었다. 그 오르가슴은 어릴 적부터 내면화한 수치심과 억압에서 벗어날 것을 스스로에게 허락했기 때문에 찾아온 것이었다. 태초부터 풀어보려고 애쓰던 매듭이 갑자기 풀린 것 같은 단순하고 원초적인 느낌이었다. 그렇게 오랫동안 기다려 왔던 내 몸을 즐기는 순간, 믿기 어려울 정도로 후련했다. 아무 거리낌 없는 즐거움이 내게도 허락된 것임을 알게 되었다.

내 인생에서 처음으로 나 자신을 잊은 순간이었다. 자유롭다는 게 이런 것인가 싶었다.

# 타오르는 태양이 싫어

    어릴 때 꿈꾸던 많은 것들이 30대 초반에 실현되었다. 수년 동안 형편없는 직장을 전전하며 일하고 나니 인생의 모든 조각이 합쳐지기 시작했다. 나는 늘 야망을 품고 살았지만 글을 써서 먹고사는 것이나 그것을 어떤 식으로든 제대로 인정받거나 축하받는 것이 얼마나 어려운지 고통스러울 정도로 잘 알고 있었다. 그러던 중에 모든 일이 한꺼번에 몰려왔다.

    2017년 8월에 나는 처음으로 강사 자리를 얻어 뉴저지의 프린스턴으로 이사했다. 몇 차례에 걸친 면접과 최종 후보자들과 함께 어울리는 파티까지 포함된 만만찮은 심사 과정을 거쳐 프린스턴대학교 예술 연구원으로 선정되었다. 수백 명이나 되는 지원자 중에서 세 명 안에 든 것이다. 꼭 〈헝거 게임〉의 추첨에서 살아남은 기분이었다. 난생처음으로 출근할 날이 기다려졌다. 유색인으로서 아이비리그 대학 강사가 된다는 건 진심으로 짜릿했다. 우월감에 취해서

가 아니라, 전통저으로 백인의 영역이던 곳에 침입했으니 제대로 난장을 피워보고 싶었다.

또 이 해에 내가 쓴 책 두 권이 출판되어 비평가들에게 호평을 받았다. 《추방의 교훈Lessons on expulsion》은 내가 10년 동안 쓴 시를 묶은 책이었고, 첫 소설 《나는 완벽한 멕시코 딸이 아니야》는 5년에 걸친 작업의 결과물이었다.

소설은 곧바로 〈뉴욕타임스〉 베스트셀러 목록에 올랐고 심지어 출간되기도 전에 전미도서상 최종 후보에 올랐다. 두 책이 비슷한 시기에 출간될 줄은 몰랐지만 그냥 일이 그렇게 흘러갔다. 내 인생이 어떻게 이럴 수 있나 싶었다.

전미도서상 시상식은 내게는 꿈만 같았다. 친구, 지인, 동료들이 '문학계의 오스카상'이라고 일컫던 자리였는데, 직접 가보니 정말 정확한 표현이었다. 그런 우아한 행사에 가본 적은 처음이었다. 시상식은 맨해튼에서 열렸다. 축하 파티는 휘황찬란했고 수많은 나의 문학 영웅들이 그 자리에 와 있었다. 그날 밤 레드카펫 위에서 웃는 내 사진이 인터넷에 여러 장 공개되어 있다. 나는 인어 같은 실루엣의 호사스러운 감청색 드레스를 입었다. 비록 수상은 못 했어도 내 생애 최고의 밤이었다. 내 책이 세상에 나왔고 가치 있는 작업으로 인정받았다는 게 실감이 나지 않았다.

이 시기에 나는 낭독회, 문학 축제, 학교 초청 방문 등 책을 홍보하는 행사를 위해 전국을 돌아다녔다. 어느 도시에

와 있는지도 헷갈린 채 잠에서 깨곤 했다. 지치는 일정이었지만 삶이 만족스럽고 신이 났다. 나는 내가 늘 바라던 삶을 살고 있었다.

모든 일들이 나에게 맞아떨어지는 듯했다. 연애도 마찬가지였다. 결혼 생활에 실패한 뒤로 짧고 처참하게 끝나는 만남을 수없이 거치고 나니 드디어 내 일을 지지해주는 사랑하는 반려자가 나타났다. 그동안 내가 만났던 상대들은 모두 나의 야망과 성공에 화를 내거나 두려워했기 때문에 이런 관계가 낯설었다. 마커스와의 관계는 내가 경험한 그 어떤 관계와도 달랐다. 외모 말고는 딱히 내세울 게 많지 않은 마커스는 내가 꿈꾸던 남자는 아니었지만 인정받고 사랑받는 느낌을 느끼게 해줬다. 자기주장이 강한 내 성격을 기꺼워하고 내가 도전하는 것을 좋아했다. 나를 재미있고 똑똑하고 아름답다고 생각했고 그걸 자주 표현했다. 우리는 서로 사랑했고, 약혼은 하지 않았어도 막연히 결혼이나 아이에 관한 이야기도 주고받았다.

나는 내 운명에 맞는 사람이 되었다고 생각했다.


연구원 생활을 시작하면서 페트로프 박사라는 정신과 의사를 만나 진단을 새로 받았다. 프린스턴에서 지낸 지 6개월이 지나자 페트로프 박사는 나를 양극성 장애 제2형으로 진단했다. 몇 년 동안 나는 지겨운 우울증을 앓고 있다고 생각했지만 내게 끝없이 질문을 던지고 답을 듣고 난 페트로프 박사는 내 우울증이 우울하기보다는 재미있는 쪽이라고 판단했다. 박사는 내가 우울증을 앓으면서도 그렇게 생산적으로 살 수는 없었을 거라고 보았다. 유일한 해답은 양극성 장애였다.

나는 경악했다. 어떻게 이럴 수가 있지? 그동안 왜 아무도 내게 이런 진단을 내리지 않았던 거지? 처음 입원했던 열다섯 살 때부터 그렇게나 많은 의사를 만났는데 이런 말을 들은 적은 한 번도 없었다. 하지만 생각하면 생각할수록 그게 맞는 것 같았다. 심각한 과소비나 섹스 중독 또는 자기가 예수 그리스도나 뭐 그런 존재라고 믿는다든지 하는 극단적인 조증 삽화를 겪은 적은 없었지만, 머릿속으로 너무 많은 생각이 휘몰아쳐 혼미해질 때가 많았다. 아주 광활하고 무한하게. 글을 쓸 때 자주 있는 일이다. 너무 혼란스러워 가만히 앉아있을 수가 없다. 호흡이 가빠진다. 집중이 잘 안 된다. 이리저리 서성이며 혼잣말을 한다. 마음을 진정시키려고 낮잠을 자기도 한다.

나는 항상 감정 기복이 심해 가족들을 걱정에 빠뜨렸다. 어릴 때는 멀쩡하다가도 곧바로 기분이 나빠지곤 해서 예측이 불가능한 아이였다. 내가 골칫덩어리라는 걸 나도 알고 있었지만 어쩔 수 없었다. 어떻게 해도, 이성적으로 생각하려 아무리 노력해도 결국에는 감정에 휩쓸리곤 했다.

나는 징징거리기 대장이었고 우는 걸로는 나를 이길 사람이 없었다. 엄마와 오빠, 남동생과 함께 로스앤젤레스에 있는 친척 집에 갔던 일이 생각난다. 우리는 시월드에 가서 관람장 뒤쪽 좌석에 앉아 범고래 쇼를 보았다. 그 불쌍한 생명체 샤무를 앞자리에서 제대로 보고 싶었던 나는 뒷좌석에 앉아야 한다는 사실에 너무 실망해서 몇 시간이나 울었다. 가난했던 부모님이 큰 희생을 감수하고 마련한 자리에 있는 것만으로도 고마워해야 할 판에 나는 별것도 아닌 일로 발광했다. 부모님이 때로 나를 견디기 어려워했던 것도 이해가 된다.

그 모든 시간을 보내고 나서야, 나를 포함한 모두가 그저 변덕스러운 성격이라 생각했던 것이 양극성 장애로 밝혀졌다. 새로운 진단에 따라 페트로프 박사는 나에게 듣는 유일한 치료제였던 프로작을 끊기로 했다. 그 대신 양극성 장애와 조현병 치료에 쓰는 약물인 아빌리파이를 처방했다. 그 시기에 나는 제대로 생활하고 있었고 정신과에는 검진만 받으러 다니는 중이었기에 조금 망설여지기는 했지만 전문가의 판단에 이의를 제기할 생각은 없었다. 나는 새로운 약을 쓰기로 결정하고 프로작을 줄이기 시작했다.

나는 양극성 장애의 최고 권위자 중 하나로 꼽히는 케이 레드필드 재미슨이 쓴 《천재들의 광기: 예술적 영감과 조울증Touched with fire: manic-depressive illness and the artistic temperament》

을 다시 펼쳐보며 양극성 장애에 관한 글을 찾아 읽기 시작했다. 2014년 우울증을 겪고 있을 때 상담사의 추천으로 재미슨의 첫 책《조울병, 나는 이렇게 극복했다》를 읽은 적이 있었다. 나는 그 책에 깊이 공감해 저자의 다른 책들도 읽어보았다. 예술적으로 대단히 흥미로웠지만 나 역시 양극성 장애일 수 있다는 생각은 하지 못했다.

버지니아 울프, 마크 트웨인, 에드거 앨런 포와 같이 내가 좋아하는 작가들도 비슷한 질병을 앓았을 가능성이 있다는 걸 알게 되었다. 재미슨은 작가와 예술가들이 우울증과 양극성 장애를 겪는 비율이 높다고 주장하는데, 내 경험에 비춰보아도 그런 것 같았다. 가장 인상적이었던 대목 중 하나는 어째서 작가들이 생명의 맥박과 자연계의 리듬을 더 잘 느끼는지 설명한 부분이었다. 우리 같은 사람들은 "자연에서 어떤 일이 발생하기 직전의 순간, 경계, 가장자리"와 같은 사물의 사이inbetweeness를 즐기고, 반대편의 상태를 이해하고, 전혀 관계가 없어 보이는 사물간의 연결고리를 찾아낼 수 있다는 것이다. 머릿속에 수많은 생각이 동시에 떠오르기 시작했다. 저물녘, 경계, 초월에 대한 나의 집착에 근본적인 이유가 있었던 듯했다. 내면에서 끝없이 솟아나는 질문을 구체화하기 위해 시를 쓴다는 것이 논리적인 결론으로 보였다.

2월에 마커스가 나를 보러 프린스턴에 왔다. 그는 예정대로 나와 함께 살러 오지도 않았으면서 일을 그만두고 새 직장을 구하는 중이었다. 나는 이사를 하거나 직장을 찾을 구체적인 계획을 세우지 않는 마커스에게 지쳐가고 있었다. 내가 열심히 일하는 동안 빈둥대기만 하는 게 화가 났다. 헬스장에나 다니고 하루 종일 뭘 하는지 모르게 노트북 앞에서 시간을 보내는 그를 보며 마음이 식어갔다. 그래서 돌아가라고 했다가, 공항으로 가는 도중에 하도 장광설을 늘어놓길래 다시 데려왔다. 둘이서 폭풍 같은 몇 주를 보낸 후에 마커스는 시카고로 돌아갔고 나는 문학 축제에 참석하러 멕시코시티로 갔다. 그런 다음 뉴저지로 돌아와 정기 검진을 받으러 병원에 갔다. 생리가 늦어지고 있었지만 지난 몇 달 동안 계속 주기가 불규칙했기 때문에 별로 걱정하지는 않았다. 병원 측에서는 절차에 따라 임신 여부를 검사했다.

몇 분 뒤에 간호사가 검사실로 돌아와 웃으며 말했다. "축하합니다." 나는 평생 임신을 피하며 살아왔기 때문에 처음 몇 초 정도는 **"축하합니다, 임신이 아닙니다"**라는 말인 줄 알았다. 그러다 곧 그게 아니라는 걸 깨달았다. 간호사 딴에는 내 나이를 보고 이게 좋은 소식이라고 생각했던 것이 틀림없다.

그럴 수도 있고 아닐 수도 있었다. 예정에 없던 일이지만 피임에 신경 쓰지 못한 게 사실이고, 언젠가는 아이를 갖고 싶기도 했다. 어쨌거나 나는 30대에 애인도 있고 직업도 있는데. **안 될 게 뭐 있어?**

나는 즉시 마커스에게 전화해 소식을 전했다. "나 조금 살쪘던 이유가 뭔지 알아? 임신해서 그렇대! 믿어져?" 그렇게 말하며 나는 웃었다.

하지만 마커스는 나만큼 열광하지 않았다. "진심이야? 세상에." 그는 이렇게 말하고는 잠시 주춤했다. "사후피임약 먹으라고 했잖아."

들떠있던 기분이 천천히 가라앉았다. "계획은 없었지만 신나지 않아?"

그는 대답했다. "어떻게 반응해야 좋을지 모르겠어."

마커스가 뉴저지로 돌아왔고, 우리는 함께 결정을 내리기로 했다. 우리가 가진 선택지가 무엇인지, 어떻게 이 일을 헤쳐나갈 수 있을지 생각해보았다. 마커스는 자기가 바라던 만큼 경력을 충분히 쌓지 못했다며 걱정했다. 그는 병원 행정직 일이 너무 시시해서 그만둔 상태였다. 학교로 돌아가 신경과학을 공부하고 싶다고는 했지만 아무런 준비도 해두지 않았다. 서른한 살에 대학 졸업장만 있을 뿐 경력은 변변찮았다. 그는 그때까지 늘 이전 직장과 상관없는 일을 하다가 그다음에도 이전과 관련 없는 일자리만 얻었다. 계획이라고는 없는 남자였다.

마커스가 방향성도 야망도 없다는 점이 연애 초기부터, 특히 내 일이 잘 풀리기 시작하던 때부터 나를 불안하게 했지만 나는 마커스에게 뭐든 잘 해낼 수 있는 잠재력이 있다고 믿었다. 그가 경제적으로 나에게 의지하기를 원치 않았고, 내 성공을 보며 나를 원망하게 될까 걱정스러웠다. 상대의 경력이 부실하다는 점은 늘 관계 파탄의 원인이 되었다. 나는 함께 삶을 가꾸지 않는 남자에게 안주하기에는 너무 열심히 살았다. 그게 다가 아니었다. 마커스의 집은 엉망진창이었다. 그가 바닥에 매트리스를 깔고 자고 먹을거리를 거의 사지 않는 사람이라는 걸 인정하기가 부끄러웠다. 하지만 내가 잘하는 것이 있다면 애인의 단점에 대한 염려를 억누르는 것이었다. 사랑에 빠져 눈이 멀면 그런 걱정일랑 내팽개쳐버리고 만다.

마커스의 우려에 나도 덩달아 걱정이 되었다. 우리가 30대인 것은 맞지만 **때가 좋지 않을 수도** 있었다. 우리는 미래에 대해 의논하고 또 의논했다. 생활 조건, 직업, 돈. 임신 사실은 친구 몇 명에게만 알렸고 가족에게 말하는 건 미뤄두기로 했다.

몇 주가 지나자 마커스는 내가 자기를 얽매려 한다며 비난하기 시작했다. 피임 없이 섹스를 하긴 했지만 서로 동의한 일이었고 다음 날 사후피임약을 먹지 않기로 한 건 나였다. 정말 어리석게도 다 괜찮을 거라고, 만약 임신하더라도 우리는 잘 감당할 수 있을 거라고 믿었다. 나는 우리가 같은 마음이라고 생각했다. 나는 존재하지 않는 것을 믿었다. 시련을 겪기야 하겠지만 아이를 갖고 싶었다. **임신이란 게 대부분 계획 없이 되는 것 아니야? 다들 어떻게든 해내는 것 아닌가?** 부모님은 공장에서 버는 돈으로 우리 형제 셋을 키웠는데, 다 큰 성인이 되어 아이비리그 대학에서 강의까지 하는 나는 아이를 갖는 걸 두려워하다니.

한순간에 모든 게 나빠졌다. 그렇지만 내 감정을 찬찬히 살펴보니 나는 마커스에게 임신 소식을 알리기 전부터 기분이 좋지 않았다. 그렇게 갈수록 기분이 나빠졌다. 복용하는 약이 바뀌어서 그런 게 아닐까 싶은 생각도 들었다. 새약이 듣지 않는 게 분명했지만 모든 게 혼란스러워서 의사에게 약을 다시 바꿔달라고 말할 생각을 하지도 못했다. 그저 새 약이 듣기까지 시간이 필요하겠거니 생각했던 것 같다. 나는 계속 울었는데, 어느 정도는 호르몬 때문일 거라고 짐작했다. 어쨌거나 내 안에서 뭔가가 자라고 있었으니까. 어떻게 평소와 같을 수가 있겠어? 하지만 그러면서도 이때가 내 인생에서 가장 행복한 시간이 될 거라고 믿었다.

나는 여전히 돌아다니며 일하는 중이었지만 언제 터질지 모르는 걸어다니는 재앙이었다. 학교에 방문해서 십 대들에게 자신에게 충실하고 꿈을 좇으라고 말하는 와중에도 거의 무너져 내리기 직전이었다. 완전 엉터리라고 생각하면서도 눈물을 글썽이면서 애써 강연을 해냈다. 나는 사기꾼이었다.

그 심각한 상황을 아는 사람은 마커스뿐이었다. 나는 어떻게 해야 할지 몰랐다. **이렇게 미쳐가는데도 임신 상태를 유지해야 할까?** 아무도 못 보기를 바라며 공항에서 선글라스를 낀 채 울곤 했다. 호텔 방에서도 흐느꼈다. 공황 상태로 도시를 돌아다녔다. 지나치게 팽팽하게 태엽을 감아놓은 시계처럼 온몸이 불안으로 곤두서 있었다. 하루는 뉴저지의 집으로 차를 몰고 가던 중에 무방비하게 통곡이 터져나와 깜짝 놀랐다. 그런 소리가 내 몸에서 나온 적은 없었다. 그동안 우울증을 많이 겪었지만 이번에는 달랐다. 내가 아는 어떤 감정과도 비교할 수 없고, 이 글을 쓰는 지금도 불안감이 느껴질 정도의 절망이었다.

죽고 싶은 기분으로 강의를 계속했다. 일주일에 한 번 학생들 앞에서 성장 소설에 대해 강의했다. 연구원 과정을 망칠 수는 없었기 때문에 만족스럽게 지내는 척하며 다문화 사회에서의 성장 소설에 담긴 이야기 전개 방식을 논했다. 나는 시서로에서 자라서 프린스턴까지 온 여자니까. 이 똑똑한 학생들에게 걸맞은 교수가 되기 위해서 그야말로 최선을 다했다. 아무래도 내 병보다 멕시코인으로서의 노동윤리가 더 강했던 모양이다. 부모님은 매일 공장에서 일하셨는데 강의 정도야 할 수 있지.

나는 이미 있는 걱정거리에 더해 약에 집착하기 시작했다. 프로작은 정신과 약물로 쓰인 지 오래되었고 임신 기간에 비교적 안전하다고 알고 있었지만 아빌리파이도 그런지는 전혀 알 수 없었다. 인터넷으로 모은 정보에 따르면 태아에 해로운지 여부가 밝혀지지 않았고 약을 써서 얻을 수 있는 잠재적 이점이 잠재적 위험을 상회할 때만 복용해야하는 약이라고 했다. 내가 찾아본 웹사이트마다 의사와 상의가 필요하다고 했다.

정신과 의사에게 내가 아빌리파이를 먹어도 괜찮냐고 묻고 또 물었다. 의사는 계속 괜찮다고 했지만 확신이 들지 않았다. 내가 임신중지를 생각하고 있다고 하니 의사가 고개를 저었다. 그는 투박한 러시아 억양으로 말했다. "낙태는 늘 좋지 않은 선택이에요." 의사가 그렇게 말해도 되는건지 알 수 없었지만 굳이 거스를 마음은 들지 않았다. 나는 그저 슬프고 혼란스러운 마음으로 동의하고 병원을 나왔다. 내가 성욕이 떨어지는 것 같다고 말했을 때 남자의 자존감이 깨지기 쉬우니 그냥 누워 있기만 하라고 권한 의사에게 무슨 말을 기대한 건지 모르겠다.

의사 말이 틀려서 치료제가 태아에게 해를 끼치면 어떻게 하지? 아기에게 선천적 기형이 생기면 어쩌지? 내 아이가 고통으로 가득한 끔찍한 삶을 살아야 한다면, 게다가 그게 내 탓이면 어떻게 해야 할까? 나는 임신중지를 심각하게 고민했다. 마커스는 내 결정에 달려 있다고 말했지만 나는 확실한 사실을 알고 싶었고 마음이 오락가락했다.

가족계획연맹에 상담을 신청했다. 임신 상태를 견뎌낼 수 있을지 장담할 수 없으니 임신중지가 최선이자 유일한 결정이라는 생각이 들었다. 모든 방면으로 무너져 내리는 와중에 끈 하나에 겨우 매달려 있는 것 같았다. 밥을 챙겨 먹으려고 했지만 음식을 넘기기가 힘들었고, 아무리 애를 쓴들 아이에게 필요한 영양을 공급하기에는 턱없이 부족하다는 걸 알고 있었다. 과하게 오래 잤고 눈물이 마르도록 울었다. 그러던 어느 날 운전 중에 심한 불안과 혼란에 빠진 나머지 다른 차를 들이받았다. 다행히 상대 차량은 전혀 망가지지 않았고 운전자도 문제 삼지 않았지만 나는 크게 놀랐다. 이대로는 버틸 수 없다는 걸 깨달았다.

데려다줄 사람이 없을 것 같아서 직접 운전해서 병원에 갔다. 뉴저지에는 친구가 많지 않았다. 제일 친한 친구 젠이 45분 거리에 있는 스태튼아일랜드에 살고 있었지만 귀찮게 하고 싶지 않았다. 맨해튼과 브루클린에도 친구들이 있지만 연락할 생각조차 못 했다. 나는 늘 자존심이 너무 강해서 도움을 청하지 못했다. 내가 가진 치명적인 결점 중 하나다. 나는 물 한 모금 달라고 하는 게 부끄러워 사막에서 목말라 죽어갈 수도 있는 인간이었다. 하지만 결국 가족계획연맹 대기실에 있다고 젠에게 문자메시지를 보냈다. 젠은 왜 더 빨리 말하지 않았냐고 속상해하며 당장 달려오겠다고 했다.

초음파 검사를 마치고 검사실에 앉았다. 그런데 갑자기 내 안에서 희망이 꿈틀댔다. 나는 혼잣말을 했다. **난 해낼 수 있어.** 내가 빠져 있던 그 모든 혼란에도 불구하고 나는 아이를 원했다. 간호사에게 수술받지 않기로 결정했다고 말했다. 혹시 초음파 사진을 갖고 싶냐고 해서 그렇다고 했다. 접수대에서 수술비를 돌려받고 조금은 가벼워진 마음으로 집을 향해 차를 몰았다. 그러고는 나의 제단 위에 내 아이의 흐릿한 윤곽이 담긴 초음파 사진을 올려두었다.

하지만 그 안도감은 오래 가지 않았다. 금세 우울증이 더 심해졌다. 임신을 지속하기로 결정하기는 했지만 머릿속을 어떻게 고쳐야 할지 알 수 없었다. 깨어 있는 모든 순간이 고행처럼 느껴졌다. 그저 잠들어 사라지고만 싶었다. 나는 흐트러진 상태를 버티며 강의와 여행을 계속했다. 수업이나 토론회에서 온 힘을 다 쥐어짜 버티다가 일정이 끝나고 나면 집이나 호텔 방으로 돌아가 쓰러지곤 했다. 지독히도 비참한 상태였는데도 내게는 여전히 일이 소중했기 때문에 할 수 있는 최선을 다했다.

초음파 검사를 받으려고 산부인과 검진을 예약했다. 임신 2개월을 넘긴 상태였다. 의사에게 우울증 이야기는 하지 않았다. **괜찮을 거야, 견뎌낼 수 있을 거야,** 라고 계속 되뇌었다. 그렇게까지 괜찮은 척 하려고 애써본 적이 없었다. 정신 건강 상태를 부인하려는 나의 노력은 비현실적일 정도였다. 심지어 새로 먹기 시작한 약에 관한 이야기도 꺼내지 않았다. 왜 그랬는지 모르겠다. 그 시기에 대한 기억 중 상당 부분이 흐릿한데, 그것이 우울증의 여파라는 걸 나중에 알았다. 머릿속에 담아두기에 너무 버거우면 뇌가 고통을 지워버리기도 한다. 그 점에 대해서는 고마워해야 마땅하다. 내 기억 속에서 몇 달이나 몇 년을, 아니면 사람들의 존재를 몽땅 지워버리고 싶어질 때도 종종 있으니까.

하지만 초음파 화면으로 본 아이의 모습은 결코 잊지 못할 것이다. 그 안에서 무언가가 움직이는 게 보였다. 흐릿하고 조그만 그 생명체를 보면서 생각했다. **내 아이야. 저 여자애she는 내 아이야. 저 애는 정말로 존재한다고.**

나는 늘 그 애를 여자아이라고 생각했다. 내 몸이 뭔가 내게 말하려고 한다는 생각이 들었다. 아이의 이름은 내가 세상에서 가장 좋아하는 할머니 이름을 따서 클라라라고 짓기로 했다. 나는 종종 아이에게 말을 걸면서 모든 게 다 괜찮을 거라고 말했다. 새로 받은 초음파 사진은 냉장고에 붙여두었다.

그리고 자살 생각을 자주 했다. 그게 모든 문제를 해결할 수 있는, 나 자신과 임신 상태를 모두 끝낼 수 있는 방법이었다. 책 판매에도 큰 도움이 될 거라고 혼자 농담을 했다. **자살한 젊은 라틴계 여성 작가, 〈뉴욕타임스〉 베스트셀러에 재진입.** 하지만 물론 마커스와 우리 가족 생각도 했다. 그 사람들에게 내가 어떻게 그런 짓을 할 수 있을까? 나는 그들에게 도대체 어떤 인간으로 남게 될까? 엄마가 결코 그일을 극복하지 못하리라는 것만은 분명했다. 내가 더 이상 견딜 수 없는 이 삶으로부터 탈출한다면 여러 사람을 망가뜨리게 될 것이다. 어떤 면에서는 죄책감이 내 목숨을 지켜준 셈이다.

어느 날 밤 마커스와 통화를 하다가 흐느꼈다. 이 상태를 어떻게 견뎌야 할지 모르겠다고 말했다. 내 정신 건강 때문이기도 했지만 마커스가 나를 지지하지 않는다는 것도 알고 있었다. 마커스는 한 번도 내게 아이를 원한다고 말한 적이 없었다. 그는 내가 걱정된다며 임신중지를 하는 게 어떠냐고 했다. 나는 너무 늦었다고 말했다. 임신 3개월이 다 된 때였고 의학적으로 가능하다는 것은 알고 있었지만 감정적으로 받아들일 수가 없었다. "당신 전혀 나아질 기미가 보이지 않아. 목숨이 위험한 상황이 되어가는 것 같아." 마커스는 이렇게 말하고 그날 밤에 뉴저지로 오겠다고 했다. 나는 그러지 말라고 했고 임신중지 수술을 받자는 제안을 받아들였다.

'프린스턴 여성전문병원'이라고 해서 꽤 괜찮은 병원일 줄 알았다. 나중에 친구가 한 농담처럼 나는 '아이비리그 수준의 임신중지' 서비스를 받으리라 기대했다. 막상 가보니 일류는 고사하고 낡아빠진 데다 대기실에는 의기소침한 커플이 가득했다. 남자친구와 함께 온 십 대 딸에게 수술은 별일 아니라고 안심시키는 엄마도 있었다. 어떤 젊은 여성은 푹신한 슬리퍼를 신고 있었는데, 함께 온 세 사람은 기이할 정도로 조용했다. 그 대기실에 혼자 온 여성은 나밖에 없었다.

담당 의사는 70대 정도 되어 보이는 나이 많은 남자였다. 이름조차 기억나지 않는다. 그에 대해 기억나는 거라고는 셔츠에 얼룩이 있었다는 것, 그리고 내가 다른 환자들과 함께 안쪽의 또 다른 공간에서 기다리고 있을 때 맞은편 진료실 의자에서 졸고 있는 모습이 보였다는 것 정도다. 나도 낮잠을 찬미하는 사람이기는 하지만 그 모습은 정말이지 기이했다. 제대로 된 병원이 아닌 것 같아 다시 가족계획연맹으로 갈까 싶었지만 몇 주 내에 다시 예약을 잡을 상황이 못 되었기 때문에 가능한 한 빨리 이 일을 끝내야만 했다.

의사는 내 나이를 알고 싶어 했다. 서른네 살이라고 하니 아이를 갖기 괜찮은 시기라며 정말로 임신중지를 하겠느냐고 물었다. 나는 속으로 생각했다. **그래, 아이를 갖기 아주 좋은 시기지. 자살 사고만 없다면 말이야.** 그에게 지금이 내 인생에서 최악의 시기라고, 이 수술을 받지 않으면 나는 아마 스스로 목숨을 끊고 말 거라고 이해시킬 방법이 없었다. 이미 자궁 경부를 수축시키는 약을 먹었는데 또 다른 치료제를 써서 태아에게 해를 끼칠지 모른다는 걱정을 견딜 자신이 없었다. 그냥 여기서 끝내고 싶었다.

가족계획연맹에서 수술받으려 했을 때는 직접 운전해서 온 경우 진정제를 맞을 수 없다고 안내해줬는데, 이 병원에서는 운전을 하지 않았더라도 아예 진정제를 주지 않는다고 접수대에 쓰여 있어 걱정스러웠다.

수술받는 내내 나는 완전히 깨어 있었다. 자낙스를 비롯한 다른 어떤 약도 먹지 않은 상태였다. 생각을 할 여유가 있었다면 욕실장 안에서 오래된 항불안제라도 좀 꺼내왔을 텐데. 그 고통을 어떻게 설명해야 좋을지 모르겠다. 인생의 대부분을 작가로 살아왔는데 이 대목에서는 말이 잘 안 나온다. 자신의 일부를 떼어내는 그 기분을 나는 절대 말로 표현할 수 없을 것이다. 내가 사랑했고 이름까지 붙여주었던 나의 일부를.

헤드폰을 썼는데도 기계 소리가 들렸다. 무슨 노래가 나오고 있었는지는 모르겠고 그저 시끄러웠다는 것만 기억난다. 그 상황에 어울리는 노래가 뭐가 있을까? 수술이 끝나고 나니 유리 용기에 담긴 잔해가 보였다. 그걸 내 눈에 띌 정도로 아무렇게나 놓아두었다는 게 화가 나서 간호사를 보며 그 용기를 가리켰더니 당황해하며 종이로 덮었다. 하지만 이미 늦었다. 그 모습은 내 기억에 선명히 찍혔다.

거의 시리얼로 연명하던 그때의 내게는 장을 보러 가는 것도 엄청난 용기가 필요한 일이었기 때문에 집에는 먹을 것이 하나도 없었다. 그래서 돌아가는 길에 햄버거를 하나 사 먹으려고 패스트푸드점에 들렀다. 거기서 내가 수술을 받는 걸 알고 있는 이들에게 난 괜찮다고 문자메시지를 보냈다. 내가 먹었던 점심 중에서 가장 슬픈 점심이었다.

그리고 이 대목을 이야기할 때면 사람들은 믿기지 않는다는 표정으로 입을 벌린 채 나를 멍하니 쳐다본다.

그날 저녁에 나는 소설 강의를 하러 갔다.


나는 언제까지나 여성의 임신 선택권을 지지할 것이다. 재생산의 자유와 정의를 신봉한다고 말하는 편이 더 정확할 것이다. 모든 사람이 신체에 대한 자율권을 가지며 모두가 포괄적인 보건 의료를 누릴 권리가 있다고 생각한다. 임신중지는 안전하고 접근하기 쉬워야 하고, 만약 여성이 아이를 갖기로 했다면 안전하고 건강한 환경에서 키울 수 있어야 한다.

하지만 내가 겪은 임신중지가 쉬웠다고는 결코 말하지 못할 것이다. 의심할 바 없이 내 인생 최악의 경험이었다. 하지만 그때로 돌아가 다시 한 번 그 모든 일을 겪어야 한다면 그렇게 할 것이다. 나는 그 수술이 나를 살렸다고 믿는다. 그래도 '아이비리그 수준의 임신중지' 수술을 제대로 받았으면 좋았을 거라고 생각한다. 수석 졸업에 파이 베타 카파로. 그 정도는 됐으면 좋았을 텐데. 내가 갔던 그 병원은 빌어먹을 쓰레기장이었다.

진보주의자 사이에서도 임신중지 후에 겪는 어려움은 잘 논의되지 않는다.. 낙태 반대 정서를 자극할까 봐 조심하느라 그런 것도 있을 거라고 생각한다. '생명우선주의자'라는 인간들은 제정신이 아니기 때문에 그 불에 기름을 붓고 싶지 않다는 데 완전히 공감한다. 정신질환 당사자로서 나는 이런 인간들을 미친 사람이라고 부르는 데 아무 거리낌이 없다. 제대로 돌아버린 미치광이들. 내 눈으로 직접 봤기에 그들의 행태를 떠올리면 마음 깊이 두려움이 엄습한다. 하지만 임신중지를 겪고 괴로워했던 사람들은 자신이 혼자가 아니라는 사실을 확인할 필요가 있다. 어디로 가야 돌팔매질을 당하지 않고 이런 이야기를 나눌 수 있을까? 사람들은 대부분 그런 상황의 미묘함을 이해하기 어려워하기에 그런 기회를 얻기가 쉽지 않다. 낙태! 찬성이야, 반대야? 늘 이런 식이니까.

수술 다음 날 나는 초음파 사진을 두 장 다 태워버렸다. 내가 영원히 그 일을 기억하리라는 걸 알면서도 임신이 실제로 일어났다는 물리적인 증거가 하나도 남지 않았으면 했다.

마커스가 그때 내게 뭐라고 했는지 기억나지 않는다. 나를 위로하려 했던가? 또 비행기를 타고 오겠다고 했었나? 그러고 보니 그때 마커스와 나눈 대화도 몽땅 다 잊어버린 모양이다.

수술하고 일주일이 지나지 않아 나는 소파에서 몸을 떨며 흐느꼈다. 즉각적인 타인의 개입 없이는 살아남을 수 없을 거라는 걸 직감했다. 그 주 강의를 포함해 예정된 몇 건의 행사와 여행을 모두 취소하고 내 발로 정신병원에 찾아가 입원했다. 떠나기 전에 오빠와 동생에게 전화를 걸어 상황을 알렸다. 사실을 알면 괴로워할 엄마에게는 말하고 싶지 않아 갑작스럽게 여행을 간다고 둘러대려 했다. 하지만 내가 그 거짓말을 계속 간직하지 못할 것을 알기에 곧바로 마음을 바꾸었다. 거짓말에 소질이 없는 내 주제를 알아서 시도조차 하지 않고 엄마에게 정신병동에 입원할 거라고 말했다. 엄마가 다음 비행기로 뉴저지로 오겠다고 했지만 괜찮다고 안심시키며 거절했다.

나는 괜찮지 않았다.

정신병동에 간 것은 19년 만이었다. 달라진 게 거의 없었다. 집단 치료 시간이 많았고 신발끈, 전화기, 면도기는 반입이 금지되었다. 자살 사고를 더 자극할 정도로 끔찍한 음식도 그대로였다. 나는 마약 중독으로 고생하는 푸에르토

리코 출신의 젊은 여성과 같은 방에 배정되었다. 환자들은 운동복이나 잠옷을 많이 입었다. 나는 우울증에 빠졌어도 마지막 존엄은 지키고 싶었기에 그렇게는 못 했다. 아무짝에도 쓸모없어 보였지만 매일 잘 챙겨입고 화장도 했다.

입원 생활 중 가장 좋았던 것은 '말 치유' 시간이었다. 어느 춥고 비 오는 오후에 한 여성이 우리 앞에 진짜 말 한 쌍을 데려다 놓고 킥볼 경기를 진행했다. 공을 찰 때마다 말을 홈 쪽으로 끌어당길 수 있었다. 왜 그런지 몰라도 나는 오른팔에 말 타투를 두 개나 새길 정도로 말을 좋아한다. 말이 그저 존재하기만 했는데도 조금이나마 평화로운 기분이 들었다.

병원에서 나를 담당한 젊고 무뚝뚝한 중동 여성 의사가 내 처방을 다시 바꾸고는 아빌리파이가 태아에게 안전하다는 이전 정신과 의사의 말은 틀렸다고 확인해주었다. "잘 선택하신 겁니다." 나를 안심시키는 의사 앞에서 화가 나기도 하고 혼란스럽기도 한 상태로 앉아 있었다.

마커스가 뉴저지로 돌아왔다. 그는 내 집에 머물며 매일 병원에 찾아왔다. 다들 마커스가 내 남편이라고 생각했고, 그 덕에 나는 어느 정도 희망을 얻었다. 만약 이 일을 잘 이겨낸다면 정말 그렇게 될지도 모른다고.

예정된 대학 강사 화상 면접에 맞춰 나가야 한다고 고집을 부려 일주일 만에 퇴원했다. 병원에서 나온 지 몇 시간

만에 나는 시 수업 강사로 나를 채용하라고 교수진을 열심히 설득했다.

그 일자리는 얻지 못했다.

나는 여전히 혼란스러운 상태였기 때문에 병원 치료가 얼마나 도움이 되었는지는 잘 모르겠지만 적어도 투신은 피할 수 있었다. 다음 날부터 집단 상담 치료를 받는 외래 환자 프로그램을 시작했다. 감사 일기, 운동, 성인용 컬러링북, 건강한 수면 습관, 자기 자비 따위의 우울증 대처법을 배웠는데 하나같이 쓸모없게 느껴졌다.

마커스는 며칠 후에 떠났다. 돌아가야 하는 직장이 있는 것도 아닌데 왜 그랬는지 모르겠다. 지금은 마커스가 왜 나와 함께 살지 않았는지 궁금하지만 그때의 나는 그냥 받아들였다. 너무 망가진 상태라 아무것도 이해되지 않았다.

죽고 싶은 것 외에 우울증의 가장 나쁜 부분은 개성을 앗아간다는 것이다. 나는 살아 있는 게 아니라 **아구안탄도**, 즉 간신히 생존하고 있었다. 강의를 계속했을 뿐 그 외에는 어느 것에도 신경 쓰지 않았던 것 같다. 그것만 하는데도 마지막 한 방울까지 힘을 쥐어짜내야만 했다. 즐기기 위해 읽거나 쓸 수 없었다. 어떤 농담도 나오지 않았고 어떤 말에도 웃음이 나지 않았다. 마음만은 여전히 광대인 내게는 괴로운 일이었다. 양말 한 짝만 있어도 유머를 찾아낼 수 있을 정도로 농담은 내가 즐겨 활용하던 삶의 방식이었다. 게다가 친구와 가족들 사이에서 식욕이 왕성하기로 유명했던 내가 우울이라는 두터운 연무에 파묻히니 어떤 음식을 먹어도 모래를 씹는 것 같았다. 그래도 그저 살아남기 위해서 먹었다. 성욕은 버려진 우물처럼 메말라 사라져 버린 상태였다. 평소 내 리비도는 성가실 정도로 높았지만 우울이 내 안에 너무 깊숙이 파고드니 영원히 꺼져버린 듯했다. 섹스하는 모습을 다시 떠올리지도 못할 정도로 그 행위는 도저히 상상할 수 없는 일이 되었다. 그렇다고 페트로프 박사가 해준 조언대로 누구를 위해서건 "그냥 누워 있기"만 할 마음은 없었다. 이런 일들을 겪으며 불교 신앙도 흔들렸다. 배신당한 기분이었다. 그동안은 고통 속에서 의미를 찾을 수 있었지만 이번에는 고통이 내게 아무런 의미도 없었다.

유일하게 긍정적인 출구는 달리기였다. 나는 놀랄 만큼 꾸준히 달렸다. 5마일씩 일주일에 몇 번이나 달렸는데, 대부분은 내가 달리지 않으면 마커스가 다그치며 재촉했기 때문이었다. 달리면 기분이 나아졌으니 마커스의 격려는 옳았지만 그래도 그건 치료와는 거리가 멀었다. 나는 달리다가도 자주 울었다. 도랑에 몸을 던지고 싶을 때도 있었다. 땅이 입을 열어 나를 통째로 삼켜주었으면 했다. 나는 큰소리로 혼잣말하곤 했다. "죽지 마, 에리카. 제발 죽지 마."

어느 날 오후에는 여우를 보았다. 너무나도 인상적인 그 모습에 희미하게 믿음이 생겨났다. 비참한 가운데도 아름다움이 존재한다는 사실이 떠올랐다. 그게 우리가 살아남는 이유인 모양이다.

집단 치료 시간 중 한번은 듣고 싶은 노래를 골라오라는 과제를 받았다. 나는 니나 시몬의 〈태양이 떠오르고 있어 Here comes the sun〉를 골랐다. 노래가 나오자마자 주체할 수 없는 흐느낌이 흘러나왔다. "태양이 떠오르고 있어. 나는 말하지. 다 괜찮다고." 그건 사실이 아니었다. 태양은 이미 저 위에 있는데, 나는 그게 싫었다. 살아 있다는 게 싫었다. 존재해야 한다는 건 부당했다. 모임 참석자들이 나를 걱정스럽게 바라보았다. 나는 계속 그 노래를 들으며 도로가 보이지 않을 정도로 펑펑 울면서 집으로 운전해갔다.

걱정거리가 아직도 모자라다는 듯이 얼굴이 뾰루지로 뒤덮였다. (세상에 '뾰루지'보다 더 미운 단어가 있을까? 정답은 '아니요'다.) 그해 초부터 증세가 시작되어 갈수록 심해졌다. 빨갛게 곪았고 아팠다. 열세 살 때부터 피부 때문에 고생했지만 이번이 그 어느 때보다 심각했다. 피부 관리 제품에 아무리 큰돈을 쓰고 아무리 많은 피부과를 찾아다녀도 전혀 나아지지 않았다. 화장으로 가려보려고 최선을 다했지만 소용없었다. 계속 수치심에 시달렸고 거울을 보는 게 싫었다. 누구도 내 쪽으로 시선을 돌리지 않으면 했다. 내 안에 있는 혼란이 가능한 한 가장 수치스러운 방식으로 얼굴에 드러나고 있는 것 같았다. 너무 절망적인 나머지 부작용이 심각해 판매가 제한됐다는 여드름 치료제 아큐탄이라도 먹을까 했는데, 그 약을 먹었을 때 겪을 수 있는 부작용 중에 자살 사고가 있다는 게 웃겼다.

임신중지 후 대략 한 달이 지났을 무렵 어머니의 날이 닥쳐왔다. 그날은 내 인생 최악의 날 중 하루였다. 막 브루클린으로 이사한 친구 잭슨에게 그간의 일을 이야기했더니 나를 위로해주겠다며 주말에 기차를 타고 나를 보러 프린스턴에 왔다. 2015년 시카고에서 처음 만났을 때 우리 둘은 지금과 아주 다른 사람들이었다. 나는 첫 번째 결혼을 앞두고 있었고 잭슨은 성전환을 하기 전이었다.

주말 내내 잭슨과 함께 지내다 보니 내가 다시 나 자신으로 느껴지는 순간들이 있었다. 잭슨이 만들어준 채소 커리는 정말 맛있었다. 진짜 음식을 다시 먹으니 마음이 편해졌다. 몇 번인가 웃기도 했다. 하지만 잭슨이 가고 난 일요일 아침에는 울음을 멈출 수가 없었다. 하루 종일 소파에 파묻혀 있었다. 자살 방지 핫라인으로 전화를 걸었지만 아무도 받지 않았고, 나는 그런 줄도 몰랐다. 어느 순간 무릎을 꿇고 흐느끼며 소리치고 있었다. "누가 좀 도와줘요." 신의 간섭을 믿지 않는 내가 누구에게 무엇을 빌었는지 지금도 모르겠지만 그만큼 절박한 상황이었다.

어머니의 날이 지나고 몇 주 동안 내 마음은 가장 어두운 곳으로 가라앉았다. 나는 임신중지 후 회복할 수 없을 정도로 망가졌고 다시는 아이를 갖지 못할 거라고 확신했다. 수술 후 한 달 동안 출혈이 있었기 때문이기도 했다. 내 몸이 정상이라는 검진 결과를 받기는 했지만 내 인생은 무너져버린 게 틀림없다고 생각했다.

어느 주말에 젠이 나의 회복을 돕겠다며 뉴욕 북부에 있는 힌두교 아슈람ashram에 나를 데려갔다. 그곳에서 명상을 하면서 끝없는 공포로부터 나를 구해달라고 온 우주에 빌었다. 그날 오후 식당에서 지나치게 건강에 좋은 채식 식사를 하던 중에 막 걸음마를 시작할 무렵의 아이가 탁자 사이로 뒤뚱대는 모습을 보았다. 갈색 피부에 곱슬머리를 한, 상상 속 내 아이의 모습과 똑같았다. 의지와 상관없이 눈물이 쏟아져내렸다. 진정하려고 애썼지만 젠은 슬픔이 자연스럽게 흘러나오도록 두라고 했다. 그게 가능한 일이기나 할까 싶었다.

메모리얼 데이 주말에 잠시 시카고에 갔다. 외래 환자 프로그램이 아직 끝나지 않은 터라 며칠만 머물렀다. 가족들은 내가 입원했던 걸 알고 있었지만 임신중지에 관해서는 전혀 알지 못했다. 사실을 말하지 않았던 것은 부끄러워서

가 아니라 가족들이 나 때문에 마음 아파하는 게 싫어서였다. 그 일을 입에 올리기가 힘들기도 했다. 집단 치료 시간에도 그 이야기를 꺼낼 수 없었고, 글로도 절대 쓸 수 없을 거라고 생각했다. 내 인생 최악의 순간이 세상에 알려진다는 걸 상상할 수조차 없었다.

시카고에 도착한 날 마커스와 타코를 먹고 주차장으로 돌아갔는데 차가 없었다. 길가에 있던 한 남자가 마커스의 차가 견인되었다고 말해주었다. 우버를 타고 차를 찾으러 도시의 북쪽 지역을 돌아다니는 동안 마커스는 말이 없었다. 차를 되찾기까지는 몇 시간이 걸렸는데, 여전히 화가 나 있었던 마커스를 나는 그냥 내버려두었다. 그의 집으로 돌아가던 중에 다시 자살 사고가 들이닥쳤다. 결국 길고 팽팽한 침묵을 깨고 내가 말했다. "만약에 내가 견뎌내지 못하면, 톰이 시몬을 데려가게 해 줄 수 있어?" 그것이 죽음을 떠올릴 때 내가 가장 걱정하던 일이었다. 내가 사라진 후에 나의 고양이가 좋은 집을 찾아가게 해주고 싶었고, 아무래도 전남편이 최선일 것 같았다. 그는 시몬을 무척 사랑했기 때문에 이혼하면서 내가 시몬을 데려가기로 했을 때 몹시 괴로워했다.

마커스는 내가 그런 생각을 한다는 걸 믿을 수 없다고 했다. 그는 운전대를 쥐고 정면을 바라보면서 나에게 욕을 했다. 그리고 이렇게 말했다. "네가 자살하면 난 시몬의 꼬리를 잘라버릴 거야." 나는 너무 무서워서 얼어붙은 채로 아무 말도 하지 않았다.

　며칠 동안 가족들 앞에서 그럭저럭 괜찮은 척하려고 애썼지만 잘되지 않았다. 우리 가족은 보통 서로 놀려대며 사랑을 표현하는데, 이번에는 그럴 마음이 들지 않았다. 나는 평소처럼 헛소리를 늘어놓지 않고 멍한 상태로 입을 다물고 있었다. 조카들이 어떻게 생각할지 걱정스러웠다. 당시 열한 살, 열네 살이었던 그 아이들이 정신질환을 앓는 고모에 대해 염려하게 하고 싶지 않았다. 나는 동생을 향해 이렇게 물었다. "아이들이…… 알고 있어?" 그리고는 어느 만화에서나 미쳤다는 뜻으로 쓰이는 동작을 흉내 내 손가락으로 내 머리를 가리키며 빙빙 돌렸다. 동생이 고개를 끄덕여서 우리 모두 웃음을 터뜨렸다.


　5월 말쯤 뉴욕에서 열리는 한 콘퍼런스에 토론자로 참석하게 되었다. 여행을 떠나기 전날 아침 은행에 가서 자살하기 전에 가족들에게 남겨줄 돈을 모두 찾아두기로 했다. 날이 너무 더워서 더 이상 참고 살아 있을 수가 없었다. 피부에 내리쬐는 태양이 나를 짓눌렀다. 나는 이 땅 위에 머물러서는 안 되는 존재라는 확신이 들었다.

　마커스에게 전화를 걸어 이제 다 끝났다고 말했다. "나한테 이럴 수는 없어." 마커스가 말했다. "네가 한 약속들은 어쩌고? 함께 살자고 한 거? 언젠가 나랑 가족을 이루고 싶다던 그 말들은 다 어쩔 건데?" 그래서 은행 계좌를 비우는 대신 다음 날 아침에 예정대로 기차를 타고 가서 토론에 참여했다. 멋진 호텔에 묵으며 뉴욕의 작가들과 내 작업에 관해 이야기를 나누는 시간을 평소라면 즐겼겠지만, 그때는 감정을 주체할 수 없어서 말이 제대로 안 나왔다. 그래도 어느 정도 조리 있게 말했기를 바란다. 토론 내용은 거의 기억나지 않지만 이민자의 딸로 산다는 게 어떤 것인지 이야기했던 것은 떠오른다.

토론이 끝나고 사인회를 하는 동안 수많은 여성 독자들이 내 소설에 인생이 바뀌었다고, 그렇게 이해받는 기분은 처음이었다고 열렬히 말해주었다. 그들 앞에서 힘겹게 거짓 미소를 지으며 앉아 있자니 내가 삶을 마감하면 이 사람들이 어떻게 받아들일지 궁금했다.

6월 초에 엄마가 내 생일을 맞아 뉴저지에 왔다. 2주 정도 머물다가 외래 환자 프로그램이 끝나자마자 나를 데리고 시카고로 갈 계획이었다. 엄마가 뉴저지에 와 있는 동안 나는 어린아이로 돌아갔다. 내가 아무것도 못 하니 엄마가 요리하고 청소하고 내가 먹는 것까지 확인하면서 아기를 돌보듯이 나를 돌봤다. 심지어 잠도 내 옆에서 함께 잤다.

생일날 아침에 나는 집안을 서성이며 울었다. 엄마는 어쩔 줄을 몰라 했다. 나를 달래며 다 괜찮아질 거라고 했지만 나는 그 말을 믿지 않았다. 그날 아침 8시에는 프린스턴 우등생 졸업식에서 시를 낭독할 예정이었다. 슬픔을 가눌수 없었지만 행사에 빠질 수는 없었기 때문에 부은 눈을 말리고 다시 기운을 냈다. 근사한 강당에 모인 수백 명 앞에서 시를 낭독할 때는 아무도 내 상태를 눈치채지 못했다.

나는 아직도 가족들에게 임신중지 사실을 알리지 않은 상태였다. 그때까지 그 일을 아는 사람은 마커스와 친구 몇 명뿐이었다. 가족들에게 말하면 어쩐지 더 현실적으로 다가올 것 같아 마음에 묻어두고 입을 닫았다. 신앙적으로나 멕시코인의 문화로나 다들 어떻게 반응할지 두렵기도 했다. 하지만 어느 날 저녁, 식탁에 앉아 있는데 진실이 내 안에서 꿈틀대더니 밖으로 터져나왔다. 말을 하는 동안 엄마를 쳐다볼 수 없었다. 그날 밤에 오빠와 남동생에게도 전화를 걸어 사실을 이야기했다. 아빠에게는 엄마가 직접 말하겠다고 했다. 아무도 나를 탓하지 않았다. 다들 그러리라는걸 더 빨리 알았어야 했다.

어느 날 오후에 나는 결국 엄마와 함께 집 근처 아무도 없는 성당에 가서 기도했다. 내가 무릎을 꿇고 흐느끼는 동안 엄마가 내 등을 어루만졌다. 열두 살 이후로 성당에 발길을 끊었던 내가 이제 와서 다시 예수 앞에 엎드리다니. 절망에 빠지면 이렇게나 이상한 행동을 하게 된다. 어떤 여성이 다가오더니 내 어깨에 손을 얹고 다 괜찮을 거라고 말했다. 그 말을 믿고 싶었지만 믿지는 않았다. 집으로 가는 길에 나는 엄마에게 말했다. "**포르 파보르, 데헨메 이르**Por favor, déjenme ir(부탁이야, 날 좀 놔줘)." 당황한 엄마가 오빠에게 전화를 걸었다. 나는 오빠에게 말했다. "더는 못하겠어."

"그건 절대로 안 돼." 오빠가 그렇게 말하고는 구급차를 부르라고 했다.

응급실에서 몇 시간을 보낸 후에 이번에는 좀 더 나은 정신병동으로 들어갔다. 이전에 입원했던 병원보다 음식이 살짝 덜 역겹고, 시설은 깨끗하고 더 신식이었다. 같은 병실에는 최근 남편과 사별한 나이 든 백인 여성이 있었다. 그가 나더러 왜 우느냐고 물었을 때 임신중지 이야기를 꺼낼지 말지 망설였다. 나이로 볼 때 나를 비난할 것 같아 두려웠고, 그런 비난을 견디기에 나는 너무 약해진 상태였다. 하지만 그는 나를 탓하지 않았다. 내게 안됐다고 했다.

마커스가 시카고에서 다시 날아와 면회가 가능한 날에 엄마와 함께 나를 보러 왔다. 곧 남동생도 찾아왔다. 눈은 벌겋게 충혈되고 수척해져 말도 못 하는 모습을 보여주고 싶지 않았다. 나는 거의 말을 하지 않았는데, 이따금 입을 열어도 한 마디 한 마디가 느리고 길게 늘어졌다. 우울증은 내 말투까지 바꿔놓았다.

입원하고 며칠 후 나이 든 백인 여성 두 명이 전기경련 요법에 관해 이야기하는 것을 들었다. 두 사람은 수년 전에 이 치료를 받았고 지금은 일종의 '조율'을 하러 입원한 것이라고 했다. 흥미가 생겨 더 자세히 물어보았다. 이 치료에 대해 내가 아는 거라고는 영화 〈뻐꾸기 둥지 위로 날아간 새〉에서 본 게 다여서 구식 치료법일 것 같았다. 두 여성은 그게 자신들의 우울증 치료에 가장 좋은 방법이었다며 그후로는 약을 먹을 필요가 없어졌다고 했다. 이번에 병원에 온 건 몇 년이 지나는 사이에 효과가 떨어졌기 때문이었다. 그때 나는 뭐든 다 할 태세였다. **내 두개골을 열어 쇠막대로 뇌를 찌른다고요? 네, 해주세요.**

안내문 두 장을 읽고 또 읽었다. 그중 하나는 엉성하게 그려진 슬픈 모습의 남자가 뇌를 찔린 후에 엉성하게 그려진 행복한 모습의 남자로 변하는 내용이었다. 그건 좀 재미있었다. **하느님 부처님 온 우주여 제발, 저를 저 행복한 남자로 만들어주세요.** 다른 안내문에서는 영화 〈뻐꾸기 둥지 위로 날아간 새〉를 대놓고 인용했다. "영화에 나오는 것과는 전혀 다르게, 현대의 전기경련요법은 고통스러운 것도 형벌도 아닙니다." 그리고 우울증을 '멜랑콜리아melancholia'라고 표현했는데, 그 점이 내 안에 깃들어 있는 옛 시인의 마음을 흡족하게 했다. 나는 오래전부터 체액이 사람의 기질을 결정한다는 사상에 기반한 의학 체계를 갖고 있던 고대 그리스와 로마에서 만들어진 '유머' 개념에 매력을 느꼈다. 그 시대에 살았다면 나는 분명 당시 우울증을 유발하는 물질로 지목되었던 검은 담즙이 과하게 분비된다는 진단을 받았을 것이다. '멜랑콜리'라는 말은 '검은 담즙'을 뜻하는 그리스어에서 유래한, 역겨우면서도 정확한 표현이다.

다음 날 오후에 (역시 러시아인인) 나의 새 정신과 의사에게 전기경련요법에 관해 의견을 구했다. 이미 내가 요청한 대로 프로작을 처방해주었던 의사는 즉시 전기경련요법이 내게 좋은 치료법이 될 거라는 데 동의했다. 전신 마취 상태로 뇌에 약한 전류를 통과시켜 경련을 유발함으로써 뇌에 화학적 변화를 일으키는 요법이라고 했다. 보통은 다른 모든 선택지가 사라진 최악의 경우에만 쓰는 방법이라고 했는데, 그게 내 상황이 맞는 것 같았다. 당장 다음 날 아침부터 치료를 시작했다.

시술은 고통스럽지 않았다. 아침마다 전기경련 치료를 받고 멍한 채 깨어났다가 다시 잠들었다. 힘든 거라고는 그것밖에 없었다. 정말로. 결과가 금방 나타날 줄 알았는데 달라지는 느낌은 들지 않았다. 나는 여전히 병원에서 자살할 방법을 궁리했다. 한 가지 방법은 긴팔 셔츠로 올가미를 만들어 옷장 문에 달아서 목을 매는 것이었다. (이런 방법쯤은 병원이 더 잘 알고 있었기 때문에 그곳에 막대 같은 것은 하나도 없었다.) 이 방법을 한 번 시도했다가 곧바로 마음을 바꾸어 의자에 내려섰다. 그 와중에 목을 좀 다쳐서 며칠 동안은 어딘가 부러진 게 아닌가 싶었지만 아무에게도 말하지 않았다. 또 다른 방법은 직원들이 접수대 근처에 보관해둔 내 화장품 가방에서 컨실러를 꺼내달라고 부탁하는 것이었다. 나는 조그만 컨실러 병을 화장실로 가져가 깨뜨렸다. 사용한 물품은 모두 반납해야 했지만 담당 직원이 그 일을 잊어버렸기를 바랐다. 그 직원이 정말로 잊어버려서, 나는 그 유리 조각을 버리기로 마음먹기까지 며칠 동안 매트리스 밑에 보관해두었다.

퇴원하던 날 아침은 밝고 더웠다. 평소 같으면 아름다운 날이라고 생각했을 텐데 그날은 날씨마저 나를 놀리는 것 같았다. **망해버려라, 여름 따위! 망해버려, 빌어먹을 생식 능력도, 전부 다!** 기운이 하나도 없고 혼란스러운 게 아무래도 전기경련요법 때문인 것 같았다. 소파에 기어들어가 멍하니 텔레비전이나 보고 싶었는데 마커스가 저녁에 달리러 나가자고 고집을 부렸다. 그러기로 하고 달리기 복장으로 갈아입은 다음, 마커스가 이미 달리기 시작한 근처 공원으로 엄마와 함께 걸어갔다. 나는 아직 달릴 준비가 안 돼서 잠시 벤치에 앉아 있었다. 2주 동안 아무것도 하지 않았더니 온몸이 뭉그러진 점토 덩어리처럼 물컹하고 흐느적거릴 정도로 무기력해져 있었다. 나는 그렇게 사소한 행동이 이렇게나 인생을 바꿔놓을 거라고는 생각지도 못한 채 한

동안 그대로 앉아서 허공을 바라보고 있었다.

　전기경련요법을 받고 생긴 부작용 중 하나가 기억을 잃는 것이었다. 기억이란 건 원래 날아가기 쉬운데, 뇌에 전기가 흐르면 더 쉽게 흐려진다. 그날 무슨 일이 벌어졌던 건지 기억해내기가 쉽지 않다. 마커스와 내가 서로 소리를 질러댔는지는 잘 모르겠지만 내가 나아지려고 노력하지 않는다고 확신한 마커스가 화를 냈던 것만은 알고 있다. 몹시 실망한 마커스는 그날 밤에 짐을 싸서 뉴욕에 있는 친구 집으로 떠났다. 마커스 말로는 내가 그에게 나를 떠나면 자해할 거라고 했다는데, 기억이 나지 않고 문자메시지를 지워버렸기 때문에 확인할 방법도 없다.

　마커스는 그 주 주말에 다시 와서 나와 헤어지기로 하고 집으로 돌아갔다.


　엄마도 나도 내가 혼자 있을 때가 아니라고 판단했기 때문에 우리는 고양이를 데리고 함께 시카고로 갔다. 다음 외래 환자 프로그램이 시작되기 전까지 8주 동안 부모님과 함께 지내면서 전기경련요법을 더 받을 수 있을지 알아볼 계획이었다. 마커스와는 몇 차례 더 만났다. 가족들이 다들 마커스를 싫어해서 거짓말을 하고 만났다. 그렇게 비밀스럽게 굴자니 꼭 십 대 때로 돌아간 기분이었다. 뉴저지에서 마커스가 나를 떠났을 때 엄마는 내게 그 남자를 안 만났으면 좋겠다고 애원했다. 나는 그를 다시 만나는 게 옳지 않다고 생각하면서도 시카고에서 마커스와 만나서 다시 사귈지를 의논했다. 이전의 내 삶, 이전의 나의 일부라도 붙잡으려 했던 것 같다. 나의 뇌는 여전히 제대로 작동하지 않고 파멸적인 결정을 내리려는 중이었다. 어느 날 저녁 침실에서 마커스가 임신중지 이야기를 꺼내며 울기 시작했다. 그는 눈물을 흘리며 말했다. "우리 아이를 잃었어." 그날 밤 함께 있어달라고 마커스가 부탁했지만 나는 거절했다. 그것이 내가 마커스와 만난 마지막 날이었다.

그리고 나는 두 달 동안 가족과 친구들에게 둘러싸여 아름다운 시간을 보냈다. 어릴 때 쓰던 침대에서 자고, 특히 부모님과 많은 시간을 보냈다. 엄마는 계속 나를 먹이면서 응석을 받아주었다. 모두들 나를 사랑하고 격려해주었다. 나는 달리기를 계속했다. 피부가 말끔해져 더 이상 흉물스러워 보이지 않았다. 외래 환자 프로그램이 끝나고 시카고에 있는 병원에서 또다시 여섯 차례에 걸친 전기경련 치료를 받았다.

정신적으로는 나아지고 있었지만 메스꺼움이 느껴지기 시작했다. 나는 차를 탈 때마다 토했다. 괜찮다고, 나아질 거라고 고집을 부렸지만 어느 날 밤 부모님이 무작정 나를 응급실로 데려갔다. 거기 있던 의사들은 내게 무슨 문제가 있는지 전혀 알아내지 못했다. 그다음에 의사를 두 명

더 만났는데 한 명은 프로작 때문인 것 같다면서도 분명한 이유를 말하지 못했고 다른 한 명은 귀에 염증이 생겨서 그런 거라고 주장했다. 결국 나를 담당했던 전기경련요법 전문 간호사를 만나고 나서야 실제로 무슨 일이 일어나고 있었는지 알게 되었다. 간호사가 이렇게 말했다. "세로토닌이 과다한 것 같아요. 전기경련 시술로 뇌에 화학 변화가 일어났기 때문에 프로작 처방량이 과해진 거죠."

나는 어리둥절했다. 인생의 대부분을 뇌에 무언가 결핍된 듯이 우울한 상태로 보냈는데 이제는 감정적으로 충만하게 해주는 화학 물질이 지나치게 많다니. 정말이지 미칠 노릇이었다.

그날 밤늦게 부모님 집에 온 남동생에게 말했다. "내가 세로토닌이 너무 많대! 미친 것 같지 않아?"

동생이 대답했다. "그래, 누나가 내가 하는 농담마다 웃는 걸 보니 진짜 이상하네." 그 말도 나를 웃겼다.


떠날 날이 다가오자 거의 정상으로 돌아온 듯한 기분이 들었다. 글쎄, 솔직히 나는 어떤 게 정상인지조차 모르니 '정상'이라는 표현은 적절하지 않을지도 모르겠다. 그건 마법에 가까웠다. 누군가 스위치를 탁 켰더니 갑자기 내가 고쳐진 것 같았다. 지금도 잘 믿기지 않는다. 평생 우울증을 안고 살아갈 거라고 생각했는데, 내가 틀렸던 모양이다. 어쩌면 나는 새로운 현실을 만들어낸 건지도 모르겠다. 혹은 다시 시작하기 위해서 모든 것을 무너뜨려야 했던 건지도. 나는 하늘을 올려다보며 생각한다. **고마워요. 과학. 원래의 나로 돌아가게 해줘서 정말 고마워요.**

전기경련요법 이야기를 꺼내면 사람들은 믿을 수 없다는 듯한 표정을 짓곤 한다. 내가 그 시술을 받았다는 말에 겁을 먹기도 한다. 몸서리를 치면서 "와, 그건 너무 센데요"라고 말한 사람도 있다. 아프지 않았냐는 질문에 시술이 얼마나 간단했는지 설명하면 다들 깜짝 놀란다. 홍보물은 엉성했지만 시술을 받기로 한 건 의심의 여지 없이 내 인생에서 가장 잘한 결정이었다.

과거의 다른 정신질환 치료 요법들에 비하면 현대의 전기경련요법은 따뜻하고 부드러운 바닷바람 수준이다. 역사적으로 정신질환 치료에는 관장, 구토, 퇴마 의식, 사혈, 뇌엽 절제술 등의 극단적인 방법이 동원되었다. 많은 이들이 배척당하고 고립되었다. 익사하거나 불에 타 죽기도 했다. 고대 로마, 그리스, 메소포타미아에서는 정신질환을 악마가 쓴 결과라고 믿었다. 만약 내가 다른 시대에 태어났다면 어떻게 됐을까? 아마도 마녀로 몰려 재판받았겠지!
우울증이 극에 달했을 때는 다시는 글을 쓰지 못할 거라고 생각했다. 연구원 자격을 포기하고 집으로 돌아가야 할지도 모른다고 걱정했다. 대부분의 시간은 내가 살아남을 수나 있을지 고민했다. 최근에 일기를 뒤적이다가 내가 쓴 기억도 나지 않는 편지를 한 통 발견했다. 날짜도 받는 사람도 없지만 내가 두 번째 입원 중에 목을 매려다 두려움? 희망? 회복력? 비겁함? 죄책감? 사랑? 하여간 도무지 알 수 없는 이유로 의자에 다시 내려섰을 때 쓴 편지라는 건 알았다. 편지에서 나는 모두에게 미안하다고 썼다. 마지막 줄은 이렇다. "누구의 탓도 아니야. 내 탓이야. 나 때문이야."

9월 초에 나는 아빠와 함께 프린스턴으로 돌아갔다. 가족과 친구들은 내가 연구원 마지막 해에 혼자 지낼 걸 걱정했지만 나는 내가 살아남기만 한 게 아니라 앞으로 더 좋아질 거라는 사실을 알고 있었다. 나는 온전했다. 글을 쓰고 있었다. 기뻐할 수 있었다. 웃었다. 음식의 맛이 느껴졌다.

나는 항상 내가 너무 많은 걸 느낀다며 나의 예민함을 저주했지만, 지금은 그런 예민함이 없었다면 내가 어떤 사람이 되었을지 모르겠고 생각한다. 회복기를 거치면서 나는 처음으로 인생을 사랑하게 되었다. 믿을 수 없을 정도로 삶에 푹 빠져들었다. 아주 단순한 것에서 기쁨을 느꼈다. 새들에게 속삭이고 나무에 감사하고 하늘을 올려다보며 그 아름다움에 넋을 잃었다.

글쓰기를 다시 시작하는 것은 몸에서 천천히 못을 빼내는 과정처럼 느껴졌다. 쓴다는 것, 그 달콤한 아픔이 언제나 나를 살아 있게 해주었다. 나에게 글이란 일종의 기도이자 숭배 행위다. 그러니까 이런 외침이다. **고맙습니다. 고맙습니다. 고맙습니다.**

# 나는 완벽한 멕시코 엄마가 아니야

연구원 마지막 해는 엄청난 시기였다. 마침내 우울증이 사그라들었고, 일도 여행도 다시 할 수 있었기 때문이다. 그 전해에 있었던 일들을 생각하면 대단한 변화였다. 나는 오직 살아 있기만 하면 됐는데 그 이상을 해냈다. 나를 겸허하게 만들고 설레게 했던 일자리로 돌아왔고, 그 기회를 잘 활용했다. 6월에 연구원 기간이 끝나자 이 일을 잘 해냈다는 것이 자랑스러웠다. 나는 프린스턴과 작별하고 시카고로 돌아왔다.

그래도 그 해 역시 딱히 낭만적인 일은 없이 보냈다. 예전에 살던 브리지포트에 새 집을 얻어 자리를 잡고 드폴대학교의 교수직을 맡을 수 있으리라는 느낌이 들자 이제는 연애 상대를 찾을 때가 되었다는 확신이 들었다. 뉴저지 교외 지역에서는 상대를 찾을 가망이 없어 보였고, 심지어 여행을 가서도 빈손으로 돌아와야 했다. 이탈리아, 런던, 더블린 그리고 미국의 수많은 도시를 오가며 눈에 불을 켜고 찾아보았지만 버지니아주에서 나보다 심하게 어린 남자와 잠시 어울렸던 것을 제외하고는 아무런 소득이 없었다. 연애에 하도 많이 실패해봐서 이제는 남자를 엄청나게, 거의 불합리할 정도로 까다롭게 고르게 되었다. 매력 있는 여성이 섹스 기회를 찾는 일은 식은 죽 먹기나 마찬가지지만, 나이가 들고 자기 침대도 없는 남자들과의 의미 없는 만남에 지치고 나면 그게 그렇게 어려운 일이 된다. 가장 최근의 연애로 정신적 외상을 입은 내가 또다시 별 볼 일 없는 인간에게 빠져들 수는 없었다. 차라리 남은 인생을 새 삶을 얻은 섹시한 독신 여성으로 사는 편이 나았다.

근거 있는 두려움에 깊이 빠진 채로 그렇게나 혐오스러워했던 데이팅 앱을 다시 깔았다. 나는 심호흡을 하고 몸서리를 친 다음 성호를 그으며 말했다. **자, 다시 시작해보는 거야.** 내게는 그해 여름 멕시코에 가족들을 만나러 갔을 때 고모가 준, 지나간 남자 성기들의 액운을 쫓는 데 도움이 된다는 림비야limpia(부적)도 있었다. 나는 준비가 되었다. 어쨌거나. **해보자고!**

데이트를 청하는 사람의 소개글을 살펴볼 때마다 나는 재빨리 도망갈 방법을 생각하곤 했다. 죄다 매력적이지 않았던 건 아니지만 그 사람과 섹스하고 싶은지 아닌지는 딱 보기만 해도 본능적으로 알 수 있었다. 이게 내게는 최소한의 조건이었다. 연락이 오는 남자에게 마음이 흔들린다는 친구가 있으면 나는 제일 먼저 이렇게 묻는다. "그 남자에게 네 몸을 들이밀고 싶어?" 그저 그런 느낌이 드는 사람과는 절대 함께할 수 없다는 게 내 지론이다. 정수리에서 나는 냄새, 샌드위치 먹는 방식까지 다 좋아야 한다. 다들 이게 무슨 말인지 알지 않나? 나 역시 "뭐, 알아가다 보면 괜찮은 사람이라 매력을 느끼게 될 수도 있잖아"라고 내 뇌를 속이며 썩 내키지 않는 남자와 데이트한 적이 있다. 미친년, 아니야. 그런 일은 일어나지 않는다고.

이것저것 써넣은 내 소개글에는 재미있는 유색인 남성을 찾는다는 구절도 있었다. 나는 똑똑하고 능력 있는 사람을 원했다. 거기에 더해 물러설 수 없는 몇 가지 규칙도 있었다. 백인 남성 사절(나의 정신, 영혼, 전반적인 행복에 좋지 않음), 빈털터리 사절, 그리고 어떤 경우든 간에 아이를 원하지 않는 사람은 절대 사절이었다. 마지막으로 나는 다 큰 남자의 엄마 노릇을 할 생각이 없었다. 데이트를 재개하고 얼마 되지 않았을 무렵 괜찮게 생긴 변호사와 함께 아침을 먹었다. 그리고 그 남자의 집에 초대받았다가 좋게 표현해서 고학년 기숙사 같은 방에서 살고 있는 꼴을 보고 충격을 받았다. 마커스 이후로 새삼 끔찍한 광경이었다.

"제 방 어때요?" 남자가 물었다.

나는 얼굴을 찌푸리며 대답했다. "어…… 그게…… 좋지는 않네요."

남자는 웃으며 말했다. "에이, 그래도 욕실에 손 비누 정도는 있잖아요. 이만하면 괜찮죠?"

나는 말을 잇지 못했다.

남자는 나를 웃기려고 노력했지만 나는 기본적인 위생 수준을 자랑스럽게 떠벌리는 사람과 만날 생각이 없었다. (이로부터 얼마 지나지 않아 우리 모두 손 씻기의 중요성을 뼈저리게 깨닫는 사건을 겪게 된다.)

식당 할인 시간대에 맞춰 이른 저녁 시내에서 만난 어떤 남자는 데이트 내내 키토 다이어트 이야기만 해댔다. 이 망할 놈은 심지어 애피타이저도 안 먹었다! 그리고 얼마 지나지 않아서는 웬 다단계 인간과 커피를 마셨다. 딱 〈팍스 앤 레크레이션〉에 나오는 장 랄피오 같은. 그런데 유색인인. 나는 그 남자가 우버를 기다리는 사이에 앱에서 그를 차단했다. 그다음에 만난 음악가는 아랫도리가 지나치게 절박해 보여서 가스레인지 불 끄는 걸 깜빡하고 와서 가봐야겠다고 말한 뒤 다람쥐처럼 재빨리 차로 달려갔다.

남자들은 대부분 첫 데이트를 통과하지 못했다. 나이지리아계 미국인 한 명만 빼고는. 꽤 매력적이고 능력도 있는 남자였는데, 다른 건 다 제쳐두고 나와 섹스한 직후에 백인 여성이 자기의 '크립토나이트'라고 하는 바람에 확 깨버렸다. 게다가 자기는 여자 밑에 깔리는 게 역겹다고 했다. 그 후로는 내 귀에 결혼식 종소리가 요만큼도 들리지 않았다.

"어디 출신이세요? 자주 가는 식당은요? 시트는 얼마나 자주 빨아요? 페미니즘을 어떻게 생각하세요? 머펫 캐릭터 중에 누구를 제일 좋아해요?" 이 모든 게 지긋지긋했다. 데이트는 하나같이 덜 익은 쌀을 씹는 것 같았다. 내가 배우자나 아이를 원하지 않았으면 좋았겠지만 마음 깊은 곳에서 고동치는 욕구가 분명 존재했다. 〈섹스 앤 더 시티〉의 사만다처럼 아무것도 신경 쓰지 않고 30달러짜리 마티니를 마시며 못생긴 백인 놈들과 섹스나 하며 살 수 있다면 훨씬 쉬웠을 텐데. 늙어가는 내 몸은 아이를 낳고 홈디포에 가서 살림살이를 사들이라고 속삭이고 있었다. 짜증나게!

이제 나도 서른다섯 살이 되었고 앞으로 5년 안에는 정말로 아이를 갖고 싶었기 때문에 걱정이 되기 시작했다. 내 말을 들은 사람들은 아직 젊고 시간이 많다며 나를 달랬다. 젠장, 무슨 말인지는 알지만 슬슬 짜증이 났다. 때때로 소리를 지르고 싶었다. "그 말에 누가 반대하는지 알아요? 과학이에요!" 시간이 많다는 것도 상대적인 판단이라는 걸 알지만 나는 더 이상 탄력 좋은 스무 살이 아니었다.

내가 원하는 남자의 상은 뚜렷했다. 남자답지만 마초적이지는 않고, 똑똑한 면이 있고, 터무니없이 웃기고, 유색인, 절대로 유색인일 것. 남자 보는 기준이 나의 세로토닌 수치만큼이나 낮았던 시절에는 직관을 무시했고 그 대가를 혹독히 치렀다. 그러니까 아침에 깨면 바닥에 깔린 매트리스 옆에 놓아둔 토르티야 칩이나 주워 먹던 마커스 같은 남자와 만나게 된 거다. 나는 만약 상황이 나아질 기미가 보이지 않는다면 질 좋은 정자라도 좀 구해볼까 궁리하기 시작했다.

"남자라는 족속이 싫은데도 남자와 데이트를 한다는 게 쉬운 일이 아니에요." 나는 데이트할 때 시험 삼아 농담조로 이렇게 말했다. 상대가 방어적인 태도를 보이면 그가 남성의 특권을 인정할 줄 모르는 사람이 분명하니 그 만남이 잘 안 될 거라는 걸 알았다. 나는 인류의 역사와 내가 살면서 경험한 일들을 놓고 입씨름할 생각이 없었다. 매일 역겨운 심정으로 데이팅 앱을 들여다보았다. 하나도 끌리지 않는 자동차 안에서의 셀카와 '즐기는 게' 좋은 태평한 남자들이 너무 많았다. 나는 로맨틱 코미디에 나오는 멍청이처럼 슈퍼마켓에서 우연히 괜찮은 남자와 마주칠지도 모르지 않냐고 되뇌며 주기적으로 앱을 삭제했다. 그러다가도 욕구가 있는 포유류로서 다시 앱을 내려받고는 했다.

여름이 끝날 무렵 오케이큐피드에서 그럴듯한 상대와 대화를 주고받기 시작했다. 이혼하고 두 아이를 키우는 아빠로, 시카고 북부에 막 집을 구입한 참이라고 했다. 그 남자가 자기 아이들에 관해 이야기하는 방식이 마음에 들었다. 아이를 아주 좋아하는 게 확실했고 아버지 역할에 진지하게 임하는 듯했다. 그가 아이들이 성인이 되면 선물하려고 랩 음반을 만드는 중이라고 말하는 순간, 젠장, 나는 완전히 그에게 빠져버렸다. 좋은 직장과 집이 있는 데다 세심하고 열정적인 아빠 노릇을 하는 남자라고? 이런, 망할. 기가 막히네. 별 이상한 놈들이 꼬이곤 하는 그 앱에서 이런 자질을 갖춘 남자는 정말 드물었다. 게다가 그는 웃겼다. 예전에 스탠드업 코미디도 했었다고 했는데, 평소 그런 말을 들으면 기겁해 뒤로 물러났지만 그의 문자를 보면 웃음이 나왔다. 나는 그 남자와 저녁 식사를 함께하기로 했다.

월을 본 순간 심장이 펄럭거렸다. 토네이도가 몰아칠 때 나무에 걸린 연이 펄럭이듯이. 갈색 눈에 두텁고 고급스러운 수염을 기른 월은 섹시한 느낌을 가득 풍기는 아름다운 유색인이었다. 덩치가 좀 더 큰 제이슨 맨추커스를 떠올려 보면 된다. 이미 소개글을 보아서 그가 흑인과 이탈리아인 사이에서 태어났다는 걸 알고 있었지만, 직접 보니 인도나 중동 출신처럼 보여서 여러 면으로 인종차별을 당했을 것 같았다. 나중에 그에게 듣기로 정말 그랬다고 한다. 뭐, 어느 쪽이든 완전 섹시하지.

그 무렵 나는 데이트에 큰 기대를 하지 않았기 때문에 긴장하는 일이 거의 없었다. 상대가 괜찮은 배우자감이 아닌 경우 바로 알아차렸기 때문에 굳이 매력적으로 보이려고 애쓰지 않았다. 하지만 월은 달랐다. 그날 월이 나를 너무 웃겨서 얼굴이 얼얼했다. 내가 하도 크게 웃어대는 바람에 지나가는 사람들이 깜짝 놀라곤 했다. 세상을 대체로 삐딱하게 대하는 점도 마음에 들었다. 처음부터 우리는 더없이 불손한 대화를 주고받았다. 20분쯤 지났을 무렵 나는 그에게 산체스 가에 전해 내려오는, 강간범이라는 의심을 받는 할머니네 고양이 이야기를 들려주었다. 그러자 윌이 낄낄거렸는데 그 소리가 정말 듣기 좋았다. 게다가 그에게는 좋은 아빠 특유의 매력이 넘쳐났다. 기절하겠네.

저녁을 먹은 뒤에 우리는 술집을 몇 곳 돌면서 계속 이야기하고 웃어댔다. 매미 소리 우렁차고 지나가는 자동차에서 음악이 쿵쿵 울려퍼지고 낙관적인 공기가 떠도는 전형적인 시카고의 여름밤이었다. 모두가 행복해 보였다. 우리도.

둘 다 집에 돌아가고 싶지 않았지만 다섯 시간 넘도록 함께 있다 보니 시간이 무척 늦었고, 윌은 다음 날 일찍 출근해야 했다. 나는 사랑스러운 윌의 털투성이 얼굴에 내 몸을 비비고 싶은 마음이 간절했다. 길을 건너려고 기다리던 중에 윌이 내게 키스하자 심장이 터질 것 같았다. 나는 그를 올려다보며 말했다. "당신이 좋아요." 윌이 대답했다. "나도 당신이 좋아요." 윌 때문에 내 안이 온통 뜨겁게 떨렸고 그걸 숨길 수가 없었다.

나는 웃으며 차를 몰고 집으로 가면서 생각했다. **미래의 남편을 찾고 말았어.**

하루 이틀 뒤에 나는 데이팅 앱들을 삭제했다. 유색인 버전 〈노트북〉처럼 우리가 함께 나이 들어 서로 손을 잡고 사랑을 되새기며 같은 날에 죽을 거라는 확신이 들었기 때문이다. 친구들에게 결혼할 남자를 만난 것 같다고 문자를 보냈다. 망상처럼 보일 수도 있고 내가 예전에 괴상한 말을 늘어놓은 전적도 있기는 했지만, 우리가 함께할 운명이라는 확신이 너무 강해서 참을 수가 없었다. 나는 윌의 집에서 함께 살게 될 것이다. 그의 아이들에게 사랑이 넘치는 엄마가 될 것이다. 우리 둘의 아이도 생길 것이다. 물론 내가 살짝 미친 게 아닌가 생각할까 봐 윌에게는 이런 말을 전혀 하지 않았다.

두 번째 만나던 날 윌이 나를 집으로 초대했다. 그는 뒷마당에 불을 피웠고 우리는 거기 앉아 몇 시간이나 대마초를 피우며 웃어댔다. 윌은 내 걸걸한 입담을 찬양했다. 그도 다를 바 없었다. 알고 보니 우리 둘 다 끝내주는 험담꾼이었다. 나는 수줍은 척을 하려고 애썼고 처음에는 관계가 금세 깨져버릴까 봐 두려워서 섹스하지 않으려고 했다. 내가 상황을 잘못 읽고 있는 것 같아 걱정스러웠다.

그래봤자 나는 한낱 인간이기에, 윌이 지누와인의 〈포니〉를 튼 순간 신중한 태도를 보이려고 했던 나의 딱한 시도는 끝이 나버렸다.

몇 주 안에 나는 윌의 아이들과 전부인, 친구들을 만났다. 윌과 전부인이 건강하게 공동 양육을 하는 모습을 보니 안도감과 놀라움이 동시에 느껴졌다. 이혼한 지 4년이 지났는데 둘 사이에는 아무런 반감이 없었다. 윌의 전부인은 새로운 배우자를 만나 함께 살고 있었고 아이들은 양쪽 가정에서 시간을 고루 나누어 지내며 행복하게 잘 적응했다. 아이들 엄마와 나는 만나자마자 서로에게 존경심을 느꼈다. 나는 혼합 가족blended family이 그렇게 잘 지내는 모습을 한 번도 본 적이 없었다. 그런 건 텔레비전에나 나오는 것이라고 생각했다. 윌은 제대로 된 어른이었고 그런 그의 모습에 가슴이 두근거렸다. 스스로 페미니스트라고 칭한 적은 없지만 윌은 분명 페미니스트였다. 나와 자기 딸, 전부인 그리고 마주하는 모든 여성을 대하는 태도를 보면 알 수 있었다.

윌과 나는 일주일에 며칠씩 함께 지냈고 그럴수록 나는 조금씩 더 그를 사랑하게 되었다. 윌은 내게 처음으로 인정받는 기분을 느끼게 해준 남자였다. 마음에 드는 점만 고르려 하지 않고 내 모든 면모를 기꺼이 받아들였다. 그는 나의 과한 면을 버거워하지 않았다. 윌은 내가 재미있고 똑똑하고 아름답다고 생각했다. 게다가 제대로 자란 애틀랜타 남자답게 나의 성취를 추앙했다.

우리는 계속 뒷마당에서 불을 피웠다. 그의 하얀 핏불테리어가 쥐를 쫓는 동안 우리는 대마초를 피우며 힙합 음악을 들었다.

아, 어떻게 해야 독자들이 거북하지 않게 사랑 이야기를
쓸 수 있을까? 노력은 해보겠다. 윌은 내 심장을 뛰게 했다.
나는 글쓰기를 사랑하듯이 윌을 사랑했다. 땅거미가 질 때
하늘에 펼쳐지는 불가해한 색들을 사랑하듯이. 3월의 눈 녹
는 소리, 아름다운 시를 읽을 때 느끼는 아픔, 새벽 세 시에
먹는 기름진 길거리 타코, 멀리서 들려오는 말발굽 소리, 천
둥번개가 지나간 뒤에 젖은 땅에서 나는 냄새를 사랑하듯
이. 끝을 알 수 없을 정도로 깊어서 두려웠던 사랑. 윌과 함
께 있으면 나는 더 대담한 사람이 되었다. 정말이지 지독
했다.

5개월 후에 나는 윌의 집으로 이사했다. 만나고 얼마 후
부터 이미 거기서 살다시피 했지만 말이다. 나는 매일 하루
종일 웃어댔다. 정신적 외상 없는 리처드 프라이어와 같이
사는 것 같았다.

우리는 2020년이 무한한 잠재력을 펼칠 수 있는 해가 될
거라고 생각했다. (아이고!) 2월에는 나의 소설《나는 완벽한
멕시코 딸이 아니야》를 각색한 연극이 시카고 스테펜울프
극장에서 초연되었다. 개막일 밤은 내 인생에서 가장 감동
적인 밤이었다. 연극에 함께한 사람들 모두 대단했다. 온 가
족과 친구가 다 그 자리에 있었다. 나는 울고 웃으며 거리
에 있는 백인 아가씨들을 향해 소리를 질렀다. (이건 새 시대

를 위한 이야기야!) 공연이 끝나고 출연진과 제작진이 우리 집으로 와서 나의 친구, 가족과 함께 새벽 두 시까지 어울려 놀았다. 기념비적인 날이었다.

그리고 성경에나 나올 법한 어마어마한 전염병이 닥쳐왔다.

많이들 그랬을 텐데, 우리도 초반에는 조심스럽게 희망을 품고 이 상황을 바라보았다. 뭐가 어떻게 돌아가는지 너무 몰랐고, 위기가 금방 지나갈 거라고 생각했다. 우리는 제자리를 지키며 상황을 최대한 활용하고자 했다. 윌의 아이들, 일곱 살 여자애와 여덟 살 남자애가 미칠 듯이 지루해하길래 재밌게 해줄 방법을 찾았다. 윌은 금발 가발에 모자와 선글라스를 쓰고 자기를 소시지 교수라고 칭했다. 알아들을 수 없는 이유를 대며 아이들에게 핫도그 만드는 과정을 담은 영상을 보여주었다. 나는 어느 날 긴 치마를 입고 깃털 달린 목도리를 두르고 머리에 스카프를 쓰고는 나를 맥고나걸 부인이라고 소개했다. 맥고나걸 부인은 초대 강사로 온 예절과 친절 전문가로, 영국 억양이 강했다.

나는 윌에게 스탠드업 코미디를 배워 달리기용 반바지에 양말, 머리 집게, 인조 모피코트를 걸치고 줌zoom으로 가족과 친구들에게 짧막한 공연을 선보였다. **세뇨라**처럼 변덕스럽게 구는 걸 개그 소재로 썼다. 하루는 클럽에 가서 드랙퀸과 마약을 하다가 다음 날에는 반려견에게 수동공격적으로 구는 게 그 공연의 기본 뼈대였다.

이 팬데믹 상황을 최대한 활용해 보자는 게 우리 생각이었다. **안 그러면 뭘 더 할 수 있겠어?**

그러다 나는 임신했다. 수년 동안 바라던 아기가 마침내! 당시의 모든 상황에도 불구하고 윌과 나는 마냥 행복했다. 굵게 구불거리는 머리에 신이 나서 꽥꽥대는 프라푸치노 같은 피부색을 지닌 아기가 이미 내 곁에 와 있는 것 같았다. 나와는 다르게 세상 속에 편안히 머물며 자유를 누리는 아이.

바이러스가 퍼져나가는 동시에 내 배도 불러왔다. 임신은 평범한 동시에 특별했다. 수천 년 동안 여성들이 그렇게 했듯이 나도 내 몸으로 진짜 인간을 빚어내고 있었다. 말해두는데, 정말 정신이 혼미해지는 일이다. 몇 주 만에 아이가 딸이라는 걸 알게 되었다. 바라던 일이었지만 나 자신에게도 다른 사람들에게도 그렇다고 인정하기 어려웠다. 딸이든 아들이든 건강하기만 하면 된다고 해야 하니까. 하지만 나는 바랐다. 무척이나 바랐다.

나는 딸을 당차고 똑똑하고 재미있는 여자아이로 키우고 싶었다. 나를 믿고 아프더라도 진실을 말해줄 수 있는 친구를 얻고 싶었다. 스스로를 속속들이 사랑하는 사람, 망설임 따위 없이 자기 자신이 될 수 있는 사람으로 키우고 싶었다. **네 성별이 우리가 생각한 것과 다르다고? 멋지네.**
**옷 사러 가자. 정원의 요정을 섬기는 종교로 개종하고 싶다**
**고? 남들을 괴롭히지만 않으면 뭐 어때! 이름을 마법 고양**
**이 산체스로 바꾸고 싶다고? 뭔지 잘 모르겠지만 이해해볼**
**게. 모잠비크에 가서 살고 싶어? 좋지. 내가 밀라그로 토르**
**티야 사서 만나러 갈게.**

　나는 내게 한 번도 허락되지 않았던 것들을 딸에게 주고
싶었다. 그리고 내가 이미 딸을 위해 해놓은 가장 훌륭한
일은 좋은 아빠를 골라준 것이었다.

　임신 중이라 이제는 대마초를 피워 정신을 흐리게 해선
안 되었다. 나에게 다가온 새로운 현실에 적응해야 했다. 뒤
이어 메스꺼움과 두통, 피로감이 일었다. 임신 5개월 정도
가 되니 한밤중에 배 속에서 아기 우는 소리가 들리기 시작
했다. 출산 예정일이 다가오니 끙끙대거나 깍깍거리는 듯
한 소리도 들렸다. 조금 두려웠지만 대부분은 즐거웠다. 그
소리를 들으라고 윌을 깨우지는 않았다. 나는 소리가 가라
앉을 때까지 기다렸다 다시 잠들고는 했다.

　바깥을 보면 무기력과 두려움이 엄습했다. 사망자 수
가 늘어났다. 도널드 트럼프가 나오는 영상을 보면 역겨웠
다. 우리는 텔레비전을 향해 소리를 질렀다. 우리가 무력하
게 거실에 앉아 있는 동안 사람들이 죽어갔다. 지난 몇 년
사이에 흑인 남성과 여성이 경찰에게 살해당하는 일이 너

무 자주 일어났던 터라 그들이 죽은 이유가 헷갈릴 때가 많았다. **그 남자가 그러니까 그…… 그 여자가 그러니까……? 그 사람들이 아닌가……? 차에 있던 그 사람 딸이…… 그의 목에…… 웬디스 주차장에서…… 그 애가 잠들어 있었는데…… 그 남자가 자기 엄마를 구해달라고 울부짖었잖아…….**

윌과 나는 백인성whiteness과 특권에 관해, 수백만 명이 파시스트를 추종하는 백인우월주의 국가에서 유색인 혼합 가족을 돌보며 느끼는 두려움에 관해 셀 수 없이 많은 대화를 나누었다. **백인 문화란 무엇일까?** 마음의 질병. 영혼의 탐식. 상상력의 실패. 우리는 백인성이란 외양, 가식, 비밀, 부정, 우월성을 중시하는 사상이라고 결론지었다. 백인이 된다는 것은 이 모든 것의 중심에 서 있으면서도 더 많은 것을 원하는 것이다.

내 안에서 꼴을 갖춰가는 여자아이가 걱정되었다. 이 아이가 자라는 동안 세상은 어떤 모습이 되어갈까? 우리 가족은 큰 탈 없이 팬데믹을 견디고 있었지만 윌과 나는 계속 분노와 두려움에 휩싸인 채로 지냈다. 트럼프가 재선에 성공하면 어떻게 되는 거지? 인종적으로 딱 나누기 어려운 이 아이들을 어떻게 키우지? 우리는 농담으로 캐나다에 가서 딸을 낳아야겠다고 말했다. 그러면 우리 아기가 인종차별주의자 백인들을 피해 나아갈 닻이 되어줄 테지.

우리는 텔레비전을 보고, 책을 읽고, 줄넘기를 하고, 집에 페인트칠을 하고, 모델 흉내를 내고, 랩을 하고, 가구 배치를 바꾸고, 불평하고, 죄책감을 느끼고, 기부하고, 지하실을 재단장하고, 울고, 희한한 음식을 만들고, 바보같은 물건을 사고, 예술 작품을 만들고, 인물을 창작하고, 마당에서 가족들을 만나고, 다른 모든 멍청이들과 마찬가지로 직접 빵을 구웠다. 그해 내내 끝없이 쏟아지던 제약회사 광고도 우리의 배경음악 중 하나였다. **부작용으로는 자살 사고, 귀의 열감, 목 부위의 다한증, 뻐드렁니, 과대망상, 설사, 두근거림, 실존적 절망, 여드름, 죽음 등이 있습니다.**

5월에 우리가 사랑에 빠졌던 그 마당에서 월이 내게 청혼했다. 나는 운동복 바지에 너덜거리는 키스 해링 티셔츠를 입고 브래지어도 화장도 안 한 상태였다. 당연히 그런 일이 있을 줄 전혀 예상하지 못했다. 우리가 결혼 이야기를 주고받기는 했지만 격리 기간이라 월이 반지를 사러 가지는 않았을 거라고 생각했다. 어느 포근한 밤에 월이 허브 화분 안에 손을 뻗더니 아름다운 반지가 담긴 상자를 꺼내 내밀었다. 물론 나는 승낙했다.

몇 달 뒤 우리는 같은 자리에서 텃밭의 토마토를 배경 삼아 결혼식을 올렸다. 팬데믹 중이라도 결혼하고 싶었다. 얼렁뚱땅 임명해놓은 대로 친구 미겔이 온라인으로 주례를 섰다. 참석자는 내 남동생과 월의 가장 친한 친구 단 둘뿐이었다. 결혼식 후에는 우리가 제일 좋아하는 두터운 피자를 먹었다. 우스꽝스럽고 재미있고 다정한 행사였다.

우리는 격리 기간 내내 딸에게 어떤 이름을 지어줄지 고민했다. 나는 자랑스럽고 흔치 않으면서 도전적이기도 한 이름을 원했다. 시대에 걸맞으면서도 복잡한 정체성을 드러내줄 이름을 짓고 싶었다. 윌이 소저너Sojourner가 어떠냐고 했을 때 나는 숨이 턱 막혔다. **세상에, 너무 멋지잖아?** 소저너 트루스Sojourner Truth. **"나는 여성이 아닌가요?"**라고 외쳤던 사람. 방랑자. 영석한 노예 폐지론자. 누구에게도 속하지 않은 여성. 자기 이름을 스스로 지은 여성. 소저너 같은 사람을 어떻게 함부로 대할 수 있겠는가? 어떤 남성이 그런 여성에게 복종을 기대할 수 있겠는가? 그 이름에 이미 도전의 의지가 담겨 있는데.

아이가 지식을 사랑하고 책을 통해 수천 가지 다른 삶을 살아보기를 바라는 마음에서 후아나 이네스 데 라 크루스 수녀의 이름에서 딴 이네스도 덧붙였다. 배운 반항아. 비판적 사고를 하는 여성. 그런 다음 우리 둘의 성을 하이픈으로 이어붙였다. 내 몸으로 아이를 빚어냈는데 전통을 따르느라 내 이름이 지워지게 둘 수는 없었다.

소저너 이네스. 아이에게 보호막이 되어주기를 바라며 지은 이름이다.

나는 내 삶을 아이와 공유하기에 앞서 온전히 내 것으로 만들고 싶었다. 아이를 키우느라 내 욕구와 바람을 희생하는 것은 상상할 수 없었다. 내가 살아보지 못한 삶 때문에 아이를 원망하고 싶지 않았다. 어떤 대가를 치르더라도 그 삶을 살 작정이었다. 아이가 태어나기 전에 그 모든 일을 해놓을 작정이었다.

어떤 상황에서든 자기 앞에 놓인 모든 장애물을 뛰어넘어 성취해내는 여성들이 있다는 건 알지만, 나는 내가 그런 사람이라고 생각하지는 않는다. 나는 그렇게 영웅적인 사람이 아니다.

국경 지대에서 엄마와 헤어진 수천 명의 아이들을 생각하면 분노로 가슴이 떨린다. 우리 사회는 모성을 진정으로 소중히 여기는 게 아니라 그 개념만 중시할 뿐이다. 오히려 대놓고 엄마인 여성들에게 적대적인 행태를 보인다. 십 대 시절에 아이를 가진 사촌, 고모, 친구들이 있었는데 그 결과는 경악스러웠다. 나는 모성애를 지키기 위한 순교에는 관심이 없었다. 그렇게까지 고통받고 싶지 않았다. 많은 사람이 생각하는 것과 달리 이기주의와는 거리가 먼 이야기다. 그저 살아남기 위해서였다.

소저너는 아무런 합병증 없이 태어났다. 단 하나 특이했던 점은 세상에 나올 때 울지 않았다는 것이다. 자신이 막

들어선 이 밝은 세계를 살펴보려는 듯이 당황한 표정으로 주위를 둘러보았다. 그게 계속 걱정돼서 분만실 건너편에 있는 아기를 보려고 목을 내밀고 있었더니 의사가 아이는 괜찮다며 나를 안심시켰다. 소저녀가 태어난 직후에 윌이 찍은 사진이 있다. 웃고 있는 아이의 눈은 마치 행성처럼 크고 새까맣다. 내 눈에는 소저녀가 꼭 우주 생명체인 것만 같다. 아이가 짓는 희한한 표정을 볼 때마다 피식 웃음이 터진다.

나는 드폴대학교에서 후아나 이네스 데 라 크루스 수녀를 연구하는 내 자리를 비워둔 채 출산 휴가 중이었다. 시간과 자원이 있었는데도 육아하는 내내 정신을 차릴 수가 없었다. 한 인간의 생명을 보살피는 데는 어마어마한 노동이 필요했다. 아이를 키우는 건 힘들다. 그걸 어떻게 미리 알았겠는가? 몹시 진이 빠지기는 했지만 나는 내가 얼마나 운이 좋은지 알고 있었다. 윌과 나는 경제적으로 안정적이었고 윌 역시 출산 휴가 중이었다. 출산 휴가가 끝나더라도 교수라는 직업은 집에서 보내는 시간이 많았다. 나는 때때로 아이를 무릎에 올려둔 채 일했다. 부모님도 일주일에 몇 번씩 도와주었다.

공장에서 야간 근무를 하면서도 요리, 청소, 육아를 다 해낸 엄마가 계속 생각났다. 어떻게 그걸 해냈던 거야? 어떻게 우리 모두 무사할 수 있었던 걸까? 엄마는 어떻게 무너지지 않을 수 있었지? 소저녀에게 모유 수유를 몇 번 시도했다가 신경쇠약이 올 조짐이 느껴져 그만두기로 했다. 모유를 충분히 만들어내야 한다는 압박감이 나를 불안하게 했다. 딸에게는 모유보다 제대로 움직이는 엄마가 더 필요하다고 판단했다. 나는 무언가를 증명하는 영웅이 될 생각이 아니었다. 괴짜나 할리우드 스타도 아니었기에 태반을 갈아 마시지도 않았다.

윌과 나 둘 다 요리를 할 수 없을 만큼 지칠 때면 배달음식을 주문했다. 필요한 것은 그냥 다 사서 썼다. 기저귀, 이유식, 가구, 장난감, 옷, 그밖에 아이를 좀 더 쉽게 돌볼 수 있게 해주는 것은 무엇이든. 그러니 돈이 정말 많이 들었다. 저임금 전일 노동이라는 제약 속에 신생아를 돌보는 일은 상상조차 하기 어려웠다. 노동계급이라는 이유만으로 그렇게 힘들게 아이를 키워서는 안 된다. 가게에서 도둑맞을까봐 이유식을 플라스틱 판으로 막아 잠가둔다는 사실은 나를 정말 화나게 하는 계급주의자들의 헛짓거리였다. 통계를 보면 아기가 굶어가는 걸 내버려둬도 괜찮다는 인간은 천하에 몹쓸 놈이라고 생각하는 사람이 열에 아홉이나 되는데.

만약 나의 엄마처럼 도와줄 이도 거의 없는 상태로 낯선 나라에서 주 40시간 이상 공장에서 일하며 세 아이를 키워야 했다면 나는 아마 매일 욕실에서 울었을 것이다. 그건 정말 초인적인 힘이 필요한 일이다. 내게 있는지조차 모르겠는 그런 힘.

언제 어떻게 가정을 이룰 것인지는 여성의 해방에 대단히 중요한 선택이다. 우리 사회는 일과 육아를 동시에 하는 엄마로 사는 것이 불가능하다시피 한 곳이다. 그리고 임신 중에 나타나는 신체적 불편을 경험하고 나니 여성에게 자기 의지에 반하는 임신을 강요하는 것은 범죄로 취급해야 한다는 확신이 훨씬 더 강해졌다.

임신중지를 한 딕분에 나는 목숨을 부시하고 현새의 삶을 살 수 있었다. 우울증을 겪고 있을 때 나는 육아는커녕 물 한 모금 마시기도 힘겨웠다. 그런 상태로는 아이를 돌볼 수 없었을 것이다. 내 몸속의 움직임에 기뻐할 수 있었던 것은 내가 세포 하나하나에 이르기까지 내 온 존재로 이 아이를 원했기 때문이다. 이 아이가 존재하기를 바라며 몇 년이고 기다려왔기 때문이다. 전적으로 내 선택에 따르지 않은 임신 상태를 지속한다는 것은 상상할 수가 없다. 그것은 고문이나 다름없을 것이다. 크리스마스에 휴대전화 액세서리나 선물하는 놈과 아이를 가질 뻔했다고 생각하면 심장이 덜컥 내려앉는다.

나중에 소저너와 내가 어떻게 지낼지 상상해보곤 한다. 그림 같은 외국의 어느 도시에서 야외 카페에 앉아 커피를 마시며 뭔가를 보고 킬킬대는 우리 모습이 떠오른다. 우리

끼리만 아는 농담을 주고받으며 아주 오랫동안 점심을 먹을 것이다. 같이 쇼핑도 할 것이다. 유행에 뒤처진 아줌마가 되지 않으려 딸에게 옷을 골라달라고 할 것이다. 딸은 아이들 사이에 도는 은어를 나에게 가르쳐줄 것이다. "미하 mija(딸), 애들이 '삐빅삐빅 했어bleep-blorped'라는데 이게 무슨 말이야?"

하지만 때로는 아이를 가만히 바라보고 있는 내 머릿속에서 이런 일들이 벌어진다. **애가 숨을 안 쉬면 어쩌지? 내가 애를 떨어뜨리기라도 하면? 산후우울증이 와서 침대에서 일어나지도 못하면 어떻게 해? 애가 누군가에게 인종차별을 당하면? 내가 애를 안고 있다가 계단에서 넘어지면 어쩌지? 딸이 자기 능력을 부담스러워하는 배우자를 만나면? 백인이랑 결혼한다고 하면? 애가 차에 치이면 어떻게 하지? 불치병에 걸리면? 누군가에게 해코지당하면? 내가 애를 상처 주면? 애가 채식주의자가 된다면? 엄마 아빠가 중독자라는 사실을 알게 되는 때가 온다면? 내가 만약 의도는 좋지만 멍청하기 그지없는 말을 딸에게 한다면? 딸이 너무 아름다워서 위험에 빠질지도 모른다면? 내 개떡 같은 뇌 화학 구조를 애가 물려받기라도 한다면?**

그리고 또! 만약에! 기타 등등. 머릿속이 아수라장이다. 매일 나는 나 자신에게 휴가를 내고 싶다. 날마다 낮잠을 자는 건 그 때문이다. 온종일 나로 있는 건 너무 힘든 일이어서 오후만 되면 급격히 기운이 떨어진다. 그저 이 아이가 내 딸이라는 마법 같은 사실에 감탄하면 좋을 텐데, 나는 상상할 수 있는 최악의 사태를 전부 떠올리고 있다. 이 세상에서 딸이 사라진다면 살아가지 못할 거라는 생각이 든다.

여덟 살 때까지 살던 어린 시절의 집으로 돌아가야만 하는 악몽을 종종 꾼다. 벽에 튄 물 얼룩, 수압 약한 샤워기에서 졸졸 흘러나오는 차가운 물줄기, 껍질이 일어나는 부엌 바닥의 갈색 장판, 중고품 가게에서 산 '고아 애니Little orphan Annie' 커튼, 쨍한 형광등, 거실 바닥에 깔린 원래 무슨 색이었는지 모를 칙칙하고 퀴퀴한 카펫 따위가 기억난다. 한번은 뭔가 재미난 게 있을까 하고 건물 꼭대기에 기어들어간 적이 있는데, 거기에 있는 거라고는 햇빛이 비치는 나무 들보와 먼지벌레뿐이었다.

나는 왜 늘 꿈속에서 그 집으로 돌아가는 걸까? 그 꿈은 나에게 무엇을 말하려는 걸까? 나는 뭘 놓지 못하고 있는 걸까? 부모님은 지금도 시서로에 있는, 내가 열 살 때 이사한 집에서 살고 있다. 원한다면 그 동네를 교외라고 부를 수도 있겠지만 우리처럼 거기서 자란 이들은 잘 알고 있다. 시서로는 암울한 곳이라는 걸.

나와 함께 자란 많은 이들이 그 지역에 그대로 살고 있고, 그걸 비난할 마음은 없다. 빠져나오기 어려운 곳이며 거기 머물러 있는 게 잘못된 일도 아니다. 하지만 나는 그 동네에 간 첫날부터 거기서 벗어나려 최선을 다했다. 거기 그대로 있다가 은행에 취직해 일하면서, 'salmon'을 '샐먼'이라고 읽고[*] 경찰의 생명도 중요하다Blue lives matter[**]고 믿는 경찰관과 결혼해 사느니 차라리 요로감염으로 죽는 편을 택했을 것이다.

　요즘은 어렸을 때 죽은 친구 두 명이 계속 생각난다. 딸이 생기니 여자아이들이 겪을 수 있는 위험을 짚어보게 되는 모양이다. 엄마가 되면서 묻혀 있던 기억이 많이 되살아났다. 내 친구 베로와 산드라는 고등학생 때 각기 다른 상황에서 목숨을 잃었다. 두 죽음 모두 남자친구와 관련이 있었지만 그밖에는 알려진 것이 없다. 실제로 무슨 일이 있었던 건지 결코 알 수 없을 것이다. 베로는 이제 20대가 되었을 아이를 남겨두고 떠났다. 나는 종종 어린 시절 그 친구들의 환한 얼굴을 떠올리며 그들이 지금까지 살아 있었다

---

[*]　연어를 뜻하는 salmon은 '새먼'이라 읽지만 영어가 익숙지 않은 이민자인 경우 묵음을 알지 못하고 그대로 발음하는 경우가 있다.

[**]　2013년 미국에서 흑인을 향한 경찰의 폭력적이고 차별적인 행태에 대항해 시작된 '흑인의 생명도 중요하다Black lives matter' 운동에 반발하는 경찰들의 집단 행동을 가리킨다.

면 어떤 사람이 되었을까 궁금해한다. 그렇게 오랜 시간이 흐르고서야 나는 모두가, 그러니까 말 그대로 **모두가** 그 애들을 저버렸다는 사실을 깨닫는다.

정신질환을 안고 산다는 것은 하이힐을 신은 채 외줄 타기를 하는 것과 같다. 조금만 삐끗해도 떨어져 죽는 수가 있다. 약물 치료를 잘못 받았다가는 인생이 전부 망가질 수 있다. 뭘 하든 위험하다. 하지만 나는 내 불안이 엄마로부터, 우리보다 먼저 온 모든 여성으로부터 전해 내려온 것임을 이제는 안다. 엄마는 여성이자 이민자로서 자신이 겪은 끔찍한 일들 때문에 언제나 최악의 경우를 떠올리게 되었다. 엄마가 겪은 정신적 외상을 나는 절대로 전부 알 수 없을 것이다. 최악의 상황에 대비하는 것이 엄마에게는 그저 생존 전략일 뿐이었다. 나 역시 누군가 또는 무언가가 내 삶을 망쳐버리지 않을지 항상 두리번대며 살펴보고 있었다는 걸 깨닫기까지 평생이 걸렸다.

내가 행복을 믿지 못한다는 사실을 인지한 건 몇 년 전 연구보조금을 받아 이탈리아에 갔을 때였다. 내가 가장 최근의 우울 삽화에서 벗어난 지 몇 달이 채 지나지 않았던 2018년이었다. 거기에 가 있다는 것이 너무나도 행복했지만, 정말이지 황홀할 정도였지만, 나는 그 사실을 받아들일 수 없었다. 이 행복을 금세 빼앗기고 말 거라는 생각이 들었다. 누군가 어둠을 뚫고 나타나 내가 먹고 있던 카놀리를 낚아챈 다음 나더러 파산했다고 전하는 상황을 떠올리는 것이다. 아니면 "푸핫, 속았죠! 지금 바로 보조금 반납해주세요"라는 이메일을 받는 상상을 하든지. 나는 내가 그저 그렇게 인생을 즐기며 거기 머물 수 있다는 사실을 믿지 못했다. 네가 뭔데? 소설 속 백인 계집애라도 되는 줄 알아?

이와 비슷하게 어른으로서 해야 하는 일들도 내 안의 불안을 자극할 때가 많다. 세금 신고를 할 때는 기절할 것만 같다. 그저 W-2 신고서*를 작성하는 것만으로 심장이 튀어나올 것 같다. 집을 살 때도 끝도 없이 서류를 작성해야 했는데, 어찌나 귀찮던지 나중에는 자궁경부암 검사 결과지까지 요구하겠다 싶었다. 누군가 내가 잘못 작성한 서류를 찾아내 내 자산이 모두 날아가 버리는 건 아닐까 걱정돼서 괴로웠다.

가난한 유색인으로 자라다 보면 내 것이랄 게 아무것도 없다고 느끼게 된다. 그저 존재하는 것 자체가 미안한 일이 된다. 백인들이 내 삶을 짓밟으려고 덤불 속에 숨어 있을 거라는 생각이 드는데, 실제로 그렇기 때문이다! 내가 자살 충동을 느끼는 것이나 라틴계 십 대 자살률이 또래 집단 중

---

*   미국의 급여 및 세금 신고서.

에서 가장 높은 것은 당연한 일이다. 자살이 이렇게 만연한데도 우리 같은 애들은 이 나라에서 별 가치가 없기 때문에 아무도 신경 쓰지 않는다. (루이스 자야스 박사가 조사하고 솔리다드 오브라이언과 마리아 히노호사가 취재해 기사화한 내용이다.) 전통적인 라틴계 가정의 젊은 여성은 아무것도 스스로 선택할 수 없다고 느끼는 경우가 많다. 내 경우에는 주위에서 내가 무엇을 할지, 어떻게 입을지, 어떻게 행동할지, 내 몸이 어때야 하는지에 대해 다들 한마디 할 권리가 있다는 듯 굴었다. 내 존재가 모조리 흙이라도 된다는 듯이 말이다. 유색인 소녀들이 자살을 고민하거나 시도하는 것은 일종의 항의 표현이다. 영혼을 짓밟히며 사느니 사라지는 편을 택하는 것이다.

나는 엄마의 불안이 어디서 시작되었고 어떻게 자리 잡았는지 이해한다. 내가 파악할 수 있는 것은 딱 이 정도다. 어린 시절 엄마가 끔찍하게 가난했다는 걸 알고 있다. 최근에 듣기로 한번은 개울에서 놀다가 신발 한 짝을 잃어버렸는데, 그게 엄마가 가진 유일한 신발이라 맨발로 다녀야 했다고 한다. 엄마는 거의 다 잊어버렸다고 하지만 말 못 할 사연이 아주 많은 것 같다. 정신적 외상은 대를 이어 전이되며, 심지어 있는지조차 모른 채 안고 살아가는 경우도 종종 있다.

엄마와 나 사이의 공통점이 있다면 자신에게 주어진 것

보다 더 나은 환경을 원했다는 것이다. 국경을 넘기로 결심했을 때 엄마는 더는 이렇게 살지 않을 거라고 생각했다. 집을 떠나기로 결심했을 때 나도 그랬다. 첫 결혼 생활을 끝낼 때도. 임신중지 수술을 받을 때도.

가장 어려운 선택이 최선의 선택인 법이다. 변화는 쟁취하는 것이다. 그건 고통스러운 일이다. 추한 일이기도 하다. 엄마가 원하는 딸이 되지 못해서 그렇게 오래 죄책감을 안고 살았는데, 지금 보니 우리는 무척 비슷하다. 엄마를 향한 고마운 마음이 더 깊어졌다. 엄마가 헤쳐나온 모든 일들에 공감하지만, 이제는 엄마의 정신적 외상을 내가 짊어질 필요가 없다는 것도 알고 있다. 아직은 이것이 무슨 뜻인지 온전히 이해하지 못하지만 내가 그 짐이 대물림되는 것을 원치 않는다는 것만은 분명하다. 내 대에서 끝낼 것이다.

소저녀가 태어난 지 몇 달이 지났을 무렵 이유 없이 내 몸이 경직되는 걸 느꼈다. 그때마다 나는 큰 소리를 내어, 또 머릿속으로도 동시에 이렇게 속삭였다. "애쓰지 않아도 돼." 그 말은 이제 이렇게 바뀌었다. "행복해도 괜찮아." 이렇게 말하면 근육이 약간 풀리면서 어깨가 펴지고 턱에서도 힘이 빠진다.

소저녀를 낳고 보니 집이 비좁게 느껴졌다. 좋은 집이었고 그대로 살려면 어떻게든 살 수도 있었겠지만, 문제는 내가 일할 공간이 없다는 것이었다. 그리고 솔직히 말해 집을 소개하는 텔레비전 프로그램을 너무 많이 보다 보니 세뇌를 좀 당한 것 같다. 거기다 나는 이런 깨달음을 얻기도 했으니까. "우리도 좋은 것을 누릴 자격이 있어."

윌과 나는 재정 상태를 살펴본 다음 가볍게 주변을 둘러보기 시작했다. 몇 주 지나지 않아 동네에서 내부를 멋지게 고쳐둔 주택을 발견했다. 윌은 길고 널따란 다락으로 향하는 나선형 계단이 있는 그 집이 꼭 나무 위의 집 같다고 했고 나도 그렇게 생각했다. 창가에 앉아 아름다운 나무들을 바라보며 등 뒤로 장서를 꽂아둔 채 글을 쓰는 내 모습이 눈에 선했다. 나는 버지니아 울프에게 딱 어울릴 것 같은 그 공간을 내 것으로 만들기로 마음먹었다.

즉시 구매 의사를 전했고 계약이 성사되었다. 길고 지루한 과정을 거쳐 집을 인수한 뒤 이사를 했다. 윌과 나는 시트콤에서 튀어나온 것 같은 이 집에 산다는 게 믿기지 않았다. 우리 가족을 위해 이런 집을 마련할 수 있었다는 게 지금도 실감이 나지 않는다. 아이마다 자기 방이 있고, 윌과 나도 각자의 작업실이 있다.

나는 나를 즐겁게 해주는 것들로 작업실을 꾸몄다. 마드리드에 살 때 방문했던 모로코의 마을에서 영감을 받아 칠한 파란색 벽, 벌새가 그려진 벽지, 유색인 예술가들의 작품 포스터, 여러 나라에서 온 다채로운 태피스트리, 내가 그린 그림, 책 읽는 유색인 여자아이의 초상화, 아메리카 선주민 도자기, 반 고흐 그림이 담긴 벽지, 모로코산 러그, 빛바랜 골동품, 당당하게 발언하는 토니 모리슨의 사진. 작업실은 밝고 따스하고 믿을 수 없을 정도로 편안하다. 책이며 작품들이 널려 있어서 조금 지저분하기는 하지만. 나는 이따금 며칠씩 작업실에만 박혀 있곤 한다.

팬데믹으로 외출을 삼가며 지낸 지 1년 후에 우리는 제일 가까운 사람들과 함께 백신 접종을 완료하고 새집 뒷마당에서 뒤늦은 결혼식을 올렸다. 우리가 가장 사랑하는 장소에서 결혼을 기념하고 싶었다. **타퀘로**taquero(타코 장수)와 여성으로만 구성된 **마리아치**mariach(유랑악단)도 불렀다. 디저트로 **팔레타**paletas(돼지고기 햄)와 **추로스**churros(길고 쫄깃한 튀김과자)를 내고, **타코 피냐타**taco piñata(타코 모양의 대형 장식품)도 준비했다. 그날 파티의 주인공은 소저너였다.

우리 집은 세 아이, 성질 사나운 고양이 한 마리, 바보 같은 개 한 마리, 그리고 자주 들르는 가족과 친구들까지 크고 작은 여러 생명체가 머무는 공간이다. 우리는 신중하게 선별한 사람들을 초대해 가벼운 모임을 자주 연다. 윌과 나는 우리 삶 속에 들여놓을 사람들을 더욱더 조심스럽게 고르게 되었다. 지금 우리 집은 내가 살면서 경험한 가장 안전한 공간이다. 나는 사람들에게 죽을 때까지 이 집에서 살거라고 말하곤 한다. 여기가 내가 평생 찾아헤맨 바로 그곳이다.

내가 이렇게 포근하고 사랑받는 삶을 살게 될 줄은 몰랐다. 소름이 돋을 정도로 일상이 평온하기 그지없다. 내가 무슨 말을 하든 웃어주는 천사 같은 갈색 피부의 아기가 있다. 내 예술 작업을 사랑하는 울룩불룩한 남자와 결혼 생활을 하고 있다. 매일 밤 우리는 마주 앉아 인종 문제에 관해 토론한다. 나는 내가 바라던 대로 가르치고 쓰고 여행한다. 집 근처 공원을 오래 걸으며 꽃과 나무들과 교감한다. 훌륭한 친구들도 있다. 나에게 딱 맞는 옷을 입는다. 내 마음에 드는 곳으로 간다.

이 글을 쓰는 지금 많은 사람이 백신을 맞았고 팬데믹에서 서서히 벗어나고 있는 듯하다. 사람들이 더 이상 죽지 않고 같은 공기를 마실 수 있게 될 거라고 생각하면 안심이 되지만, 어떤 면에서는 다시 세상으로 돌아가기가 두렵기도 하다. 다음에는 백인들이 나에게 어떤 미친 소리를 지껄일까? 밖에 나가서 어떻게 행동해야 하는지 기억나지 않으면 어쩌지? 월과 나는 거의 야생 상태가 되었는데. 식당에 가서 닭가슴살을 주문하기라도 하면 어떻게 해?

나는 그저 살아 있다는 걸 느끼고 싶었다. 그게 내 존재의 전부다. 겁내고, 놀라고, 분개하고, 기뻐하고 싶다. 저녁을 많이 먹고도 디저트를 주문하고 싶다. 그리고 커피도. 알게 뭐야. 바지에 오줌을 쌀 정도로 웃어대고 싶다. 허름하고 냄새나는 술집에서 이상한 인간과 대화하고 싶다. 내 마음이 그러고 싶다면 길에서 울고 싶다. 상대가 불편해할 이야기라도 내 기분이 어떤지 사람들에게 말하고 싶다. 아무도 봐주지 않을 못난 작품을 만들고 싶다. 외국에서 배가 터지도록 점심을 먹고 낮잠을 자고 싶다. 싸우고 화해하고 싶다. 남편과 우리 집 마당에서 대마초를 피우고 싶다. 천둥번개와 마주치고 싶다. 인종차별주의자에게 소리를 지르고 싶다. 지나치게 많이 자고 싶다. 딸과 함께 나무를 그리고 싶다. 저물녘 바다에서 수영을 하고 싶다. 정신을 잃을 때까지 울고 싶다. 내 웃음소리로 백인들을 놀라게 하고 싶다. 자란 아이들과 엉터리 시를 쓰고 싶다. 원하는 만큼 오래 창밖을 내다보고 싶다. 낯선 여성에게 아름답다고 말하고 싶다. 구름과 사랑에 빠지고 싶다. 벼룩시장에서 타코를 먹고 싶다. 숨 막히도록 압도적인 그림 앞에 서고 싶다. 코코넛을 깨고 싶다. 나를 화나게 하는 것들에 대해 글로 쓰고 싶다. 복잡한 요리를 하고 싶다. 화려한 옷을 입고 싶다. 책을 읽다가 울고 싶다. 미안하다고 말하고 싶다. 용서한다고 말하고 싶다. 고양이에게 형편없는 노래를 불러주고 싶다. 불현듯 딸을 데리고 파리에 가고 싶다. 노을을 볼 때마다 감탄하고 싶다. 진실한 이야기를 하고 싶다.

사랑하는 소저너에게.

여기까지가 내가 최선을 다해 기억해 낸 내 인생이야. 일일이 꼽을 수 없을 만큼 여러 가지로 말아먹기는 했지만 우리의 과거와 현재의 잘못된 일들에 도전하려고 노력했어. 지구라고 불리는 이 이상한 곳에 네 자리를 더 많이 만들려고 애썼어. 인간으로 사는 것, 여성으로 존재하는 것, 살아 있는 것은 정말 힘든 일이야. 내가 네게 바라는 건 아무리 못나 보이더라도 내 말이 진실이라는 것을 믿어주고, 필요할 때면 내가 너의 고통을 덜어줄 수 있게 허락해주는 것이야. 나는 절대로 너를 떠나지 않을 거야.

소저너, 너는 내가 살아남아 키워낸 최고의 열매야. 나에게서 나왔지만 나의 것은 아니지. 네가 이 세상에서 가장 특별한 생명체라는 사실을 알았으면 좋겠어. 너를 보면 나는 기쁨 그 자체가 돼. 너는 사라지기를 거부한 여성들의 후손이야. 너는 유색인, 짙은 피부를 지닌 영광스러운 존재야. 무한하고 신비롭고 완벽한 생명체야. 세상은 널 위해 지어지지 않았지만 아름다움은 어디에나 있어. 나의 가장 큰 바람은 네가 그걸 쟁취해내는 거야.

# 감사의 말

책은 절대 혼자서 쓸 수 없다. 살아 있거나 고인이 되었거나, 내가 계속 글을 쓰도록 해주고 살아 있도록 해준 고마운 사람이 너무나 많다.

뛰어난 편집자 조지아 보드나르가 없었다면 이 책은 나오지 못했을 것이다. 조지아, 당신은 내가 불편해도 마주해야 하는 장소들로 나를 수없이 밀어넣었죠. 독수리처럼 날카로운 당신의 눈 덕분에 나의 글쓰기와 사고가 더욱 예리해질 수 있었어요. 알다시피 나는 당신과 친구가 되고 싶어요. 긴 시간을 들여 함께 점심을 먹고 커피도 마시면서. 쇼핑이나 스파에 같이 갈지도 모르죠. 어떻게 될지 보자고요. 애들한테는 남편이 있으니까.

미셸 브라우어, 당신은 내 출판 경력의 초기부터 함께 했죠. 아무도 내 소설을 맡으려 하지 않던 그때를 생생히 기억해요. 아무도 보지 못한 것을 봐준 당신에게 고마워하고 있어요. 내가 하는 이야기를 늘 믿어주어서 정말 고마워요.

당신은 내가 상상조차 못 했던 방식으로 내 작업을 확장시켰어요. 사람 많은 미드타운 지하 식당에 구부정하게 앉아서 무릎에 코트를 올려놓고 누군가 우리 중 한 사람의 얼굴을 팔꿈치로 찌를 것 같은 상태로 급히 스시를 먹어 치우던 그런 날이 조만간 또 왔으면 좋겠네요.

진행을 맡아 준 에밀리 분더리히에게도 감사해요. 당신의 전문성을 통해서 이 작업이 사람들이 화장실이나 기차, 트랙, 그밖에 흥미로운 곳에서 읽을 수 있는 책으로 나오게 되어 정말 기뻐요. 지금도 나를 참고 기다려줘서 고마워요! 바이킹 출판사의 모든 팀원에게도 정말 고맙습니다. 여러분과 함께 작업할 수 있었다니 이렇게 영광스러울 수가 없어요. 진짜 꿈만 같아요. 이 책에 쏟아부어준 여러분의 관심과 지지에 감사를 보내요.

프린스턴 대학교와 멜론 재단, 프린스턴 예술 연구원 지원 사업 측에 감사합니다. 연구원 기간에 이 책의 상당 부분을 완성할 수 있었어요.

내 친구 젠 피츠제럴드. 넌 진정한 친구야. 네가 없었다면 나는 지금의 내가 되지 못했을 거야. 자매처럼 너를 사랑해. 그때 그 순간, 그 차를 얻어타고 버몬트까지 가길 정말 잘했어. 그 후로 나는 완전히 달라졌어.

필립 윌리엄스, 마이클 해링턴, 리고베르토 곤잘레스, 에두아르도 코랄, 사피야 싱클레어, 마리아 이네스 자무디오,

312

산드라 시스네로스, 미겔 히메네스, 잭슨, 엘리자베스 슈물, 사라 이네스 칼데론, 레이첼 카한, 애나 레카스 밀러, 클라우디아 피네다, 셀레나 곤잘레스, 홀리사 아르세. 여기에 나열된 분들과 멍청이들은 지난 수년 동안 내게 우정을 보여주고 나를 이끌어주었습니다. 내 삶에 존재해줘서 무한히 감사할 따름입니다.

이다 롤단, 힘든 시기에 도와주어서 고마워요.

게리 돕, 크리스토퍼 가우너, 랜돌프 칼리지 단기 입주 문예 창작 석사 과정 커뮤니티에도 감사 인사를 전해야겠어요. 함께 공부하기에 너무 좋은 팀이에요.

드폴 대학교의 라틴 아메리카인 및 라틴계 미국인 연구 과정 여러분. 나의 글쓰기와 강의를 지원해줘서 고마워요. 이제 좀 행복한 시간을 보내면 안 될까요? 같이 좀 쉬는 게 어때요? 이러다 큰일나겠어요.

오빠와 남동생에게. 나에게 최악이자 최고인 당신들. 축축한 미트 샌드위치 먹으면서 이 책을 기념해볼까?

소프, 테오, 노라. 너희들의 창조성이 내게 영감을 줘. 내 친구가 되어주어서 고마워.

카타리나와 구스타보 산체스, 내 부모님이 없었다면 이 모든 것 중에서 어느 하나도 이루지 못했을 것이다.

빈, 스파이크, 너희들은 뜻밖에 찾아온 내 인생의 유쾌한 선물이야. 소시지 교수님이 지금 너희 둘을 무척 자랑스러워하고 있을 거야.

사랑하는 남편, 윌. 이 세상에 당신 같은 남자가 존재할
줄은 몰랐어. 늘 내 일을 기꺼이 지지해주고 끝없는 웃음과
영감을 선사해줘서 고마워. 닭살 돋겠지만 당신을 정말 사
랑해. 다락방에서 만나서 '영양nutrient'이라는 말의 진정한
의미에 관해 토론해보자.

소저너 이네스, 네가 어떤 여성으로 자랄지 정말 기대돼.
너는 신비로워. 완벽해.

# 이토록 불완전함에 감탄하며

**하미나**

작가, 《미쳐있고 괴상하고 오만하고 똑똑한 여자들》을 썼다.

한국, 특히 서울에서 지낼 때면 어김없이 몸이 경직되는 것을 느낀다. 어깨는 말려들어가고 목덜미는 단단해지며 턱관절 장애가 재발하고 두통이 생긴다. 자는 동안에도 손바닥에 손톱자국이 날 정도로 주먹을 꽉 쥐고 있다. 나는 무엇에 대항해 이토록 온몸에 힘을 주는 것일까? 어째서 24시간 경계 태세인 걸까? 지금의 나는 이렇게 답을 내린다. 나의 내면세계가 가치 있다는 믿음을 지켜내기 위해 힘을 쓴다고. 에리카 산체스처럼 "나를 다른 방향으로 밀어내려는 세상, 나를 사랑하지 않고 나를 위해 구축되지도 않은 세상에서 나 자신으로 존재"하기 위해 온몸에 힘을 준다고.

어떤 독자는 에리카 산체스나 나나 모두 지겨운 신세 한탄을 하고 있다고 생각할지도 모르겠다. 나라고 그 생각을 안 한 건 아니다. 1929년 버지니아 울프는 《자기만의 방》에서 여성 작가를 막아서는 수많은 걸림돌에 대해서 말하며,

여성 작가가 자유로이 글을 쓰기 위해서는 분노를 태워버려야 한다고 한다. 울프가 말하길, 그렇지 않으면 그는 차분히 글을 써야 할 때 분노하며 글을 쓸 것이며, 현명히 써야 할 때 어리석게 쓸 것이며, 인물들에 대해 써야 할 때 자기 자신에 대해 쓸 것이라고 했다. 말하자면 그는 자신의 신세와 전쟁 중인 것이다.

전 세계의 많은 여성 작가들처럼 나 역시 이 문상을 오래 간직하며 내 안의 분노를 태워버리려 애썼다. 신세와 전쟁 중이면서도 그것을 글에 드러내지 않으려 애썼다. 불가능해 보이는 이 미션은 가끔씩 성공하기도 했다. 그럴 때마다 나는 그럴 수 있게 된 나 자신에 성취감이 들기보다는 분노하며 울던 시절의 나를 홀로 내버려뒀다는 느낌을 받았다.

글 속에서 분노하지 말라. 이 말은 어쩌면 여성 작가를 자유로이 쓰게 하기보다는 쓰지 못하게 만드는 규율일지도 모르겠다. 어쩌면 유색인 여성 작가, 노동 계급 출신의 여성 작가, 이민자 출신 가정의 여성 작가에게는 여전히 신세와 전쟁 중인 이야기가 필요할지도 모르겠다.

에리카 산체스는 울프의 이 문장에 반대하며 다음과 같이 쓴다. "왜 분노하면 안 되는가? 분노가 없다면 우리는 대체 어떤 존재가 되겠는가? 나는 나의 분노를 돌본다. 이름을 붙인다. 머리를 빗겨주고 자장가를 불러준다." 그의 문장을 읽고 난 뒤에야 나는 나 자신의 분노를 제대로 돌보지 않고 다만 사라지라고 윽박지르기만 했다는 걸 알게 되었다.

에리카 산체스의 글은 자주 선을 넘는다. 백인을 일반화하고 타인을 조롱하고 외모를 평가하고 상황을 자기 편한 대로 판단한다. 애초에 그는 다정하고 윤리적인 화자로서 체면을 차리기보다는 농담을 하며 조롱하기를 택한다. 비판에서 재미를 찾고 갈등에서 지적 탐구의 기회를 찾아내며 긴장에서 가장 창의적인 표현을 발견해낸다. 자신이 엉망진창으로 구는 걸 허용하는 그를 보면서 내가 목격한 것은 취약함이나 불완전함이 아니라 그것조차 자기 것으로 끌어안으며 거절당하고, 제명되고, 기피되고, 배척을 당할 것을 겁내지 않는 뿌리 깊은 자기긍정이었다. 나에게는 과연 그런 용기가 있을까?

에리카 산체스가 자라면서 봐온 멕시코 사람들은 외모에 관해 가차없이 농담했다. 그건 모욕이라기보다는 눈앞에 버젓이 존재하는 현실을 모르는 체 하지 않으면서도 그것을 웃음거리로 만들어 웃고 지나감으로써 종국에는 우리의 본질에 아무런 타격도 입히지 않는, 아무것도 아닌 것으로 만들어내는 일에 가까웠다.

어쩌면 나는 도덕적, 윤리적으로 우월해지는 것을 발판으로 발언권을 획득한 여성 화자의 이야기를 너무 많이 읽어온 것일지도 모르겠다. 어쩌면 고상한 백인 여성의 이야기를 너무 많이 읽어온 것일지도 모르겠다. 나 자신이 유색인임에도 불구하고.

우리에게 필요한 것은 완벽한 여성의 이야기가 아니라 다양한 여성의 이야기다. 그러니 가난한 멕시코 이민자 2세대로 살아남은 여성 작가의 책을 환영하지 않을 수 없다. 자신의 웃음소리조차 무례하게 여겨지는 세상에서 살아남은 여성, 우울과 자살 사고에 시달리면서도 한 편의 시에서 아름다움을 찾아내 살아남은 여성, 끝내 자신의 이야기를 먼 곳까지 도달하게 하는 데 성공한 여성, 불완전함을 숨기는 대신 드러내며 자신의 내면세계를 지켜낸 여성에 감탄하지 않는 법을 나는 알지 못한다.

# 옮긴이의 말

**장상미**

나는 쓰기보다 읽기를 훨씬 좋아하는 사람이다. 번역을 좋아하는 것도 한국어로 바뀐 글을 최초로 읽는 즐거움이 크기 때문이다. 주로 사회과학 분야에서 내가 지지하는 주제를 다루는 책을 번역하는 터라, 대체로 저자에게 공감하며 배우는 마음으로 작업하는 편이다.

하지만 산체스, 아니(어쩐지 성보다는 이름으로 부르고 싶다) 에리카의 이 책은 전혀 달랐다. 시작부터 끝까지 이렇게나 저자와 다투며 작업한 적은 처음이다. 책상 앞에 앉아 자판에 손을 얹을 때마다 어쩐지 거슬리는 느낌, 불편한 마음을 감출 수가 없었다. 한동안은 왜 그런 기분이 드는지 알 수 없어 더 괴로웠다. 에리카가 자신을 질투하고 미워하던 친구 마르타에게 느꼈다는 "따갑지만 참고 입을 수 있게 된 셔츠를 걸치고 있는 듯한 불편한 느낌"이 내내 나를 휘감았다.

단순히 비교하기는 어렵지만, 에리카는 경제적·정서적

으로 나와 비슷한 점이 많은 것 같았다. 하지만 매사에 내 기대와는 정반대로 생각하고 행동했다. 이민자의 자녀로서든 여성으로서든 작가로서든 그가 하는 모든 선택이 모순적이고 무책임해 보였다. 에리카 자신의 표현대로 "자주 그렇게 머릿속에 뿌연 안개가 들어찬 것처럼 얼빠진 짓을" 하는 게, "언제나 인생에서 불가능한 것을" 원하고 "완전히 말도 안 되는 꿈을" 꾸는 게 꼴 보기가 싫었다. 주변 사람들을 그렇게 고통스럽게 하면서도 왜 모든 걸 다 하고 싶어 해? 왜 모든 걸 다 가지려고 해?

이런 부정적 감정이 극에 달할 무렵 이야기가 갑자기 전혀 예상치 못한 방향으로 흘러갔다. 우여곡절을 거쳐 작가로서 성공하고 모든 일이 잘 풀리는 듯 보이던 시기에 뜻밖의 임신과 지독한 우울에 빠져들던 에리카는 결국 제 발로 정신병동에 입원하기에 이른다. 하고 싶은 것이 너무 많아 괴로워하던 사람이 그 어떤 욕구도 느끼지 못하는 채로 태양이 떠오르는 것이 싫어서, 살아 있다는 사실이 싫어서 하염없이 눈물을 쏟아낸다.

아, 꼴 보기 싫다고 해서 이런 고통을 겪기를 바란 것은 아니었는데. 심장이 두근대고 손이 떨려왔다. 그렁그렁해진 눈으로 책장을 넘기며, 모니터를 바라보며 속으로 계속 외쳤다. 죽지 마, 에리카. 미워해서 미안해. 제발 죽지 마.

에리카는 양극성 장애를 갖고 있었다. 경계를 예민하게

느끼고 초월에 집착하는 사람, 버지니아 울프처럼 강으로 걸어들어가 세상을 떠날지도 모를 그런 사람이었다. 그런 그의 앞에 전기경련요법이라는 간단하고 효과 좋은 치료법이 나타난다. 어릴 적부터 유별난 자신을 그저 견디며 살아온 에리카는 과연 어떤 선택을 할까? 시술로 인해 예술적 기질도 사라질지도 모른다는 염려를 하지 않을까? 그토록 바라던 작가로서의 삶을 잃느니 차라리 울프와 같은 길을 걸으려 하지 않을까?

여기서도 에리카는 내 상상을 벗어난다. 죽음의 유혹을 뿌리치고 주저 없이 시술을 택해 삶을 향해, 태양을 향해 걸음을 옮긴다. 길었던 고통에 비해 허무할 정도로 간단히 새로운 삶을 맞이한다. 여전히 작가로서, 인간으로서 자신의 욕망을 따라 살아간다. 확 깨는 끔찍한 데이트를 거듭한 끝에 기어이 갈망하던 사랑을 만나 가정을 꾸린다. 임신중지의 아픔을 딛고 행성처럼 크고 새까만 눈을 지닌 딸을 얻는다. 이제 세상 그 무엇보다 소중한 존재가 된 딸 소저너를 바라보며 문득 어릴 적 그저 여자라서 죽은 여자아이들을, 고된 노동과 양육에 생을 바친 어머니를, 지독한 가난에 짓눌려 어떤 꿈도 꿀 수 없었던 할머니들을 떠올린다. 그 모든 고통을 온전히 이해할 수는 없지만 내 대에서 다 끝내겠다고, 소저너에게는 "내게 한 번도 허락되지 않았던" 완전히 새로운 세상을 안겨주겠다고 선언한다.

"네 성별이 우리가 생각한 것과 다르다고? 멋지네. 옷 사러 가자. 정원의 요정을 섬기는 종교로 개종하고 싶다고? 남들을 괴롭히지만 않으면 뭐 어때! 이름을 마법 고양이 산체스로 바꾸고 싶다고? 뭔지 잘 모르겠지만 이해해볼게. 모잠비크에 가서 살고 싶어? 좋지. 내가 밀라그로 토르티야 사서 만나러 갈게."

여러 번 퇴고했는데도 이 단락을 마주하면 지금도 눈물이 쏟아진다. 불편할 정도로 솔직한 에리카는 자신의 욕망을 충실히 밀고나간 끝에 가식 없는 뜨거운 화해와 연대의 고리를 찾아 내 앞에 들이민다. 그와 별다르지 않은 욕망을 지닌 인간이면서도 고분고분하고 다정해 보이는 가면을 잘 쓰고 살아온 나는 부끄러움에 온몸이 붉게 타오른다. 나도 나만의 방식으로 고통의 대물림을 끊고 연대할 길을 모색해왔다고 자부하지만, 도덕적 우월감도 윤리적 강박도 없이 삶을 있는 그대로 겪어내는 에리카의 능력은 감히 흉내내기도 힘들 것 같다. 삶이 매사 지긋지긋 구질구질할 수밖에 없음을 인정하는 용기가, 그러다 간헐적으로 찾아오는 반짝이는 순간에 온몸을 던져 새롭게 태어나는 진정한 회복력이 찬란하고 아름답다.

아무래도 인정해야겠다. 이번에도 결국 저자에게 푹 빠져들고 말았다는 사실을.

쓰다 보니 옮긴이의 말로는 어울리지 않는 지극히 사적인 감상문이 되어버렸지만, 뒤늦게나마 덧붙일 변명거리가 좀 더 있다.

우선 스페인어 표기에 관해서다. 멕시코식 스페인어가 모어인 멕시코계 미국인 저자는 원문에서 영어를 주로 쓰면서도 곳곳에 소수자의 언어인 스페인어 구문을 번역 없이 그대로 삽입해두었다. '경계'와 '중간 지대의 공간'에 매료되는 저자답게 독자에게 이중 언어 구사자가 느끼는 언어의 경계를 간접 체험하게 해주는 중요한 장치지만, 한국어판에서는 의미 전달이 불가능해 한글 발음과 원문을 병기하고 맥락에 맞춰 뜻도 풀어놓았다. 이 과정에서 저자의 의도뿐 아니라 사전적 의미만으로 담기 어려운 멕시코 문화 및 스페인어 고유의 맥락이 다소 퇴색되었을 것이다.

예술적 감성이 뛰어난 작가로서 저자가 부려놓은 유려한 문학적 요소를 한글로 풍부하게 옮기지 못한 아쉬움도 크다. 아름다움과 욕망에 관한 열정적인 서술이나 거침없고 사나운 감정 표출 같은 부분이 특히 그러하다.

마지막으로 20세기 후반 미국에서 태어나 자란 저자가 지독한 가난을 딛고 국경을 넘은 부모를, 길고도 잔인했던 스페인 식민 통치가 멕시코에 남긴 상흔을, 한 세대 전만 해도 어느 문화권에서나 잔혹했던 여성혐오의 뿌리를 모두 이해할 수 없듯이 20세기 후반 한국에서 태어나 한국인으로서의 정체성을 의심당해본 적 없는 옮긴이가 백인우월주의 사회에서 피부색과 언어로 정체성을 규정당하는 유색인의 삶을, 평생 내면을 흔들어대는 정신적 고통을 글로 풀어낼 수밖에 없었던 작가의 삶을 짐작한다는 것은 조심스러운 일이었다.

위와 같은 이유로 이 책에서 덜컥대며 걸리는 대목이 있다면 모두 옮긴이의 책임임을 밝혀두고자 한다. 언어와 문화는 떼어놓을 수 없고 번역도 어떤 의미에서는 국경을 넘는 일이기에 매번 거칠고 위태로운 여정을 피하기 어렵다. 그럼에도 굳이 경계를 넘어 새로운 세계와 맞닥뜨리게 만드는 마술적인 글을 만날 수 있어 감사할 따름이다.